U0107309

ROCK SPRINGS

—————————— Richard Ford ——————————

石泉城

〔美〕理查德·福特 著　汤伟 译

人民文学出版社
PEOPLE'S LITERATURE PUBLISHING HOUSE

著作权合同登记号　图字 01-2020-7420

Richard Ford
ROCK SPRINGS

Copyright © 1987 by Richard Ford
This edition arranged with ICM Partners
through Bardon-Chinese Media Agency.
All rights reserved.

图书在版编目(CIP)数据

石泉城/(美)理查德·福特著;汤伟译.—北京：
人民文学出版社,2024
(短经典精选)
ISBN 978-7-02-018291-6

Ⅰ.①石… Ⅱ.①理…②汤… Ⅲ.①短篇小说-小
说集-美国-现代 Ⅳ.①I712.45

中国国家版本馆 CIP 数据核字(2023)第 195894 号

总　策　划　黄育海
责任编辑　朱卫净　欧雪勤
封面设计　好谢翔

出版发行　人民文学出版社
社　　址　北京市朝内大街 166 号
邮政编码　100705

印　　制　凸版艺彩(东莞)印刷有限公司
经　　销　全国新华书店等

开　　本　889 毫米×1194 毫米　1/32
印　　张　8.25
字　　数　176 千字
版　　次　2012 年 2 月北京第 1 版
印　　次　2024 年 1 月第 1 次印刷

书　　号　978-7-02-018291-6
定　　价　69.00 元

如有印装质量问题,请与本社图书销售中心调换。电话:010-65233595

SHORT CLASSICS
短经典精选

目 录

001 | 石泉城

031 | 大瀑布

052 | 甜心

072 | 少年

105 | 赛狗

116 | 帝国

161 | 冬寒冻死人

186 | 乐天派

208 | 焰火

233 | 打猎

石 泉 城

　　我和埃德娜从卡利斯佩尔①出发，开车去南边的坦帕和圣彼得②，那里有几个我在昔日好时光里交下的朋友，他们不会把我出卖给警察。因为几张假支票，我在卡利斯佩尔犯了点事，这在蒙大拿州是个要进监狱的罪。而且，这已经不是我第一次犯事了。我看出来埃德娜也查看了她的星相，也想动动了。她的麻烦也够多的，既要甩掉她的孩子，还得防着前夫丹尼乘她上班时破门进来偷她的东西。这是我搬过去住的主要原因，另外，给我的小女儿找个好点的窝也是原因之一。

　　我不知道我和埃德娜之间算什么，真要追究的话，就算是被同一个浪头打上沙滩的吧。但就我所知，有些爱情建立在比这还不坚实的地基上。那天下午，我一进门，就问她愿不愿意丢下一切跟我去佛罗里达，她说："为什么不愿意呢？我的日程表排得还没有那么满。"

　　埃德娜和我在一起待了有八个月了，和夫妻也没有什么差别。其间我失过业，也去赛狗场做过引狗员③，这样多少能帮着付一点

　　①　蒙大拿州西北部最大的城市。
　　②　佛罗里达州两个相邻的城市。
　　③　赛狗场上把狗领上和领下赛道的工作人员，是一种低收入的工作。

房租，还可以在丹尼过来时和他讲讲道理。丹尼有点怕我，因为埃德娜告诉过他，我曾因杀人在佛罗里达坐过牢，虽然那不是真的。我曾因偷轮胎在塔拉哈西①进过监狱，也曾和别人在地里干过一架，有一个人因此瞎了一只眼，但伤人的不是我。埃德娜想让故事听起来比实际上恐怖一点，这样丹尼就不会有什么疯狂的举动，逼她把孩子领回来。她已经适应了没有他们的生活，而且我身边已有了绮丽儿。我不是一个残暴的人，绝不会弄瞎别人的眼睛，更别说杀人了，这一点，我前妻海伦会从怀基基滩②赶过来替我做证。我和海伦之间从未有过暴力，我信奉遇见麻烦绕道走的原则。然而丹尼并不知道这些。

现在我们已经穿过了半个怀俄明州，那辆偷来的车子的机油指示灯闪起来时，我们正心情愉快地朝着八十号公路开，我知道这不是一个好兆头。

我弄了一辆上好的车，一辆紫红色的奔驰，是从蒙大拿怀特菲什市一个眼科医生的停车场偷来的。偷它是因为我觉得这种车开长途会很舒服，我以为它省油，其实不然，也因为我这辈子除了破雪威③和小时候跟着古巴人在沼泽地里收柑橘时开的旧卡车外，还没有开过一辆像样的车。

那天，这辆车使大家的心情都很愉快，我把车窗摇上又摇下，埃德娜在给我们讲笑话、做鬼脸。只要她愿意，她会变得非常的活

① 佛罗里达州首府。
② 夏威夷州著名的度假胜地。
③ 一种美国生产的大众化汽车。

泼，脸上的表情会像灯塔一样明亮起来，让你见识到她的漂亮，那可不是一般的漂亮。所有这些弄得我晕乎乎的，我一口气开到了博兹曼①，再径直穿过公园来到杰克逊山洞②。我给大家在杰克逊的"优质庭院"③租了个婚礼套间，留下绮丽儿和她的小狗杜克在里面睡觉，我和埃德娜则开车去了一个农家式的烤猪排的地方喝啤酒，一直说笑到后半夜。

对我俩来说，这简直就像是一个新的开始，那些糟糕的往事被丢在了脑后，新开端就在眼前。我兴奋得不行，甚至让人在我胳膊上刺了一个"开心时刻"的文身。埃德娜买了一顶上面镶着一圈印第安羽毛的贝利帽，她还给绮丽儿买了一个绿宝石和银子做的小手镯，太阳从蛇河喷薄而出的那一刻，我们正在"优质庭院"停车场停着的车里做爱，似乎所有的好事都出现在了彩虹的末端。

实际上，正是这股狂热让我把车子多留了一天，而不是像我该做和曾经做过的那样，把它开到河里去，然后重去偷一辆。

车子出问题的地方，除了五十或者一百英里外的低矮山峦外，别说是镇子，就连一幢房子也看不见。路两旁是带铁丝网的栅栏和什么都没种的硬沙地，几只老鹰在黄昏的天空中捕捉昆虫。

我下车查看引擎，埃德娜也带着绮丽儿和狗下了车，让她们在车子边上小便。我检查了车子的水箱水位和机油标杆，两样都正常。

---

① 蒙大拿州的一个城市。

② 怀俄明州的一个峡谷地带。

③ 美国的一个连锁旅店。

"那个灯是表示什么的，厄尔？"埃德娜问道。她也站到了车子边上，帽子还戴在头上。她想亲自把情况搞清楚。

"不能再开了，"我说，"机油有点不对劲。"

她掉过头去看绮丽儿和小杜克，她俩像两个小玩偶一样，在地上并排撒尿，她随后看了一眼远处正在变暗、已看不太清楚的山峦。"我们怎么办？"她说。她还没有开始担心，但想知道我是怎么打算的。

"让我再试试。"

"这个主意不错。"她说。我俩一起回到了车里。

我启动引擎，车子立刻发动起来了，那个红灯没有亮，也听不见让人觉得哪儿不对劲的噪声。我让引擎空转了一会儿，然后踩下油门，注视着那盏红灯，红灯没有亮。我开始怀疑自己刚才是在做梦，或者是阳光在车子镀铬窗框上的折射，要不就是我心里害怕什么，但自己却不知道。

"爸爸，车子怎么了？"绮丽儿在后排座位上问道。我回过头去看她，她戴着绿宝石的手镯，后脑勺上扣着埃德娜的帽子，那只黑白相间的小混血狗就坐在她腿上。她看上去像是电影里的女牛仔。

"没事，宝贝，现在没事了。"我说。

"我尿尿小杜克也尿尿。"绮丽儿大笑着说。

"你们俩真是一对活宝。"埃德娜说，她并没有转过头去。埃德娜通常对绮丽儿很好，但我知道她现在累了，我们几乎没怎么睡觉，她觉没睡够时容易暴躁。"我们应该一有机会就扔掉这辆该死的车。"她说。

"那个机会会在哪儿？"我知道她一直在查看地图。

"怀俄明的石泉城①，"埃德娜很有把握地说，"这条路向南开三十英里。"她往前指了指。

我本指望像一个发了大财的人那样，把这辆车子一直开到佛罗里达，但我知道埃德娜是对的，我们不能存有侥幸心理，我一直觉得这辆车子是我自己的而不是眼科医生的，人在得意忘形时往往会这样。

"那么我觉得我们应该去石泉城，给我们协商来一辆新车。"我说。我想保持乐观，就像一切都在按部就班地进行一样。

"这个主意太棒了。"埃德娜说，她斜靠过来，在我嘴上使劲亲了一下。

"这个主意太棒了，"绮丽儿说，"我们现在就走吧。"

我还记得，那天的日落是我这一生见过的最美的日落。太阳在接触地平线的那一刹那，把天边燃烧得像珠宝和红色的金属片一样，我以前从没见过，这之后也没再见过。按说西部各地的日落都不错，即使在佛罗里达，那里应该是非常平坦的，但多半时间里，你的视线会被树木遮挡住。

"鸡尾酒时间到，"我们开了一会儿后埃德娜说，"我们应该喝

---

① 怀俄明州的一个城市，盛产煤、石油和天然气。

一杯庆祝一下。"想到我们即将摆脱这辆车,她的心情好了起来。这辆车肯定有点晦气,还是早脱手为妙。

埃德娜拿出一瓶威士忌和几只塑料杯子,在车子手套箱打开的门上把酒斟满。她喜欢喝酒,喜欢在车子里面喝酒,这么做在蒙大拿州是司空见惯的,并不算犯法,但在那里一张假支票会让你在迪尔洛奇①的监狱里待上一年,真是太奇怪了。

"我有没有告诉过你我曾经养过一只猴子?"埃德娜边说边把我的酒放在仪表盘的上方,这样我想喝的时候伸手就能够着。她的情绪好了起来。她总是这样,情绪忽高忽低的。

"你从来没和我说起过,"我说,"那时你在哪儿?"

"米苏拉②,"她把没穿鞋的脚搁在仪表板上,又把酒杯放在胸脯上,"我在一个叫'美国老兵'的酒吧做女招待,那是在认识你之前。一天,一个家伙领着一只猴子进来,是一只蜘蛛猴。我说:'我跟你掷骰子赌这只猴子。'我只是想开个玩笑。那个家伙说:'就掷一次?'我说:'好呀。'他把猴子放在吧台上,拿起装骰子的杯子,掷出一个'货车'③,我捡起骰子,掷出了三个'五点'。我站在那里看着那个家伙。他只不过是个过路的,我估计是个退伍兵。他脸上的表情很奇怪(我当时的表情肯定更加奇怪),他看上去有点悲伤和吃惊,但同时又流露出一点满意的神情。我说:'我们可以

---

① 蒙大拿州的一个小城市,人口只有三千多人,它因是蒙大拿州立监狱的所在地而闻名,所以在本书里,"迪尔洛奇"也成了监狱的代名词。
② 蒙大拿州的一个城市。
③ 这是掷骰子的俗语,指两个"六点"。

再掷一次。'但他说：'不用了，我从来不掷第二次。'他坐下来喝了一瓶啤酒，东拉西扯地说了一会儿话，说到了核战和要在比特鲁特①那里建一个要塞，也不知道他到底想要说什么，我当时只是盯着那只猴子看，想着这个家伙走后我该拿它怎么办。没隔多久他站起身来说：'那好，再见，小唠叨。'——当然，那是猴子的名字。没等我说什么他就离开了。那只猴子在吧台上坐了一整晚。我不知怎么就想起这个来了，厄尔，真奇怪，我一不小心就走神了。"

"这很正常，"我喝了一口酒，"我绝不会养猴子。"过了一会儿我又说道："它们太脏了，但我相信绮丽儿很想要一只猴子，是不是呀，宝贝？"绮丽儿正躺在座位上和小杜克玩，她过去一天到晚提猴子。"后来你拿那只猴子怎么办了？"我看了一眼速度表，我不得不减点速了，那个红灯一直抖个不停，想要让它不亮我只能开慢点。我们的车速大约是每小时三十五英里，离天黑还有一个小时，我希望石泉城离这儿不远了。

"你真想知道？"埃德娜说。她飞快地瞟了我一眼，又把目光转向空旷的沙漠，像是在琢磨什么。

"当然。"我说。我的兴致依然很高，心想还是由我来操车子的心吧，尽量让别人开心一点。

"我养了它一个星期，"她突然变得沮丧起来，好像发现了这个故事中某个过去从未发现的方面，"我去'美国老兵'上班时带着它，下班再把它带回家，一点问题没有。我在吧台后面给它准备了

_____

① 蒙大拿州的一个峡谷地带。

一张椅子，大家都喜欢它，它会发出一种'喊喊'的叫声，很好听。调酒师发现它是母猴后，我们就把它的名字改成了玛丽。但和它单独待在家里时我总觉得别扭，我觉得它老在注视我。后来有一天来了一个家伙，是个去过越南的家伙，还穿着迷彩服。他对我说：'你不知道猴子会杀人？它指头上的力气比你全身的还要大。'他说在越南就有人被猴子杀了，一群猴子会趁你睡觉时袭击你，把你杀死，再用树叶把你盖住。我根本不相信他的话，但回到家里脱衣上床后，我开始留意在房间另一头椅子上坐着的猴子，它在黑暗中注视着我，弄得我全身起鸡皮疙瘩。待了一会儿我爬起来，去车里拿了一截晾衣绳，把绳子穿过玛丽的银脖套，再将绳子的另一端系在门把手上，然后回到床上，试图重新入睡。看来我睡得很死（尽管我已经记不清了），因为起床后我发现玛丽从椅背上摔了下来，把自己吊在了门把手上。那截绳子太短了。"

埃德娜的心情似乎被这个故事彻底搞糟了，她把身子往座位下方出溜了一点，这样她就看不到车子前方的外面了。"厄尔，这是不是件让人丢脸的事？真不知那只可怜的猴子到底受了什么样的罪？"

"我看见城市了！我看见城市了！"绮丽儿在后座上嚷了起来，小杜克也狂吠起来，整个车子变成了一个火药筒。很显然，她看见了我没有看见的——怀俄明的石泉城。它在一个长长的山脚下面，像一颗在沙漠中发光的小宝石，八十号公路从它的北面经过，后面则是大片的黑色沙漠。

"就是它，宝贝，"我说，"这就是我们要去的地方，是你第一个看见的。"

"我们饿了，"绮丽儿说，"小杜克要吃鱼，我要吃面条。"她用手臂勾着我的脖子，搂着我。

"大家都能吃上想吃的，"我说，"你想吃什么就吃什么，还有埃德娜，还有小杜克。"我看着埃德娜，脸上露出微笑，但她却在瞪我，眼睛里冒着怒火。"怎么了？"我说。

"难道你一点都不在乎我对那件事的感受？"她紧闭着嘴，不时扫一眼绮丽儿和小杜克，好像她俩正在折磨她。

"当然在乎，"我说，"我觉得那是件很糟糕的事。"我不想让她不高兴，马上就要到达目的地了，要不了多久我们就可以坐下来好好吃上一顿饭，也不用担心会有谁来伤害我们了。

"你想知道我是怎样处理那只猴子的吗？"埃德娜说。

"当然想知道。"我说。

"我把她装进一个绿色的垃圾袋，放在车子的后行李箱里，开车去了个垃圾站，把她扔进了垃圾堆。"她幽幽地看着我，好像这段往事对她来说很重要，但别人却对此一点也不在乎。

"嗯，太可怕了，"我说，"但我看不出除此以外你还能做什么。你没有成心去伤害它。如果知道结果会这样，你肯定不会那么做的。再后来你不得不把它处理掉，我不知道除此之外还能做什么。也许对某些人来说，扔掉它似乎缺乏同情心，但我不这么想。有些时候这是你唯一能做的事，你不用过多考虑其他人是怎么想的。"我试图对她笑一笑，可是不管我踩不踩油门，那个红灯一直亮着，我在估算车子彻底完蛋之前我们能否滑行到石泉城。我又看了一眼埃德娜，说："我还能说些什么呢？"

"没什么，"她说话时眼睛盯着发暗的高速公路，"我早该知道你在想什么。厄尔，你天生就对一些事情漠不关心。我早就看出来了。"

"但你还是待在这里，"我说，"而且活得也还不错，事情有可能比这更糟。但至少我们在一起。"

"比这更糟的可能永远存在，"埃德娜说，"你明天就可能上电椅。"

"那当然，"我说，"某个地方的某一个人会去上电椅，但绝对不会是你。"

"我饿了，"绮丽儿说道，"什么时候吃饭？我们去找一个汽车旅馆。我烦死了，小杜克也烦死了。"

车子抛锚的地方离城市还有一段距离，但黑暗中你能看见州际公路清晰的轮廓，后面是被石泉城的灯火照亮的天空，能听见大牵引车碰撞立交桥上分隔板发出的声音，它们在为爬山而加速。

我关掉了车灯。

"现在我们该干吗？"埃德娜不高兴地说，她做了一个苦脸。

"我正在考虑，"我说，"不管怎样都没什么大不了的，不会劳你大驾的。"

"但愿如此。"她说，眼睛看着另一个方向。

公路对面，越过一条干涸的水沟，再过去约一百码，有一个看上去像是由活动住房①组成的小镇，它的背面是一个像是工厂或某

①　活动住房又称拖车房，是一种可以用车子拖着走，停下来接上水电就可以住人的临时住房。

种精炼厂的建筑，那里灯火通明，显得十分的热闹。很多活动房的里面都亮着灯，有车辆在一英里外通向高速公路立交桥的支路上行驶。活动住房里的灯光看上去非常的友善，我当即知道了下一步该干什么。

"下车。"我打开了我这边的车门。

"下去步行？"埃德娜说。

"下去推车。"

"不推。"埃德娜欠身锁上她那一侧的车门。

"那好，"我说，"那你来操纵方向盘。"

"你这是要把我们推到石泉城去吗？是不是，厄尔？看上去还不到三英里哦。"

"我来推。"绮丽儿在后座上说。

"不用，宝贝。爸爸来推。你和小杜克下车去，别挡着道就行了。"

埃德娜对我露出威胁的表情，就像我要揍她一样。但我下车后她移到了我的座位上，手握方向盘，怒气冲冲地看着正前方的棉白杨树丛。

"埃德娜不会开，"绮丽儿在黑暗中说道，"她会把车子开到沟里去的。"

"会开，她会开，宝贝。埃德娜和我开得一样好，没准比我开得还要好呢。"

"不，她不会，"绮丽儿说，"她就不会就不会。"我以为她要哭出声来，但她没有。

我让埃德娜把车钥匙转到启动的位置，以防车子锁住，再把车头对准棉白杨树的方向，并让停车灯亮着，这样好看清楚前面。我开始往前推，她把车子拐下高速，对着树丛直直地开去，我继续往前推，直到车子进到树丛里有二十码，轮胎陷进了松软的沙子里，从公路上什么也看不见了才停下来。

"接下来又该干吗？"她坐在驾驶座上说，刻薄的嗓音里透着疲乏，我知道是该让她好好吃上一顿饭的时候了。我意识到，她变成这样子的责任在我不在她，其实她人蛮温和的，我只是希望她的信心能稍微再大一点。

"你在原地待着，我去那个停拖车房的地方打个电话，叫辆计程车来。"我说。

"计程车？"埃德娜说，她皱着嘴唇，好像她这辈子从来没听说过计程车一样。

"会有计程车的，"我说，试图挤出一点笑容来，"哪儿都有计程车。"

"他来了后你怎么跟他说？说我们偷来的车子抛锚了，我们需要搭车去哪里再偷一辆来？那可是很轰动哦，厄尔。"

"由我来说，"我说，"你只需听上十分钟的收音机，然后走到公路边上，别让人起什么疑心。你和绮丽儿都乖乖地待着，她不需要知道车子的事。"

"好像我们还不够让人起疑心似的，是不是？"埃德娜在亮着灯的车里抬起头来看着我，"你脑子有问题，你知道吗，厄尔？你以为这个世界上就你最聪明，别人都是傻子。但实际上并不是这样。我真替你难过，要不是哪儿出了点差错，你可能已经是个人物了。"

我想到了可怜的丹尼。他是个退伍军人，蠢得像茅房里的耗子，但我真替他高兴，他没有卷到这件事里来。"把孩子弄上车，"我说，尽量保持着耐心，"我和你一样饿。"

"我受够了，"埃德娜说，"我真该留在蒙大拿。"

"早晨一到你就可以回去，"我说，"我会买张票，再把你送上大客车。但现在不行。"

"该干吗干吗吧，厄尔。"她瘫倒在椅子上，用一只脚关掉停车灯，用另一只脚打开了收音机。

这是我见到过的最大的活动住房区。它和后面那个灯火通明的工厂是连在一起的，因为我能看见，每过一会儿就有一辆车子离开停着拖车房的街道，向工厂的方向慢慢开去。工厂里所有的东西都是白色的，所有的拖车房也漆成了白色，看上去一模一样。工厂里传出一阵阵低沉的轰鸣声，走近那里时我在想，我肯定不会在这种地方工作。

我径直走到第一家亮着灯的拖车房跟前，敲了敲金属房门。木制小台阶四周的石子地上散落着儿童玩具，我听见电视里的说话声突然中断了。我听见一个妇人的说话声，门随后打开了。

门口出现了一位有着和蔼宽脸庞的胖胖的黑妇人，她朝我笑了笑，往前走了一步，像是要出来的样子，但在最上面一级台阶那里停住了脚。她身后躲着一个黑男孩，正从她腿后面半睁着眼睛偷偷地看我。拖车房给人的感觉是除了这两人外就没有别人了，这是一种我比较熟悉的感觉。

"对不起，打扰了，"我说，"但我今天晚上碰上了一点坏运气。我叫厄尔·米德尔顿。"

妇人看了我一眼，又朝公路那边看了看，好像我刚才说的话是一样她能看得见的东西。"什么样的坏运气？"她低头打量着我。

"我的车子在高速公路上抛锚了，"我说，"我自己修不好，不知能否借用一下你的电话求助。"

妇人微笑着看着我，一副什么都知道的样子。"我们一刻也离不开车子，是这样吧？"

"这话说得太对了。"我说。

"它们就像是我们的心脏，"她说，她的脸被门一侧的灯光照亮，"你的车子在哪儿？"

我转过身看着黑夜，由于我们藏车的地方很隐蔽，我什么也看不见。"在那边，"我说，"天太黑了，看不见。"

"有谁和你一起吗？"妇人说，"你太太和你在一起吗？"

"她，还有我的小女儿和我们的狗，都在车里，"我说，"我女儿睡着了，不然我会带她们一起过来的。"

"不该把她们留在黑地里，"妇人皱着眉头说，"这年头外面坏人太多了。"

"我所能做的就是尽快赶回去。"我想表现得诚恳一点，因为除了绮丽儿睡着了和埃德娜是我太太外，我说的都是事实。事实通常是用来为你服务的，我现在就需要它的服务。"我会付电话费的，"

我说，"如果你把电话拿到门口来的话，我就在这里打。"

妇人似乎也在为她自己寻找一个事实，她看了看我，又抬头看了看夜空。她看上去六十多岁，但我说不准。"米德尔顿先生，你不会是来抢劫我们的吧？"她说这话时面带微笑，像是在开玩笑。

"今晚不行，"我说，我摆出一个真诚的微笑，"今晚没这个打算。也许改一天？"

"那么就算老爹不在我和特雷尔也可以让你用一下电话啰，特雷尔，可以吗？这是我的孙子，小特雷尔，米德尔顿先生，"她把手放在小男孩的头上，低头看着他，"特雷尔不会说话。他要是会说，肯定也会同意你用我们的电话的。他是个乖孩子。"她打开纱门，让我进到了屋里。

拖车房很大，新地毯，新沙发，客厅被扩成和一般住房一样大。厨房里正烧着什么好吃的，这个拖车房简直就像一个舒适的新家，一点不像一个临时住处。我住过拖车房，但那只不过是一个脏兮兮的房间，连厕所都没有，让你觉得拥挤和心情不好——虽然我曾以为那也许是因为住在里面的我心情本来就不太好。

客厅里有一台索尼大电视，地上散落着一些儿童玩具，我认出一个我给绮丽儿买过的"灰狗"客车。电话放在一张可以躺倒的崭新皮沙发的边上，黑妇人把电话簿递给我，用手示意我坐下来打电话。特雷尔开始摆弄他的玩具，我打电话的时候，妇人坐在沙发上，微笑着看着我。

电话簿上一共列着三家计程车公司，它们的号码只差一个数字。我按照号码的顺序打过去，打到第三个才有回应，回答的却是第二家公司的名字。我说我在州际公路那边的一条公路上，需要一辆车先把我妻子和家人送进城，然后再安排拖车事宜。我一边给出具体的地点，一边在电话簿上找拖车公司的名字，以防计程车司机问到。

挂上电话后，我发现黑妇人还坐在那里，用刚才看外面夜色的眼神看着我，那是一种寻求真相的眼神。她面带微笑，大概是我让她想起了某件愉快的事情。

"这个家住着真舒服。"我说，我靠在躺椅上，感觉就像坐在那辆奔驰车的驾驶座上一样，我曾经很舒服地在那上面坐过。

"这个房子不是我们的，米德尔顿先生，"黑妇人说，"它们归公司所有。公司把它们借给我们住，一分钱不用花。我们在伊利诺伊州的罗克福德有自己的房子。"

"太好了。"我说。

"当你不得不离开自己的家时，再好也不会好到哪里，米德尔顿先生，好在我们只在这儿待三个月，等小特雷尔的特殊学校开学后，就会方便一点了。你看，我们的儿子死在了战场上，他妻子丢下小特雷尔跑掉了。你不用担心，我们不会伤害他的感情的，他听不懂我们的话。"妇人的两只手交叠着放在腿上，脸上露出满意的笑容。她是个长相吸引人的女人，身上的那件有着蓝色和粉色花朵的外衣让她看上去比实际上要胖一些，她坐着的沙发大小对她来说正合适。她是个标准的好心人，竟能和那个脑子受到伤害的小孩子一起住在一个正常人一分钟都不想待的地方，我真为她感到高兴。"你住在什么地方，米德尔顿先生？"她很有礼貌地问道，脸上还带着同情的微笑。

"我和家人正在搬迁途中，"我说，"我是个眼科医生，我们正要搬回佛罗里达住，我是从那里出来的。我打算在一个四季温暖的小镇上开个诊所。我还没有选好地方。"

"佛罗里达是个好地方，"妇人说，"我觉得特雷尔会喜欢那里的。"

"我能问你一点什么吗？"我说。

"当然可以。"妇人说。特雷尔开始把一辆玩具车推过电视屏幕，只要你看一眼电视就能发现那条刮痕。"别这样，小特雷尔。"妇人心平气和地说。但是小特雷尔照旧在屏幕上推他的车子，她又对我笑了一下，好像我俩都能理解这件不幸的事情，不过我知道绮丽儿绝对不会去损坏一台电视机。她珍惜美好的东西，我为特雷尔的行为而替这位女士感到难过。"你想问什么来着的？"妇人说。

"这些拖车房后面那个亮着灯的工厂还是什么的，那里面在干什么？"

"金子。"妇人微笑着说道。

"什么？"我说。

"金子，"黑妇人说，自从我来这儿后，她就一直这么微笑着，"这是一个金矿。"

"有人在那儿挖金子？"我说着往那儿指了指。

"每天每夜。"她愉快地微笑着。

"你丈夫也在那里工作？"我说。

"他是验金员，"她说，"他做品质管理。他一年工作三个月，其余时间我们住在罗克福德的家里。我们等了很久才得到这个机会。自从孙子跟我们住后，我们一直都很开心，但我不会因为他的离开而难过的。我们已准备好重新开始生活。"她冲着我开心地微笑着，又对着特雷尔笑了笑，而坐在地上的他怨恨地看了她一眼。

"你说你有个女儿，"黑妇人说，"她叫什么名字？"

"伊尔玛·绮丽儿，"我说，"是用我母亲的名字命名的。"

"很好。从你的表情上看得出来，她也很健康。"她用怜悯的目光看着特雷尔。

"我想是我的运气好。"我说。

"到目前为止。但孩子让你高兴也让你伤心。在我丈夫找到验金员这份工作之前很长的一段时间里，我们都不开心。现在，等到特雷尔一开学，我们又会像小孩子一样了。"她站起身来。"你要错过你的计程车了，米德尔顿先生。"说完她向门口走去，但并没有赶我走的意思。她太客气了。"如果我们看不见你的车子，计程车司机肯定也不会看见。"

"那倒是真的。"我从那个舒服的躺椅上站起身来。"我们都还没有吃饭呢，你的饭菜让我想起来我们有多饿了。"

"镇子上有很好的餐馆，你会找到的，"黑妇人说，"很遗憾你不能见到我丈夫，他是个好人，是我的一切。"

"告诉他谢谢这个电话，"我说，"你救了我。"

"救你不用费什么事，"妇人说，"救助他人是我们生在这个地球上的目的，我只是把即将来到你跟前的东西递交给了你。"

"希望它是个好东西。"我说完返身走进了黑暗中。

"我会这样希望的，米德尔顿先生。特雷尔和我会一直希望下去的。"

我在黑暗中冲她挥了挥手，然后朝着我们隐藏在黑夜里的车子走去。

我赶到那里时，计程车已经到了。我能看见沟对面计程车顶上红色和绿色的小灯，这让我担心埃德娜可能已经说了些惹麻烦的话，说了和车子有关的事和我们是从哪里来的，说了些容易引起怀疑的话。我当时就在想，我怎么总是计划得不够周到，实际情况和我的计划之间总存在出入，我只是对来临的事情做出反应并希望别出什么差错。在法律的眼里我是个罪犯，但我自己从来不这么认为，仿佛我根本不是个罪犯，也没有犯罪的意图，这是实话。但我有一次在一张餐巾纸上读到这样一句话：想法和行为之间，隔着整整一个王国。我的行为经常有问题，它们属于犯罪行为，但我的想法却和人们在那个灯火辉煌的地方挖出来的金子一样的好。

"我们在等你呢，爸爸，"我穿过公路时绮丽儿说道，"计程车已经到了。"

"我看见了，宝贝。"我使劲抱了抱绮丽儿。计程车里的灯亮着，司机坐在驾驶座上抽烟，埃德娜靠在计程车两个尾灯之间的后盖上，戴着她的贝利帽。"你跟他说什么了？"我走近她时问道。

"什么也没说，"她说，"有什么好说的吗？"

"他看见车子了吗？"

她朝我们藏奔驰车的树丛瞟了一眼。尽管我能听见小杜克在树丛中搜索着什么，它的脖圈在叮当地响，但黑暗中什么也看不见。

"我们去哪儿？"她说，"我都快饿昏了。"

"埃德娜脾气坏死了，"绮丽儿说，"她已经对我凶过了。"

"我们都累了，宝贝，"我说，"尽量和气一点。"

"她从来都不和气。"绮丽儿说。

"去找小杜克去，"我说，"快点回来。"

"看来我的问题排在了最后，是不是？"埃德娜说。

我用胳膊搂着她说："不是这样的。"

"去了那么久，是不是在拖车房里找到一个愿意和你过一辈子的了？"

"别这么说话，"我说，"我只不过在竭力避免出什么差错，这样我们就不会去坐牢。"

"你是说这样你就不会。"埃德娜发出一阵我不爱听的笑声。

"正是这样，这样我就不会，"我说，"下大狱的只会是我。"我盯着远处庞大的亮着灯的白色建筑，还有拖车房区后面发白的灯光，一缕缕的白烟飘向怀俄明死气沉沉的夜空，整个建筑群看上去像一个令人难以置信的城堡，在一个扭曲了的梦里嗡嗡作响。"你知道那边的建筑是什么吗？"我对埃德娜说，她到目前为止还没有动过，似乎要那么一直站下去。

"不知道，但我不觉得它和我们有什么关系，因为它既不是汽车旅馆，也不是一个饭店。"

"那是一座金矿。"我盯着那座金矿说，尽管在清冷天空的衬托下它显得很近很大，但我知道它离我们比看上去要远得多。我想它应该围上围墙并有人看守，而不是像现在这样亮着灯，连栅栏都没有。好像随便谁都可以走进去，拿走自己想要的东西，就像我刚才径直走进那个妇人的拖车房借用电话一样，尽管实际情况并不是这样。

埃德娜笑了起来，不是那种我不喜欢的带恶意的笑，而是一种带着点关怀的笑，一种在听完一个笑话后发出的开心的笑。一九七九年，我在米苏拉第一次见到她时，她就是这样笑的，当时绮丽儿还跟着她妈，而我则在赛狗场有份固定工作，没去偷车和给店主们开假支票，我们当时就是这样笑的，那是一段好时光。不知为什么，听见她的笑声后我也想笑，黑暗中我俩站在计程车的后面，冲着沙漠中的金矿放声大笑，我用手臂搂着她，绮丽儿在抓小杜克，计程车司机在车里吸烟，而那辆偷来的、我曾期望靠它在佛罗里达露一手的奔驰车，却陷在了沙地里，一直没到了车轴，我再也不会见着它了。

"我一直都在琢磨，金矿到底是什么样的。"埃德娜说，她还在大笑，并用手擦去眼角的一滴眼泪。

"我也是，"我说，"我一直很好奇。"

"我们是一对傻瓜，是不是，厄尔？"她说，还是止不住地笑，"我们是天生的一对。"

"但这也许是个好兆头。"我说。

"那又能怎样？它又不是我们的金矿。那里又没有汽车服务窗口①。"她还在大笑。

---

① 美国一些商店和快餐店开设一种服务窗口，开车的人不用下车就可以购买需要的东西。

"但我们看见了，"我用手指了指，"它就在那里。这也许表示我们接近什么了。有些人从来没见过。"

"那是猪的眼睛①，厄尔，"她说，"你和我是用猪的眼睛看见的。"

她转身上了计程车。

计程车司机没有问与我们车子有关的问题，也没问它在哪里，这说明他没有察觉到有什么可疑的。所有这一切让我觉得我们和那辆车子彻底脱离了干系，即使以后被人发现了什么，也已事过境迁。路上司机和我们讲了很多和石泉城有关的事，由于金矿的原因，六个月里搬来很多人，哪儿的都有，包括纽约来的，他们中的绝大多数都住在拖车房里。纽约的妓女——他称她们为"B 女孩"——也来到这里。他说，随着这波繁荣大潮，每晚都有挂着纽约牌照的凯迪拉克在小路上游弋，车里坐满戴着大帽子的黑鬼皮条客。他告诉我们，所有乘他车子的人都想知道上哪儿去找这些女人，接到我们电话时，他差一点就不想来了，因为有些拖车房是矿上专为远离家乡的工程师和计算机人员开的妓院。他说他已厌烦了为这些污秽的生意在外面东奔西跑。他说"六十分钟"②做过一个

---

① "猪眼看见的"或"在猪的眼里"是一句美国俚语，表示一件绝不可能的事情，用在这里非常巧妙。
② 美国哥伦比亚广播公司的时事专题节目，每个星期天的晚上播出。自一九六八年诞生以来，一直是美国收视率最好的节目之一。

关于石泉城的专题报道，在夏延①造成了轰动，但只要繁华还在，你就一点办法也没有。"这是繁荣的苦果，"司机说，"但我宁可贫穷，从这点上说我倒是幸运的。"

他说所有旅馆的价格都高得吓人，但既然我们是一家子，他可以带我们去一个比较便宜的好地方。但我告诉他，我想找一个允许带宠物的一流旅馆，钱不是问题，因为我们这一天下来都很辛苦了，想有个高调的结尾。其实我还知道，警察总是在那些没人知道的小旅店里找你并找到你。我认识的人总是在那些从来没听说过名字的廉价旅馆和客栈里被抓，从来没有在"假日饭店"和"旅游旅店"②里被抓。

我请他把我们带到市中心后再转回来，这样可以让绮丽儿看一看火车站。在那里我看见一辆插着电视天线、挂着纽约车牌的粉红色凯迪拉克，由一个戴着大帽子的黑鬼驾驶着，沿着一条路边只有酒吧和一家中餐馆的窄窄的街道慢慢行进。这是一个你绝对预料不到的古怪景象。

"所有的犯罪要素都在这里了，"计程车司机说，他似乎很悲哀，"很遗憾让你们看到这些。这里曾是个很美的城市，但是有些人要把它毁掉。过去是有办法对付这些罪犯和垃圾的，但那样的日子一去不复返了。"

"你说得对。"埃德娜说。

---

① 怀俄明州的一个城市，离石泉城二百多英里。
② 这是两个中等档次的连锁旅店。

"你不该因此而失去信心，"我对他说，"你是这个城市最好的广告。我相信绮丽儿只会记住你而不是那个男人，是不是，宝贝？"但这时绮丽儿已经抱着小杜克在计程车的座位上睡着了。

司机把我们带到离州际公路不远的华美达旅店，离我们车子抛锚的地方不算远。当出租车开到华美达门前的遮雨檐下时，我感到一丝遗憾，我们不是开着一辆紫红色的奔驰轿车，而是坐着由一个牢骚满腹的老头驾驶的破克莱斯勒计程车来这里的。但我知道这对我们来说是最好的选择。我们最好别再沾那辆车的边；这样更好，真的是这样，随便哪一辆车也比那一辆要好，那辆车太晦气了。

我登记时用了个别的名字，并用现金付了房费，这样就不会有任何麻烦。在"身份"那一栏，我写上了"眼科医生"，又在名字的后面加了个"医学博士"头衔。这看上去很漂亮，尽管这个名字并不是我的。

客房在旅馆的背面，这是我特意要求的。进客房后，我把绮丽儿放在一张床上，又把小杜克放在她边上，让她们睡觉。她会错过晚饭，但这会使她早晨在吃她想吃的东西时更有胃口。错过几顿饭对一个孩子来说没什么，我自己就曾错过无数顿，也没有变得怎么样。

"我们去吃炸鸡，"埃德娜从卫生间出来时我对她说，"华美达的炸鸡做得不错，我发现自助餐还没有结束。绮丽儿可以在这里待着，没有什么危险。"

"我现在不觉得饿了。"她站在窗前，凝视着窗外的黑夜。越过她，我可以看见窗外天空中模模糊糊泛着黄色的光亮。有一阵我以为那是远处那座金矿的灯光，但那只是那条州际公路。

"我们可以让人送上来，"我说，"点你想吃的。电话簿上有一份菜单。你可以只点一份沙拉。"

"你去吧，"她说，"我的饿劲过去了。"她坐在绮丽儿和小杜克的床边，温柔地看着她们，把一只手放在绮丽儿的脸上，好像她在发烧。"多乖的小姑娘，"她说，"所有人都喜欢你。"

"你到底想怎么着？"我说，"我想吃东西，也许我可以让人送点炸鸡上来。"

"那有什么不好？"她说，"那是你喜欢吃的。"她坐在床上对我微笑。

我坐在另一张床上，给客房服务部打电话。我要了炸鸡、蔬菜沙拉、土豆和一个面包卷，还要了热的苹果派和冰茶。我意识到我这一整天还没吃一点东西。打完电话后，我发现埃德娜正在注视我，眼神里没有怨恨，但也没有爱意，那眼神似乎在说，她有什么不明白的地方，想问问我。

"什么时候瞧我成一项娱乐了？"我微笑着对她说道。我想尽量友善一点，我知道她该有多累了。已经过了九点。

"我刚才在想，我多么厌恶住在汽车旅馆里，却没有一辆自己的车开。难道这不好笑吗？自从那辆紫色的车子不再属于我之后，我就有这种感觉。我估计那辆紫车是我的小鸡鸡，给了我充大的资本，厄尔。"

"外面这些车子中的一辆就属于你，"我说，"只管站在那里挑一辆。"

"我知道，"她说，"但这不一样，是吧？"她伸手拿起她的贝利帽戴在头上，像戴尔·埃文斯①那样，戴得很靠后。她看上去很可爱。"我过去喜欢住汽车旅馆，你知道，"她说，"有一种神秘的感觉，而且很自由——从来不用我付账，那当然。但你觉得自己不受任何干扰，想干什么就干什么，因为你已做了去那里的决定，并为此付出了代价，剩下的就是尽情享受了。干那件事和其他什么，你是知道的。"

"难道这一次就不一样了？"我坐在床上注视着她，不知道她接下来会说什么。

"我觉得不一样，厄尔，"她说，眼睛盯着窗外，"我今年三十二岁了，我不得不放弃汽车旅馆了。我不能再那样不切实际了。"

"难道你不喜欢这个地方？"我说，在房间里四下看了看。我很满意墙上的现代派油画、矮脚衣柜和那台大电视。考虑到我们原来的住处，这个地方对我来说已经够好的了。

"对，我不喜欢，"埃德娜非常确定地说，"为这和你生气也没用。这不是你的错。你已经为大家尽了最大的努力。但每出一次门人都会长点见识。我学到的是，在事情还没到彻底无法收拾的地步，我必须放弃这种住汽车旅馆的生活方式。对不起。"

"什么意思？"我说，因为我真的不知道她下一步的打算是什么，尽管我应该猜得出来。

---

① 美国作家、电影明星、歌手兼作曲家露西尔·伍德·史密斯(1912—2001)的艺名。

"我想我会接受你说的那张车票，"她站起身来，面对窗户说道，"明天马上就要到了，送我走的车子还没有落实呢。"

"哇，太好了。"我说。我坐在床上，像是受到了突然的打击。我想对她说些什么，和她争吵一番，但我想不出来说什么好。我不想跟她发火，但我很愤怒。

"你有冲我发火的权利，厄尔，"她说，"可是我觉得你不能全怪我。"她转过身来面对着我，在窗台上坐了下来，她的两只手放在膝盖上面。这时有人在敲门，我大声让他们把托盘放在门外，把钱记在账上。

"我想我确实怪你。"我说。我很生气。我心想，我完全可以消失在那一片拖车住宅区里，但我没那么做，而是赶回来，想继续过下去，明知情况不太妙，我还在竭力为大家控制住局面。

"别这样。我希望你别这样，"埃德娜说，她对着我微笑，像是想让我去抱抱她，"如果可能的话，任何人都有选择做什么的自由。难道你不相信这个，厄尔？现在，我待在一个我一无所知的沙漠中，开着一辆偷来的车子，用假名字住进一个汽车旅馆，没有自己的钱，有一个不是我生的孩子，还有官司在身后跟着。我有一个选择，我只要登上一辆客车，就能从所有这一切里解脱出来。你会怎么做？我知道你会怎么做的。"

"你以为你知道。"我说。我不想陷入一场争吵，告诉她该做什么，不该做什么。因为这么做一点用处都没有。等走到争吵那一步，你已经不能改变别人的想法了，尽管事情本不该这样，也许对某些阶层的人来说不是这样的，但绝不是我这个阶层。

埃德娜微笑着朝坐在床上的我走来，伸出双臂搂住了我。绮丽儿翻了个身，看看我们，笑了笑，又闭上了眼睛，房间里很安静。我开始用一种不同的眼光来看石泉城，我知道今后我会永远这样来看它：这是一个充斥着罪犯、妓女和失望的下等城市，是一个女人弃我而去的地方，它不是一个我能一劳永逸地让一切重新走上正轨的地方，是一个我看见金矿的地方。

"吃你的炸鸡吧，厄尔，"埃德娜说，"然后我们上床。我累了，但我还是想和你做爱。所有这些和爱不爱你无关，你是知道的。"

埃德娜睡着后，天已经很晚了，我起身走到外面的停车场。很难说现在到底几点钟了，因为高速公路上的灯光仍然朦胧地照亮了天空的底部，巨大的"华美达"红色霓虹灯招牌一动不动地在夜色里发出嗡嗡声，东面没有一点表明天快亮了的光亮。停车场里停满了车，全都车头冲前停着，其中几辆车子的顶上捆着大箱子，而车子的后行李箱也因装满了东西而显得有点下沉，人们将带着这些东西去某个地方，一个新家，或山里的休闲胜地。埃德娜睡着后我在床上躺了很久，看电视上亚特兰大勇士队①的比赛，竭力不去想我明天看着客车开走时的感受，以及当我转过身来，发现只剩下绮丽儿和小杜克，而且除了我以外再也没有别人照顾她们时的感受，我

① 亚特兰大州的职业棒球队。

接下来要干的第一件事就是搞到一辆车，把车牌换了，给她们弄点早饭吃，然后我们一起上路去佛罗里达，所有这一切要在两小时内完成，因为那辆奔驰车白天里肯定不像晚上隐藏得那么好，而且消息总是传得很快。自从绮丽儿归我后，我总是亲自照顾她。没有一个女人愿意照顾她，她们中的大多数甚至都不喜欢她，但她们从某种程度上说是在照顾我，这样我才能照顾好她。我知道埃德娜离开后，一切会变得更加困难。但我现在最想做的是把这些都忘记一小会儿，让我的脑子松弛一下，这样才能在应付即将到来的困难时坚强一点。我在想，成功人生和不成功人生之间的差别，这一刻的我和那些把自己的车子开进停车场上特定位置的人之间的差别，也许我和住在金矿边上拖车房里的那个妇人之间的差别在于你能否把这一类的事情丢到脑后，不受它们的干扰，还有就是你一生中不得不多次面临这样的麻烦。靠着运气和后天的努力，这些人遇到的麻烦比别人要少点，而且由于他们的性格特点，他们忘记得比别人要快。这就是我所想要的：少一点麻烦，少一点对麻烦的记忆。

我走到一辆车子跟前，一辆挂着俄亥俄州车牌的庞迪亚克，从它的承重看，应该是那些车顶上捆着箱子、后行李箱里放满东西的车子中的一辆。我从驾驶座这边的窗户向车内看了看。里面有地图、小说书、太阳镜和挂在车子侧面的放饮料听的塑料架子。后座上放着儿童玩具、几个枕头和一只装猫的箱子，坐在箱子里面的一只猫正盯着我看，好像我的脸是天上的月亮。里面的这些东西看上去是那么的熟悉，没有一件让你觉得意外，如果我有一辆车，我会在车里放上完全同样的东西。但我当时有一种奇怪的感觉，我转过身来，抬头看着旅馆背面的窗户，除了我住的房间和另一扇窗户外，其余的房间都关着灯。我在想，因为这听上去很好笑，如果你深更半夜看见一个男人在华美达旅馆停车场里，透过车窗向车内窥视，你会怎么想呢？你能想到他是在试图清理一下自己的头脑吗？你能想到他是在为新的一天里将要面临的困难做准备吗？你能想到他的女朋友就要离开他了吗？你能想到他有一个女儿吗？你能想到他是一个和你一样的人吗？

大　瀑　布

这不是一个令人愉快的故事。我预先警告你们。

我爸名叫杰克·罗素，当我还是一个十来岁的小男孩时，我们和我妈一起住在蒙大拿州大瀑布市①东面的一栋房子里，离海伍德镇、海伍德山和密苏里河都很近。那是一片地势平坦、没有一点树木、被湖水冲刷出来的平地，全部都种着麦子，但我爸从来没有种过地，他是在华盛顿州塔科马②附近一个为波音公司做事的家庭里长大的。

他——我爸爸——曾是空军的一名中士，在大瀑布市复员后，他没有按照我妈的意愿回老家塔科马，而是在空军里找了份平民工作——做飞机维护，这是一份他喜欢的工作。他从镇外一个不想让房子闲置着的农户手里租下了这栋房子。

这栋房子现在已经不在了——我曾去那里看过。但双排的沙枣树和两个外加的房了还在乳草丛中伫立着。那是一栋简简单单的两层楼住宅，前面有个搭出去的阳台，没有停车子的地方。那时候我

①　大瀑布市是蒙大拿州的一个人口约六万的小城市，靠近密苏里河上的几处瀑布。
②　华盛顿州第三大城市。

每天早晨搭乘校车去大瀑布市上学，我爸开车去上班，我妈则待在家里。

我妈个子很高，但人有点偏瘦，黑头发，长得很漂亮，略显分明的轮廓让她在不笑的时候也像是在微笑。她在爱达荷州的华莱士①长大，去斯波坎②上了一年大学，然后就搬到了沿海的地方，并在那里遇到了杰克·罗素。她比他大两岁，她告诉过我，和他结婚是因为他年轻，人长得也帅，还因为她以为他们可以从此离开乡下，一同周游世界——我估计他们确实那样做了一小会儿。在对未来所知无几，也不清楚自己到底想要干什么的情况下，她已经知道那就是她想要的生活。

我爸不做飞机维修时就去打猎，钓鱼，这两件事他做得不比任何人差。他说他是在冰岛学会钓鱼的，他还去他当空军时待过的远程雷达预警线③的一些站点打野鸭。那段时间里（一九六〇年前后），他开始带上我一同去他称之为"探险"的活动。我当时就觉得，尽管我知道的还不多，但这是很多男孩梦寐以求却永远实现不了的愿望。关于这一点，我觉得我不会错。

我爸不知道"限制"④这回事是真的。春天到来后，我们会去东面的朱迪思河盆地，在岸边宿营，他能在一个周末钓到上百条鱼，有时还不止。他从早到晚都在干这一件事，对他来说这一点都

---

① 一个以银矿著称的城市。
② 华盛顿州的一座城市。
③ 雷达站的预警线位于穿越北美洲大陆的北纬七十度附近，由美国和加拿大设立，在敌机和导弹进入时可以发出预先警报。
④ 美国很多州都设立钓鱼的"上限"，即一天里每人最多只能钓几条鱼。

不难。他在四号系线钩上穿一串黄玉米粒，再在鱼线上装一个铅坠，然后把它沉入深水潭，并上下来回地抖动它。由于熟悉朱迪思河和知道怎样感觉水下的鱼饵，大多数时间里他都能钓到相当大的鱼。

我爸打野鸭也很在行，这是另一件他喜欢做的事情。当这种北方的飞禽南下时，通常是在十月中旬，他会带上我去密苏里河下游他熟悉的沼泽地带，用香蒲和麦秸搭一个藏身的窝棚，那里的水浅到可以蹚过去。我们把他做的假鸟放在我们藏身窝棚的下风头，他会用玉米粒在那些假鸟和窝棚之间撒出一条"饥饿线"。傍晚他从基地回家后，我们会去那个窝棚里等着，直到栖息的飞禽落在那些假鸟中间（我们从来不用学鸭子叫来吸引它们）。过了一段时间，有时要等上一个小时，等天全黑下来以后，鸭子们会找到玉米，然后整群的鸭子——有时多达六十只——会朝我们游过来。在估计它们离我们足够近了时，我父亲会对我说："杰基，开灯。"我站起身，用一盏汽车大灯把水面照亮，他站在我身旁，朝着所有的鸭子开火。如果可能的话，他先打还在水里的鸭子，但也打飞起来的。他有一支配有长筒弹夹的雷明顿十一型猎枪，可以装十发子弹，用这么多子弹在水面上平射而不是从上往下射，他能在二十秒里打死打伤三十只野鸭。我清楚地记得那支猎枪发出的响声和黑夜里水面上的火光，一枪接着一枪，不算特别快，但那是一种杀伤力最大的打法。

我爸用打到的鸭子和钓到的鱼来卖钱。贩卖野生动物在当时是犯法的，现在也一样。他会给我们留下一些，但大多数都被他带到位于大瀑布市第二大街那家当时还在营业的"大北方"旅馆（鱼放在冰的上面，那些还湿着的野鸭则放在装玉米的麻袋里），卖给一个专为有钱人和经过餐车的客人准备饭菜的黑人。我们会开着我爸的普利茅斯去旅馆的背面（总在天黑以后），那里有一个水泥卸货斜坡和一个离停车场很近、总是亮着灯的大门，有时我能看见停在车站上的客车，车厢内亮着黄色的灯光，显得很温暖。乘客们穿着正式的装束，正等着火车把他们带离蒙大拿——去密尔沃基①、芝加哥或纽约市，对一个正和父亲在寒冷的夜晚非法贩卖野味的十四岁男孩来说，这些城市完全超出了他的想象。

包办伙食的黑人穿着白上装，个子高高的，有点驼背，我父亲叫他"鸭子教授"或"鱼教授"，而教授则称我父亲为"中士"。他每磅鳟鱼付两毛五，白鱼一毛，一只野鸭一块，灰斑鹅和蓝鹅两块一只，而一只加拿大鹅②则要付到四块钱。我曾亲眼看见我爸一次卖鱼就挣了一百块钱，而在秋天卖野鸭和野鹅时，则会挣得更多。如果他野味卖得好，我们会开车去第十街，在空军基地边上一个叫"美人鱼"的酒吧里待上一会儿，他会和一些熟人喝上几杯，大家聊些与钓鱼和打猎有关的趣事，而我则在一旁玩弹球游戏，或是把钱浪费在点唱机上。

那件不愉快的事情就发生在类似这样的一个夜晚。那是十月下旬。我之所以记住了那个日子，是因为"万圣节"还没有到，而我

① 威斯康辛州最大的城市。

② 斑鹅、蓝鹅和加拿大鹅是不同种类的野鹅，其中加拿大鹅是北美一种白面灰身的野鹅。

每天乘校车去大瀑布市的路上，沿途住家的窗台上都已摆上南瓜灯，院子里的椅子上也放上了稻草人。

那天我和我爸在史密斯河与密苏里河交汇处上游的沼泽地里打野鸭，他打了有三十只，我们开车去"大北方"卖掉了它们，但他留下了两只，放在麻袋里。我们开车离开那里后，他突然说道："杰基，今晚不想搭理'美人鱼'的那帮鸟人了，我们回家吧。我去把这些鸭子烤了。今晚我们换个花样。"他笑的样子有点古怪。他平时不说这样的话，说话时的样子也不是这样的。他喜欢去"美人鱼"，就我所知，我妈并不反对他去那里。

"听起来不错。"我说。

"我们要让你妈大吃一惊，"他说，"让她高兴高兴。"

我们从八十七号高速上开车经过空军基地，有飞机在黑暗中起飞。黑暗的夜空被红绿色的信号灯点缀着，塔台上的灯光射向天空，追踪那些飞往加拿大、阿拉斯加和太平洋的飞机，它们很快就从平原上消失了。

我爸在黑暗中突然说了声："哇噢！"我看着他，他眯着眼睛，像是在想什么。"你知道吗，杰基，"他说，"你妈有一次跟我说了句我这辈子都忘不了的话。她说：'没人会因伤心而死的。'那是在你出生以前。当时我们住在得克萨斯，曾为什么事大吵过几次，而这就是她当时的想法。我真是搞不懂。"他摇了摇头。

他伸手到座位下方，摸出一个半品脱的威士忌酒瓶，举起它，借着跟在我们后面车子的灯光，看看酒还剩下多少。他拧开瓶盖，喝了一口，然后把酒瓶递给我。"儿子，来一口，"他说，"生活中总还有些美好的东西。"我觉得有点不对劲。不是因为威士忌，我原来喝过酒，他不会不知道，而是因为他嗓音里的某种声音，那是我过去没听到过，不知道到底有多重要的东西，虽然我敢肯定那一定是非常重要的。

我喝了一口，把瓶子还给他，我把威士忌含在嘴里，直到它不再烧人了，才一点一点地把它咽下去。当我们开上通向海伍德镇的小路上时，大瀑布市的灯火已经落入了地平线的下方，我只能看到远处农舍在黑暗中闪烁着的微弱灯火。

"你在担心什么，杰基？"我爸说，"在担心女孩子的事吗？担心你将来的性生活？是不是有一点呀？"他瞟了我一眼，然后又看着前方的路。

"我没在担心那些。"我说。

"那么，你担心什么呢？"我爸说，"还有什么好担心的呢？"

"我担心你会死在我前面，"我说，尽管我不想这么说，"或者妈。我在担心这个。"

"如果不这样那就是奇迹了，"我爸说道，酒瓶就拿在他握方向盘的那只手上，我见过他这样开车，"人的一生很短暂，杰基。别再为那些事担心了。如果我是你的话，我会担心我们有可能死在你后面。"他对我笑了笑，不是刚才那种紧张和充满忧心的笑，而是一种开心的微笑。我不记得他从此以后再这样对我笑过。

我们开过海伍德镇的后面，拐上一条通往我家的平整的土路。我看见空旷的田野里有一个移动的灯光，那是租给我们房子的农夫在为冬小麦犁地。"他动手太晚了。"我爸说道，他喝了一口酒，然后把酒瓶从窗口扔了出去。"这么做不行的，"他说，"麦子会冻死的。"我没有搭理他，我觉得我爸对种庄稼一窍不通，如果他说对了，那也是碰巧了。对我来说，他只知道飞机和猎野物。

"我想尊重你的隐私。"他随后说道。我不知道他为什么要那么说，我甚至不确定他说过那句话没有，只记得他说过什么。我不知道他当时在想什么，只是听到了一些只言碎语，但我对他说过的话却记得清清楚楚："没关系。谢谢你。"

我们没有从杰拉尔丁路直接开回家，我爸又向前开了一英里，然后把车子掉了个头，向前开出一英里后再掉头往回开，这让我们从另外的一个方向回家。"我想停下来听一会儿，"他说，"庄稼茬里肯定有野鹅。"我们停了下来，他熄了火，关了车灯，我们摇下车窗，听着。当时是晚上八点左右，天气在变冷，但很干燥。除了刮过收割完的田野上的微风外，我什么都听不见，一声野鹅的叫声也听不见。但我能闻到我爸和我呼出的威士忌酒味，听见马达的咔嗒声，听见他喘气的声音，听见我俩并排坐在车座上发出的声音，我们的衣服，我们的脚，甚至我们心脏跳动的声音。夜色中，透过南面的沙枣树丛，我能看见从我家透出的灯光，房子则像一艘航行在海里的船。"我听见它们了，我发誓，"我爸说，他把头伸出车窗，"但它们飞得很高。它们不会在这里停留了，杰基。这帮远走高飞的家伙，它们早飞走了。"

路边沿着挡风树丛停着一辆汽车，在一台农人扔在那里生锈的打谷机的边上。你能看见尾灯金属框上反射出的月光。那是一辆双门的庞迪亚克。我爸没说什么，我也没有，但我现在意识到那是因为不同的原因。

房子侧门上方的泛光灯亮着，屋里楼上楼下也都亮着灯。我妈在前面阳台上放了一个南瓜，她挂在门上的风铃发出叮叮当当的声音。车子接近家门时，我的狗"少校"从活动房子里钻了出来，站在车子的灯光里。

"看看到底出了什么事。"我爸说，他轻轻打开车门下了车。他看了眼车里的我，眼睛睁得很大，嘴则紧闭着。

我们从侧门进到家里，从地下室的楼梯上到厨房，那里站着一个男人——一个我从未见过的男人，一个满头金发，看上去二十到二十五岁的小伙子。他个头很高，穿着短袖上装和皱皱巴巴的米色休闲裤。他站在早餐桌的另一侧，手指尖正好接触到木头桌面，蓝色的眼睛盯住穿着猎装的父亲。

"嗨。"我爸说。

"嗨。"小伙子说，一个字也不多。我无意中看了一眼他的胳膊，是灰白色的，很长。它们看上去像是一个年轻人的胳膊，像我的胳膊。上衣的短袖被整齐地卷了起来，下面露出一个不大的绿色刺青的底部。桌上有一杯威士忌，但看不见酒瓶。

"你叫什么？"我爸站在厨房明亮的顶灯下面问道。听上去像是他就要笑出声来了。

"伍迪。"年轻人说完清了清嗓子。他看着我，然后碰了一下那杯威士忌，但只是碰了一下杯口。我看得出来他并不紧张。他似乎什么都不怕。

"伍迪。"我爸说着看了一眼那杯威士忌。他看着我，叹了口气，又摇了摇头。"罗素太太在哪里，伍迪？我猜你不是来抢劫的吧，是吗？"

伍迪笑了起来。"不是，"他说，"楼上。我想她上楼了。"

"那就好，"我爸说，"那是个好地方。"他径直走出房间，但又折了回来，在门口说道："杰基，你和伍迪去外面等着我。待在那儿别动，我会出来的。"他然后看着伍迪，那是一种很特别的眼光，我不希望被他那样看着，那种眼光表明他在琢磨伍迪。"我猜那辆车子是你的。"他说。

"那辆庞迪亚克。"伍迪点点头。

"好吧，就这样。"我爸说。他随后再次走出房间，上了楼。这时客厅里的电话铃响了起来，我听见我妈在说："谁呀？"我爸说："是我。杰克。"我决定不去接那个电话。伍迪看着我，我能够理解他，他不知道该干什么。逃跑，也许吧。但他并没有逃跑的意思。我觉得如果我让他做什么的话，他会去做的。

"我们去外面吧。"我说。

他说："好吧。"

伍迪和我来到外面，站在泛光灯的灯光下。我穿着羊毛外套，但伍迪身上很冷，他双手插在口袋里站着，胳膊光光的，不停地把身体的重量从一只脚换到另一只脚上。其间我抬头往楼上看了一次，看见我妈来到窗口，向下看着我和伍迪。伍迪没有抬头往上看，但我看了。我向她挥了挥手，她也朝我挥挥手并笑了笑。她穿着浅蓝色的长裙。过了一阵，电话铃不响了。

伍迪从上衣口袋里掏出一根烟，点着。烟从他鼻孔里喷出来，汇入寒冷的空气里，他吸了吸鼻子，四下看了看，把火柴丢到碎石子地上。他的金发向后梳着，两边也梳得整整齐齐的，我能闻到他脸上须后水的味道，一种甜甜的柠檬味。我第一次注意到他脚上的皮鞋。皮鞋是双色的，黑边，白色的鞋面，鞋带是黑色的。鞋子从他松松垮垮的裤子下面露出来，很长，擦得锃亮，好像他计划要去一个重要的场合。这像是乡村歌手和搞销售的人穿的皮鞋。他长相英俊，不过也就像一个你在小店里偶尔碰到，过后就忘记的年轻人。

"我喜欢这里，"伍迪说，低头看着自己的鞋子，"没有什么惹你心烦的事。我敢打赌地球如果是平的，从这里能看见芝加哥。大平原①就是从这里开始的。"

"我不知道。"我说。

伍迪抬头看着我，用一只手罩住他的烟。"你玩橄榄球吗？"

"不玩。"我想问他一点关于我妈的事，但不知道该问些什么。

"我刚才一直在喝酒，"伍迪说，"但我没有喝醉。"

起风了，我听见房子后面很远处传来"少校"的一声吠声，闻到了灌溉渠的味道，也听到了渠水在田野里发出的沙沙声，渠水从海伍德溪向南流入二十英里外的密苏里河。伍迪根本不知道这些，

---

① 又称北美大平原，是北美洲中部一块广袤的平原地区，大致位于密西西比河以西、落基山脉以东、格伦德河以北。自然植被以草为主。

他什么都听不见也闻不到。他对这里一无所知。我听见我爸在房子里面说了一句："简直是开玩笑。"然后是抽屉拉开又关上的声音，一扇门关上的声音。再后来一切都复归寂静。

伍迪转向黑暗中闪烁着灯火的大瀑布市，望着。我们俩都能看见在那里降落的飞机上闪烁的灯光。"我有一次在洛杉矶机场碰见我哥，我都没能认出他来，"伍迪说，他瞪着夜空，"但他认出了我。他说：'嗨，老弟，你在生我的气，还是怎么了？'我没生他的气。我俩都笑了起来。"

伍迪转身看着我家，他的手还放在口袋里，烟在上下牙之间咬着，他的胳膊绷得紧紧的。我看出来他的胳膊比我想象的要强壮得多，每条前臂上都有一根隆起的血管。我在想有什么伍迪知道而我却不知道的事情，不是和我妈有关的（我不知道那个，也不想知道），而是其他的事情——藏在黑暗中的生活、为什么上这里来、机场等等，甚至包括那些与我有关的事情。

"你知道你妈原来结过婚吗？"伍迪说。

"知道，"我说，"我知道。"

"他们现在出了问题，"他说，"他们都想尽快离婚。"

"我看是吧。"我说。

伍迪把烟头丢在地上，用他黑白两色的皮鞋把它踩灭了。他抬头看着我，脸上露出刚才在屋里时的笑容，那种笑容像是在说他知道什么但又不愿意说出来，让你因为不是而且永远不会是伍迪而感到难受。

这时我爸来到屋外。他还穿着那件格子的花呢外套，戴着羊毛帽，但他的脸却像雪一样白，我从来没见过比这更白的脸。这很奇怪。我觉得他可能在屋里摔了一跤，因为他看上去像是被人打了一样，好像他伤到了自己。

我妈跟在他后面，站在被灯光照亮的台阶的最上面。她穿着那件我刚才从窗户里见到的浅蓝色裙子，这件衣服我过去从来没见她穿过，她在外面还套了一件开车时穿的外套，手里拎着一个箱子。她看着我，摇了摇头，但像是只想让我一人看见，好像是在说现在不是说话的时候。

我爸双手插在口袋里，径直走到伍迪的跟前。他甚至都没有看我一眼。"你靠什么谋生？"他说。他紧靠着伍迪，他的外套已经碰到了伍迪的上衣。

"我在空军里。"伍迪说。他看了看我，又看了看我爸。他看出来我爸很冲动。

"那么今天你休息啰？"我爸说。他靠得更近了，手还插在口袋里，用胸脯顶着伍迪，伍迪好像很愿意让我爸这样顶着。

"不。"他说，摇了摇头。

我看了一眼我妈。她只是站在那里观望。好像有人给她下了一道命令，而她正在服从这个命令。她没有对我微笑，但我觉得她在心里面想着我，这让我觉得有点怪怪的。

"你这是怎么了？"我爸对着伍迪的脸说道，他的声音发紧，好像说话有困难，"你他妈的到底是怎么了？难道你连这个都不懂？"我爸从上衣口袋掏出一把左轮手枪，用它抵住伍迪下巴下方锁骨中间的柔软处，伍迪整个脸膛红了起来，但他的手臂仍然在身体两侧放着，手是张开的。"我不知道该拿你怎么办，"我爸说，"我一点主意都没有。真的没有。"但我认为他想做的是就这么逼着伍迪，直到某件重要的事情发生，或者直到他把这一切全都忘掉。

我爸拉开手枪的撞针，把枪往上抬了抬，紧紧抵住伍迪的下巴，嘴里呼出的气喷到了伍迪的脸上。我妈拿着行李站在灯光下，看着他们，我也看着他们。他们就这样相持了有半分钟。

后来我妈说："住手吧，杰克。别再这样了。"

我爸盯着伍迪的脸看着，似乎是想让伍迪做点什么——转身、走开或任何其他事情——来结束这段相持，而我爸随后会去阻止他这么做。我爸的眼睛眯成了一条缝，牙齿紧咬在一起，他嘴唇向耳朵处裂开，以此做出一副微笑的样子。"你疯了，是吧？"他说，"你这个该死的疯子。你也爱上她了吧？是不是呀，疯子？是不是？你说你爱她？说你爱她！说你爱她，这样我就可以把你他妈的脑袋给崩掉。"

"好吧，"伍迪说，"不爱，这样行了吧。"

"他不爱我，杰克。看在老天的分上。"我妈说道。她看上去十分镇静。她又朝我摇了摇头。我不认为她觉得我爸会朝伍迪开枪。我觉得伍迪也是这么想的。没人那么想，我心想，除了我爸。但我觉得他是真那么想的，而且正在试图把他的想法付诸实践。

我爸突然转过身来，怒视着我妈，他的眼珠发亮，不停地转动着，但枪仍然抵着伍迪的下巴。我觉得他害怕了，害怕自己做错事，害怕不但解决不了问题，反而会把事情给搞砸。

"你想走，"他冲她喊道，"这就是你收拾东西的原因。滚出来。走呀。"

"杰基早晨要去上学。"我妈用她平时的声调说道，她背着包从灯光处走开，在阳台台阶处转了个弯，消失在那几排连着麦田的沙枣树里。

我爸回头看了看站在石子地上的我，好像期待着我跟着她一起去伍迪的车子。但我当时没想那么做——尽管后来我那么想过。我后来觉得我当时应该和她一起离开，那样的话他们的关系也许就会不一样。但当时的情况并不是那样的。

"你以为你现在可以走了，是不是？先生？"我爸对着伍迪的脸说道。他彻底疯了，换了谁都会这样的，在他看来一切都乱套了。

"希望是这样，"伍迪说，"我希望能离开这里。"

"而我希望能想出一个法子来伤害你，"他眨了眨眼睛，"我没法不这么想。"我们都听见黑暗中传来伍迪车子车门关上的声音。"你以为我是个傻瓜？"我爸说。

"没有，"伍迪说，"我没有这么想。"

"你以为你很重要？"

"没有，"伍迪说，"我不重要。"

我爸又眨了眨眼睛。他似乎变成了另外一个人，一个我不熟悉的人。"你老家在哪里？"

"芝加哥，"伍迪说，"在那儿的郊区。"

"你父母都还在？"我爸说，这期间，他蓝色的马格南手枪一直抵着伍迪的下巴。

"是的，"伍迪说，"是的先生。"

"那太不幸了，"我爸说，"很不幸他们不得不知道你是个什么玩意。我敢肯定对他们来说你早就一钱不值了，我肯定他俩都盼着你早点死掉。你不知道这一点。但我知道。但我帮不了他们。你还是死在别人的手上吧。我不想再和你有任何瓜葛了。我想就这么办吧。"

我爸放下枪，站在那里看着伍迪。他就那么站在那里，没有往后退，等着我无法知道的事情发生。伍迪站了一小会儿后，极不自然地看了我一眼。我低下了头。我能做的就只有这个，但我记得当时我心里在想伍迪是否很伤心，所有这些对他又意味着什么。不是对我、我妈或我爸，而是对他本人，因为似乎只有他被冷落在了一旁，只有他即将面临孤独，只有他会在将来为自己所做的事情后悔，而且不会有人来安慰他和宽恕他，告诉他这种事情其实是很平常的。

伍迪往后退了一步，又看了一眼我和我爸，像是要说点什么，他随后退到一边，朝着我家的前面走去，挂在那里的风铃在冷风中发出一阵声响。

我爸看着我，手里还拿着那把大号手枪。"这是不是很愚蠢？"他说，"所有这一切？叫喊、威胁和发疯？如果你这么觉得我不会怪你的。你本不该看到这些。对不起，我现在也不知道该干什么。"

"都会过去的。"我说。我来到外面的路上。伍迪正在沙枣树后面发动汽车。我站在那里看着他把车子倒出来，红色的尾灯被车子排出的废气笼罩着。我能看见车内他俩的头，车灯在他们脑袋的前方亮着。他们退到路上后，伍迪踩了一下刹车，有一阵我看见他们在那里交谈，他们的头朝向对方，点着，伍迪和我妈的头。他们就那样坐了一会儿，然后慢慢地开走了。我在想他们有什么重要的话要和对方说，重要到非得在那一刻把车子停下来说完它。她有没有说我爱你？有没有说我没有想到事情会是这样的？有没有说这是我一直想要的结果？而他有没有说我对此感到抱歉，或是感到高兴，还是我根本就不在乎这些？如果不身临其境，你永远不知道他们那一刻到底说了些什么。我不在那里，也不想在那里，而且我似乎也不应该在那里。我爸走进家门后传来了一声摔门声，在我转身离开时，我还能看见他们车子逐渐消失的尾灯。回家后，我将单独和我爸在那里住下去。

　　事情往往总是接踵而至。第二天早晨，我像往常一样乘校车上学，我爸则开车去空军基地上班。我们没就发生的事情多说什么。从某种意义上说，尖刻的话都是相同的，你甚至可以把它们编造得很像一回事。我觉得我俩都认为我们正处在迷雾中，什么都看不清楚，但只要过上一阵子，可能都不需要太久，就会看见曙光，并把情况弄清楚。

　　上第三节课的时候，一个送信的送给我一张纸条，说我中午以后就不用上学了，我应该去南十街的一个汽车旅馆见我妈，那里离学校不远，我将和她一起吃中饭。

　　那天大瀑布市的天气阴沉沉的，树上的叶子都掉光了，低沉的天空遮住了镇子东面的山峦。昨晚天气很冷，但是个晴天，而今天看起来要下雨。现在是严冬开头的几天，用不了多久，就会落雪纷纷了。

我妈住的汽车旅馆名字叫"热带"，在市高尔夫球场的边上。门前招牌上有个霓虹灯做的鹦鹉，白色小办公室后面的客房成一个U字形。客房前只停了两三辆车，我妈的房间前面没有停车。我想知道伍迪是在我妈那儿还是在空军基地，我爸会不会见到他，见到了他又会和他说些什么。

我来到后面的九号客房，门把手上挂着"谢绝打扰"的牌子，但门是开着的。透过纱门我看见我妈一人坐在床上。电视开着，她却在朝我这边看。她还穿着昨晚那件浅蓝色的裙子，正冲我微笑。尽管她身处阴影中，又隔着一道纱门，我还是很喜欢她当时的样子，她看上去很轻松，面部的表情不像过去那么严厉了。我觉得不管发生了什么事，我俩之间不会存在任何隔阂，而且我一点都不恨她——我从来就没有恨过她。

她欠身关掉电视。"进来吧，杰基，"她说，我打开纱门进到房间里，"你看这里多么的富丽堂皇，是不是呀？"我妈在房间里四下看了看，靠近卫生间门的地上放着她打开的箱子，透过那里的一扇窗户，可以看见外面的高尔夫球场，浑浊的天空下三个男人正在打高尔夫。"私人空间有时简直就是一种负担，"她说，伸手去把高跟鞋穿上，"我昨晚没睡好，你呢？"

"我也没睡好。"我说，尽管我睡得还可以。我想问她伍迪在哪里，但我突然有一种感觉，伍迪已经走掉了，不会再回来了，而她根本就没有在想他，也不在乎他现在在哪儿或将来要去哪里。

"我想听你说点好听的，"她说，"能不能贡献一点呢？"

"能，"我说，"见到你我很高兴。"

"这个就很不错。"她边说边点头。她已穿好了两只鞋子。"想出去吃午饭吗？我们可以去马路对面的那家餐厅，那里有热的饭菜。"

"不用了，"我说，"我现在不饿。"

"那就算了。"她说完对我笑了笑。就像我刚才说过的，我喜欢她现在的样子，有一种我不熟悉的美，好像一个一直抓住她不放的东西突然松手了，她对事物的态度变了，其中也包括对我的态度。

"有时候，你知道，"她说，"我会去想我做过的事情。随便哪一件事情。多年前在爱达荷州的事情，甚至一周前的事情，但感觉像是在看书和读一个故事。你说奇怪不奇怪？"

"奇怪。"我说。我确实感到奇怪，因为无论在当时还是后来，我都很清楚发生过的事情和尚未发生的事情之间的差别。

"有时，"她说着把手交叠着放在腿上，眼睛盯着侧面小窗户外面的停车场和其他的客房，"有时我会在某一刻忘掉生活是什么样的。忘得干干净净。"她笑了起来。"不过这也没什么不好。也许我得了一种疾病。你觉得我是不是病了？会好吗？"

"我不知道，"我说，"也许会吧。我希望是这样。"我看着卫生间窗户外面三个背着高尔夫球杆的男人，他们正走在球场的球道上。

"我现在没有心情和别人分享什么，"我妈说，"对不起。"她清了清嗓子，接下来的一分多钟里，她一句话也没说，我就那么干站在那里。"但我会回答任何你想知道的问题。随便问我什么,不管愿不愿意,我都会如实回答你。好吗?我会的。你不必相信我说的。这对我们来说算不了什么。我们都是大人了。"

我问道:"你之前结过婚吗?"

我妈奇怪地看着我。她的眼睛眯了起来,有一会儿她又变成了从前的她——脸色严峻,嘴闭得紧紧的。"没有,"她说,"谁和你说的?那不是真的。我从来没有。是杰克对你说的吗?是你爸说的?怎么能这么说话。我还没有那么糟。"

"他没说。"我说。

"哦,肯定是他说的,"我妈说,"他不懂得在该放手的时候放手。"

"是我想知道,"我说,"我正好想到了那个。这也没什么大不了的。"

"对,没什么大不了的,"我妈说,"我就是结过八次婚又怎样。很遗憾他这么对你说。他有时有点小心眼。"

"他没有那么说。"我说,但我不想就此再说什么了,我并不在乎她相不相信我。确实,在我俩之间,信不信任已经无所谓了。不管怎么说,我现在总算明白了,所谓事情的真相只是一个不存在的概念而已。

"你想知道的就这些?"我妈说。她似乎还在生气,但我觉得她并不是在生我的气,只是心情不太好。我很同情她。"你的生活是你自己的事情,杰基,"她说,"和其他人一点关系也没有,有时候光这么想就会让你害怕。你想逃避它。"

"我想是这样的吧。"我说。

"我只不过是想过一种没有家庭负担的生活，没别的。"她看着我，但我没说什么。我不知道她那句话的意思，但我知道不管我说什么也改变不了她今后的生活。所以我保持沉默。

过了一阵后，我们去了第十街对面的那家餐馆吃中饭。她付账时，我看见了她包里放着的我爸用银元做成的夹钱卡，里面夹着钱。我明白了他那天已经来这里见过她了，没人在乎我是否知道这件事。在这件事上我们早已各自为政了。

我们走上街头后，天更冷了，还刮起了风。空气里夹杂着汽车的废气，尽管刚下午两点，有些开车的已经打开了车大灯。我妈打电话叫了一辆计程车，我们站在路边等它到来。我不知道她要去哪里，但我不会和她一起走的。

"你爸不会让我回去的。"她站在路边上说道。她只是在陈述一个事实，并不希望我去和他说什么，或是站在她一边，支持她。但我当时确实很后悔，后悔我昨晚没能把她留下来。留下来后什么都会好办点，但离家出走则是在拿生活冒险，事情会变得无法收拾。

我妈的计程车来了。她亲了我一下，又使劲抱了抱我，然后钻进了车里，她还是穿着她的浅蓝色长裙、高跟鞋和开车穿的外套。我站在那里看着她，脸上还残留着她的香水味。"我过去害怕的东西比现在多得多，"她说完微笑着抬起头来看我，"所有事情都会让我肠胃痉挛。"她关上车门，冲我挥了挥手。车子开走了。

我朝着学校的方向往回走。我想只要在三点前赶到就不会错过回家的校车。我沿第十街走了很长一段路，一直走到沿密苏里河的第二大道，回到了镇上。路过我爸在那里卖鱼和野鹅野鸭的"大北方"旅馆时，停车场里见不到一辆客车，装卸货物的台子显得很小，边上放了一排垃圾箱，大门关着，上了锁。

回学校的路上，我想到了我生活中的突然变故，我有可能会在很长一段时间里无所适从。实际上，我有可能永远不知道该干什么。那是一个降临到你头上的变故（我知道这一点），它以这样一种方式落到了我的头上。那天下午走在大瀑布市寒冷的街道上，我问自己的问题是：为什么我爸不让我妈回来？为什么伍迪要冒着生命危险和我一起站在我家门外的严寒里？如果我妈之前没结过婚，为什么伍迪要说她结过？而我妈又为什么要那么做？五年后，我爸为追随内华达州的石油热①去了埃利②，并在一次事故中丧生。后来我还能不时地见到我妈——在不同的地方，和不同的男人。至少可以说我们还认识对方，但我一直不知道那些答案，也没再向任何人问起过。然而答案可能并不复杂：那就是我们低劣生活的本质，我们固有的冷漠和孤独无援的感觉，它导致我们对单纯的生活做出错误的判断，使得我们的存在如同水中月一样虚无缥缈，也使得我们与那些相遇在路上的动物一样——警惕、不宽恕、没有耐心、没有愿望。

---

① 这里是指一九七六年内华达州石油业的兴旺发展。

② 内华达州的一个小镇。

甜　心

阿琳和她前夫博比在客厅道别的那会儿我正站在厨房里。我已去商店买回了食品，烧好了咖啡，正一边喝一边看着窗外，等着他俩把要说的话说完。现在是早晨五点三刻。

对博比来说今天可不是个什么好日子，这是显而易见的，因为他今天就要去坐牢。他签了几张假支票，可还没等判完刑，他又持枪抢劫了一家便利店，他是彻底昏了头。现在一切都乱了套，你能想象得出来。阿琳花钱把他保释出来，说到申述肯定还得再花一笔钱。但那根本就没用，他罪行确凿，即使花了钱他也还是要进监狱。

阿琳说她早晨会开车送他去警察局，如果我给他做顿早饭吃，他进去的时候就不会空着肚子，这似乎合情合理。博比一大早就把他的摩托车开到后院里来了，并把他的狗拴在车把手上。我透过厨房的窗户观察着他。他亲了亲狗的脑袋，冲着它的耳朵嘀咕了点什么，然后进到屋里。那是一条黑色的猎犬，它此刻正坐在摩托车旁，漠不关心地看着河对岸镇子上的建筑，那边的天空已经泛红，新的一天就要来临了。看来今后很长一段时间里，我们不得不把它当做我们自己的狗来养了。

我和阿琳在一起眼看就一年了。她很久以前就和博比离了婚，又回学校去读书，接受了房地产方面的培训并买了我们现在住着的房子，她之后没有接着干那一行，而是跑去教了一年的中学。最后，她把教书的工作也辞了，去镇上的酒吧做女招待，我就是在那里认识她的。她和博比属于两小无猜的恋人，疯狂相爱了十五年。但等我介入到里面时，她和博比的事差不多已经了结了，谁也没有撕破脸皮。他来这里我没有一点问题，我们有共同的话题——我们的过去，我们过去的麻烦。一切都还说得过去，没有想象的那么糟。

　　我听见博比在客厅里说道："那么，我怎样才能保住自尊？回答我。这是我的一个大问题。"

　　"你首先要端正态度，"阿琳用一种积极的声调说道，"要尽量从容一点。"

　　"我觉得我感冒了，"博比说，"在进监狱的这一天感冒！"

　　"吃点康泰克，"阿琳说，"我好像在哪里放着一点。"我听见椅子滑过地面的声音，她在为他找药。

　　"我吃了，"博比说，"我家里有。"

　　"那么你会好起来的，"阿琳说，"监狱里也有康泰克。"

　　"我太相信女人了，"博比轻声说道，"我现在明白这么做错了。"

　　"我并不这么认为。"阿琳说。然后再没人说话了。

　　我透过窗户看着博比的狗。它仍然看着河对岸的镇子，好像知道那里的什么事。

后面卧室的门开了，我女儿雪丽穿着白色的小睡衣走了出来，睡衣上面点缀着红色的情人节鸡心，每颗鸡心上都写着"做我的情人"。尽管已经起来了，但她还是没完全睡醒的样子。是博比的声音把她弄醒的。

"你喂过我的鱼了吗？"她的眼睛盯着我问道。她光着脚，手里抱着一个洋娃娃，她看上去就像一个洋娃娃那么漂亮。

"你当时已经睡着了。"我说。

她摇摇头，看着开着的客厅门。"谁在那里？"她说。

"博比在这里，"我说，"他在和阿琳说话。"

雪丽来到我站着的窗户跟前，看着博比的狗。她喜欢博比，但更喜欢博比的狗。"巴克在那里。"她说。巴克是狗的名字。水池上方放着一截香肠，我打算做给博比吃，然后请他离开。我想让雪丽去上学，好让这一天尽快过去，尽量不让过多的人涉及这件事。有我和阿琳就足够了。

"我说博比，甜心，"阿琳说，她现在在另外一个房间里，"在我们的一生里，我们会见证诞生在十九世纪的最后几个人，他们很快都将死去。一个也剩不下来。"

"我们不应该分开的，我觉得。"博比低声说道。我知道，这是我不该听到的。"如果我们还爱着对方，我就不会去坐牢了。"

"但我想离婚。"阿琳说。

"那是个愚蠢的想法。"

"对我来说不是。"阿琳说。我听见她站了起来。

"看来现在是覆水难收了，是不是？"我听见博比的手在膝盖上连击了三下。

"我们看电视吧。"雪丽对我说，她打开了厨房饭桌上的一台小电视。一个男人在播报新闻。

"别太大声了，"我说，"小点声。"

"我们让巴克进来吧，"她说，"巴克很孤单。"

"让巴克待在外面。"我说。

雪丽不感兴趣地看着我。她把洋娃娃放在电视顶上。"可怜的巴克，"她说，"巴克在哭呢，你听见了吗？"

"没有，"我说，"我没听见。"

博比吃着鸡蛋，眼睛却盯着窗户外面，他似乎很难把注意力集中到他正做着的事情上。博比是个帅小伙子，个头不算高，有着浓密的黑发和浅色的眼睛。他讨人喜欢，不难想象女人为什么会喜欢他。他今天早晨穿着牛仔裤、靴子和一件红色的 T 恤衫，看上去就像是一个要去坐牢的人。

他盯着后面的窗户看了很久，然后吸了吸鼻子，又点了点头。"你不得不面对空虚的时刻，拉斯①，"他把目光转向我，"你经常这么做吗？"

"拉斯这么做过，鲍勃，"阿琳说，"我们都这么做过。我们是成年人。"

---

① 拉斯是拉塞尔的简称。

"嗯，这正是我眼下的处境，"博比说，"我正处在一个空虚的时刻。我失去了一切。"

"但你有朋友，甜心。"阿琳微笑了一下。她正抽着烟。

"我在给你打电话呢。你猜猜我是谁。"雪丽对博比说道。她闭着眼，前后晃动着脑袋，嘴和鼻子噘成了一团。

"你是谁呀？"博比笑着说道。

"我是大黄蜂。"

"你会飞吗？"阿琳说。

"不会。我的翅膀太短了，我太胖了。"雪丽突然冲我们睁开眼睛。

"嗯，那你可遇到大麻烦了。"阿琳说。

"一只火鸡一小时可以走四十五英里。"雪丽说，她一副很惊奇的样子。

"换衣服去。"我说。

"去吧，甜心，"阿琳微笑着对她说道，"我就来帮你。"

雪丽眯着眼看了一会儿博比，然后走回她的房间。她打开房门时我看见了黑暗中靠墙摆放的鱼缸，里面有绿色的灯光、粉色的假山和一小点一小点的鱼。

博比抬头看着天花板，用双手捋了一下头发。"好吧，"他说，"十恶不赦的罪犯就在你们眼前，一切就绪，就等着进监狱了。"他说完看着我们。他看上去完全丧失了理智，我还从来没见过一个这么绝望和失去理智的男人。而这一切并不是没有原因的。

"你这是在发神经，"阿琳说，"太没意思了。我绝不会嫁给一个该死的罪犯的。"她看着我，但博比也在看我。

"谁把她从这儿拖走，"博比说，"你说呢，拉塞尔？把她塞进一辆卡车里带走。她总有一个绝妙的狗屁观点。你不得不好奇她怎么就住在了这么一个地方。"他在刷成白色的破旧小厨房里四下看了看。阿琳的这栋房子曾经开过珠宝店，厨房门的上方有个黑色的监控摄像头，但现在没有接通。

"客气点，博比。"阿琳说。

"我就该扇你一耳光。"博比说。我看见他下巴处的肌肉绷紧了，以为他可能要打她。我看见卧室里雪丽光着身子站在黑暗中，正往鱼缸里撒食物。灯光使她的皮肤看上去和水的颜色一样。

"冷静点，鲍勃，"我坐在椅子上没有动，"我们都是你的朋友。"

"我弄不懂大家为什么要来这里，"博比说，"西部完蛋了，被毁掉了。我希望有人把我从这里带走。"

"我估计马上就会有人这么做的。"阿琳说，我知道她在生他的气，这不怪她，但我希望她没说那句话。

博比的蓝眼睛眯了起来，他冲她恶狠狠地笑着。我看见雪丽在看着我们。她还从来没有听过这样的对话——一种低劣的、监狱里说的话，一种让你无法忘记的对话。"你以为我在嫉妒你们？"博比说，"是这样吗？"

"我不知道你在干什么。"阿琳说。

"好吧，我没有。我没有嫉妒你们俩。我不想要孩子。我不想要房子。我情愿去迪尔洛奇也不要你们拥有的任何一样东西。"他怒气冲冲地看着我们。

"这么说你的运气还真不错。"阿琳说。她把烟在她面前的盘子里戳灭，喷出嘴里的烟，然后起身去帮雪丽穿衣服。"我来了，宝贝。"她说完随手关上了卧室的门。

博比坐在饭桌边上半天没说话。我知道他在生气，但他并不是在生我的气。实际上，他可能都不明白我为什么要在这里陪他——一个他几乎不认识，却在和他爱了一生，甚至这一刻还爱着的女人睡觉的男人，而且，雪上加霜的是，那个女人已经不再爱他了。我知道他想说出他的感受，或许还有更多的什么，但这时候语言反而显得很无力。我为他感到难过，并尽量去同情他。

"我不想告诉别人我离婚了，拉塞尔，"博比眨了眨眼睛，清清楚楚地说道，"你能理解吗？"他看我的样子像是觉得我会敷衍他，但我没有。

"那并不难理解。"我说。

"你原来结过婚，是不是？你有一个女儿。"

"没错。"我说。

"你离婚了，是吧？"

"是的。"

博比抬头看着厨房门上方的监控摄像头，用食指和拇指做出一个手枪的形状对着摄像头，嘴里轻轻发出"叭"的一声，然后看着我笑了，这么做似乎让他镇静了一点。真奇怪。

"我妈死前，"博比说，"我经常给她打电话。她要花很长时间才能从床上爬起来。我让电话铃一直响着，就那么等呀等呀。有时候我知道她不会接这个电话，因为她爬不起来，明白吗？因为是我在打电话，所以铃声会一直响下去，我愿意就这么等着。有时我让电话铃一直响下去，她也一样，我不知道到底出了他妈的什么事，也许她死掉了，明白吗？"他摇了摇头。

"她肯定知道是你在打电话，"我说，"这肯定让她感到好受些。"

"你这么觉得？"博比说。

"有可能。看起来很可能。"

"但你会怎么做呢？"博比咬住下嘴唇想着这个问题，"你会在什么时候让铃声停下来？你让它响二十五下还是五十下？我想让她有足够的时间来做决定，但又不想把她逼疯了。明白吗？"

"二十五下好像差不多。"我说。

博比点点头。"很有意思。看来大家做事的方法都不一样。我总是让它响五十下。"

"那也没什么。"

"我觉得五十下太多了。"

"你现在这么觉得了，"我说，"刚才并不是这样的。"

"一个熟悉的故事。"博比说。

"所有人都经历过的故事，"我说，"一个'过去和现在'的故事。"

"我们离天堂也就一步之差，是不是，拉斯？"

"是这样的。"我说。

博比冲着我笑了笑，他笑得很甜美，让人觉得不管他抢过什么，他其实并不是个坏人。

"换了你，你会怎么做？"博比说，"如果你就要去迪尔洛奇待上一年的话？"

我说："我会想着我什么时候能够出来，出来那一天会是什么样的一天，还有就是等不了多久那一天就到了。"

"我只是担心里面会吵得睡不着觉。"他说道，并露出担心的神色。

"没什么，"我说，"一年过起来很快的。"

"但你如果一刻也睡不着就不一样了，"他说，"这很让我犯愁。"

"会睡着的，"我说，"你会睡好的。"

博比隔着饭桌看着我，他看上去像一个本该对整个事情有所了解，但只了解了一半的人，一个清楚自己遇到的麻烦并吓得要死的人。

"我觉得自己像死人一样，你知道吗？"眼泪突然涌入他浅色的眼睛。"真对不起，"他说，"我知道你在生我的气。对不起。"他把头埋在双手里哭了起来。我心想：他还能做什么？现在想逃避这些已经不可能了。一切都会过去的。

"没什么大不了的，伙计。"我说。

"我替你和阿琳高兴，拉斯，"博比说，脸上仍然挂着泪水，"相信我说的。我只是希望我和阿琳没有分手，希望我不曾是一个混蛋。你明白我说的吗？"

"完全明白。"我说。我没有去碰他，也许我该那么做，但博比不是我的兄弟，有一阵我甚至希望我和这件事一点关系也没有。我很遗憾我不得不面对这些，遗憾我们每个人都得记住这些。

开车去镇里的路上，博比的情绪好了许多。他和雪丽坐在车子的后排，阿琳坐在前排的位子上。我开车。雪丽拉着博比的手咯咯地笑着，博比让她穿他玩牌赢来的金兰湾黑丝夹克，雪丽则说自己是某场战争里的士兵。

早晨开始那会儿阳光明媚，但现在起了雾，尽管太阳还高高地挂着，也能看见南面的比特鲁特河。清冷的河面上笼罩着薄雾，从桥上看不见纸浆厂，也看不见半英里外的汽车旅馆。

"我们就这么一直往前开，拉斯，"博比从后座上说道，"去爱达荷州，一起加入摩门教，从此规规矩矩地做人。"

"那倒是个好主意，是不是？"阿琳转过身去对他笑了笑。她的气已经消了。这是她性格中最好的一面，她不会长时间生任何人的气。

"日安。"雪丽说。

"谁在说话？"博比问道。

"我是保罗·哈维①。"雪丽说。

"他总是那么说，是不是？"阿琳说。

"日安。"雪丽又说了一遍。

---

① 保罗·哈维(1918—2009)，美国 ABC 无线电台网著名播音员。

"雪丽从现在起一整天都会说这个了，老爸。"阿琳对我说道。

"这里有个小可爱，"博比一边说一边胳肢雪丽，"她可是她老爸的心肝宝贝。"

"日安。"雪丽又说了一声，同时咯咯地笑着。

"孩子们会给你的生活带来希望，是不是，拉斯？"博比说，"我看得出来。"

"是的，他们会，"我说，"他们会这样。"

"但我不确定后面的那一位是不是这样。"阿琳说。她穿着红色的牛仔衬衫和牛仔裤，看上去很疲倦。但我知道她不想让博比自己一人去监狱。

"我是。我非常确定。"博比说，他随后没再说什么。

我们行驶在一条被雾笼罩着的宽阔大道上，路边上有购物中心、汽车餐馆和售车行的停车场，路上已经有几辆车子打开了车大灯，阿琳盯着窗外的雾看着。"你们知道我从前曾想过干什么吗？"她说。

"干什么？"因为没人说话，我说了一句。

阿琳又看了一会儿窗外，用指甲碰了碰嘴角处，把什么东西从那儿抹掉了。"加入'三－三角'①，"她笑了起来，"其实我并不知道她们是干什么的，但我想成为其中的一员。那时我已经和他结婚了，当然啰，她们不收结了婚的女孩。"

"那是说着玩的。"博比说，雪丽又大笑起来。

----

① 美国大学里一个姐妹会的名称。

"不是说着玩的，"阿琳说，"那是我生活中的一个欠缺，你是理解不了的。"她拿起我放在座位上的手，眼睛仍然看着窗外。她这么做就像博比不在车里，就像他已经进了监狱一样。

"我缺的是海鲜，"博比用讽刺的口吻说道，"没准监狱里有海鲜吃。你们觉得会有吗？"

"既然你想吃，我希望他们有。"阿琳说。

"肯定会有，"我说，"那里肯定会有这样或那样的鱼吃。"

"鱼和海鲜是两码事。"博比说。

我们拐上了监狱所在的那条街。这里是旧城区的一部分，有一些旧的白色两层楼住房改成的律师事务所和保释人员的办公室。酒吧和汽车站则在更远一点的地方。法庭就在街的尽头。我尽量减慢车速，好让我们晚一点到达那里。

"你就要进监狱了。"雪丽对博比说。

"不寻常吧？"博比说。我透过后视镜注视着他。他低头看着雪丽，摇着头，好像他也在为此感到惊讶。

"这事完了我要去上学。"雪丽说。

"为什么我不能跟你一起去上学呢？"博比说，"我情愿去上学。"

"不行的，先生。"雪丽说。

"哦，雪丽，请别让我去坐牢。我是无辜的，"博比说，"我可不想去。"

"很抱歉。"雪丽抱起双臂说。

"礼貌一点。"阿琳说。但我知道雪丽没有觉得自己不礼貌。她喜欢博比。

"她在逗我呢,妈妈,是不是呀,雪丽宝贝?我们彼此是很了解的。"

"我可不是她妈。"阿琳说。

"对了,我都忘记了。"博比说。他睁大眼睛看着阿琳。"你着什么急,拉斯?"博比说,我发现我都几乎停在路上了。监狱离我们还有半条街的距离,那是一座高高的现代化建筑,建在石砌的旧法庭的后面。前面的小院子里站着两个人,正朝一个窗子里张望。一辆旅行车停在前面的路边上。雾开始消散了。

"我没在催你。"我说。

"雪丽已经迫不及待了,是不是呀,宝贝?"

"没有,她没有。她根本就不知道这是怎么回事。"阿琳说。

"你给我见鬼去!"博比说。他抓住阿琳的肩膀使劲往后拉,阿琳的后背贴在了座椅背上。"没你什么事,压根就没你的事。看,拉斯。"博比说完从他随身带着的黑色塑料袋里掏出一把手枪,把它扔在我和阿琳座位的中间。"我本想杀了阿琳的,但我改了主意。"他冲我咧嘴笑着,我看得出来他既恐惧又疯狂,但他已经帮不了他自己了。

"老天爷,"阿琳说,"天啦,我的天啦。"

"拿去,该死的。这是给你准备的。"博比面带疯狂地说道。"这是你要的东西。嘭,"博比说,"嘭——嘭——嘭。"

"我拿着吧。"我把枪压在我的腿下,我想把它从大家的视线里移开。

"那是什么？"雪丽说，"让我看看。"她欠起身子想看清楚一点。

"没什么，宝贝，"我说，"是博比的一样东西。"

"是枪吗？"雪丽说。

"不是，甜心，"我说，"不是的。"我把枪推到地上，再用脚踩住它。我不知道枪里有没有子弹，我希望没有。我想要博比下车。我也遇到过麻烦事，但我不喜欢枪和暴力。我把车子开到监狱门口的路边上，停在那辆棕色的旅行车后面。"你最好现在就给我下去。"我对博比说。我看了一眼阿琳，但她直直地看着前方。我知道她也希望博比离开。

"我没有打算这么做，就这么发生了，"博比说，"行了吧？你们能理解吗？一点计划也没有。"

"出去。"阿琳说，她没有回头看他。

"把夹克还给博比。"我对雪丽说。

"算了，它归你了。"博比说，他一把拿起塑料网兜。

"她不想要。"阿琳说。

"我要的，"雪丽说，"我要。"

"好吧，"我说，"就这样，甜心。"

博比坐在座位上不动。车上没有一个人在动。我可以看到车窗外监狱的小院子。两个印第安人坐在双重门外面的塑料椅子上。一个穿灰色制服的男人从门里走了出来，对他们说了点什么，其中一个印第安人站起身来，回到了里面。站在草地上的一个脸色红红的胖妇人则盯着我们的车子看。

我下了车，来到博比的车门处并把车门打开。外面很冷，我能闻到夹在雾霭里的来自纸浆厂的酸味，听见一辆车子在另一条街上刹车发出的声音。

"再见，博比。"雪丽在车里说道，她侧过身来亲吻博比。

"再见，"博比说，"再见了。"

穿灰色制服的男子走下台阶，朝我们的车子走来，但他走到一半就停了下来，看着我们。他在等着博比，对此我确信无疑。

博比下车后站在路边上。他哆嗦了一下，四处看了看。他看上去很冷，我有点替他难过。但我希望他早点离开，好让我回到正常的生活中去。

"我们现在干吗？"博比说。他看见了那个穿灰色制服的男子，但那个人没朝他看。雪丽在车里对阿琳说着什么，但阿琳没有说话。"也许我该逃跑。"博比说，我看见他浅色的眼睛里闪过一点什么，他像是想急于弄出点事情来，最好是和他有关的事情。他突然抓住我的胳膊，把我往后推，直到我的后背抵在了车门上，他把脸凑到我的跟前。"打我，"他轻声说道，脸上露出疯狂的笑容，"把我揍扁了，看他们怎么办。"我使劲推着他，有一阵我俩僵持在那里，像是在跳一种无需移动的舞。我闻到了他嘴里的气息，碰到了他冰凉的身体，他的细胳膊和身体纠缠着我，我知道他想让我抓住他不放，让眼前的一切成为一个他可以忘记的梦。

"你们在干吗？"阿琳说，她转身瞪着我们。她在生气，她现在是真的希望博比待在监狱里了。"你们在接吻？"她说，"你们是在干这个吗？在吻别？"

"我们是在接吻，没错，"博比说，"我们正是在干这个。我一直想和拉斯接吻。我们是同性恋。"他说完后看着她，我知道他想对她再说点什么，说他恨她或者爱她，想杀了她或者向她道歉。但他无法用语言把它们表达出来。我感到他的身体变得僵直了，并开始颤抖。我不知道接下来他还会干什么，但我知道他最终会放弃挣扎的。他不是一个身处劣势还要挣扎的人，他的性格就是这样的，很多人的性格都是这样的。

"是不是登峰造极了，拉塞尔?"博比说。我看出来他过一会儿就会冷静下来。他松开我的胳膊，摇了摇头。"你我像两个下三滥一样，在为一个女人打架。"

这时候不管我说什么都救不了他和让他活得好一点，也改变不了他的看法。我回到了车里，博比则向那个等着他的穿制服的人走去。

事后我开车送雪丽上学。我从学校里出来后，阿琳的情绪好转了许多，她建议我们出去兜一圈。她要等到中午才去上班，而我在雪丽放学回来之前几乎有一整天的时间。"我们应该去调整一下心情。"她说，我也觉得有这个必要。

我们上了州际公路，往斯波坎方向开，我曾在那里住过，阿琳也在那里住过，但我们当时并不认识对方。那是在我们各自经历了结婚、生子和离婚之前，在我们过上了那种上天安排好的生活并知道了那样的生活是否幸福之前。

我们沿着克拉克福克河①往前开，脚下是贴着水面的雾霭，直到河流转向了北方，似乎再没有往前开的理由了。有一阵我想一直开到斯波坎，找个汽车旅馆住下来，但我知道这并不是个好主意。当我们开了足够远，有足够的时间让我们不再去想博比后，阿琳说："拉斯，我们去把枪扔掉。"我已经把这件事给忘记了。我用脚把枪移到我能看得见的地方。我估计博比用过这把枪，用它来犯罪，抢劫他人的钱财，也不知道他当时是怎么想的。"我们把它扔到河里去。"阿琳说，我调转了车头。

我们往回到公路和河流的分岔处，拐上一条土路，又向前开了一英里。我在几棵松树的下面停了车，我捡起枪查看里面到底装没装子弹，发现没有。阿琳抓住枪管把枪从我手里夺走，人还坐在车上，一下子就把枪甩出车窗外。枪掉进了离岸不远的水里。河水很深，枪掉下去时没有溅起水花，一眨眼的工夫就不见了。"也许这可以改变一下他的运气。"我说。我为枪不在车里了而替博比高兴，好像这样一来他就安全了，不再会毁掉他自己的生活，也不会毁掉别人的生活。

我们在那里坐了一两分钟后阿琳说："他哭了没有？你们两人单独待在厨房的时候？我很想知道。"

"没有，"我说，"他吓坏了，不过这不能怪他。"

"他说了什么没有？"阿琳似乎突然对这个问题感起了兴趣，刚才还不是这样。

---

① 蒙大拿州境内一条总长三百六十英里的河流。

"他没说太多。他说他爱你，这个我本来就知道。"

阿琳透过侧面的车窗看着河面，河面上仍留有一些没被太阳驱散的雾霭。现在也许已经是上午九点了，可以听见我们身后高速公路上向东疾驶的卡车发出的声音。

"现在博比不在了，但我并没有难受的感觉。这是实话，"阿琳说，"看来我的同情心还不够多。但你处在我的位置上就知道了，喜欢痛苦不是件容易的事情。"

"这事真的和我无关。"我说。我真的觉得不管是过去还是将来，都会是这样的。我希望自己不要走到那一步。

"也许哪天喝多了，我会告诉你当年我们是怎么分手的。"阿琳说。她打开车子的手套箱，从里面拿出一包烟，又用脚合上了箱盖。"但是说到底也没什么让人大惊小怪的，这么说吧，就是一出言情剧。"她用手掌使劲拍了一下烟盒，双脚翘在前方的仪表板上。我想着此刻可怜的博比正在监狱的院子里被人搜身、戴上手铐，然后被当做一名囚犯带走，就像一台废弃的机器。我觉得任何人都无权责备他此后的所作所为。当我们在外面享受自由生活的时候，他有可能已经死在了监狱里。"如果我问你什么你会回答吗？"阿琳打开烟盒，"你说的话还算点数吧？"

"我觉得是这样的。"我说。

她笑着打量着我，因为这是一个她曾问过我、我也曾回答过的问题。她把手伸过座位，捏了捏我的手，然后顺着土路向前看，看着克拉克福克河向北转向的地方，消退的晨雾让树木的颜色发生了变化，叶子更绿了，流动的河水蓝得发黑。

"你每天上床和我睡觉时都在想什么？我不知道我为什么想知道这个。我就是想知道，"阿琳说，"对我来说这似乎很重要。"

实际上我不用想就知道答案是什么，因为我此前曾想过，知道答案是什么，实际上我也曾诧异过，我之所以知道这个答案，是因为我生活所处的时间，这涉及了一个前夫，还有一个需要独自抚养的女儿，除了这些以外，其他的我就不很确定了。

"我在想，"我说，"又一天过去了。一个和你一起度过的一天眼看就要结束了。"

"有点失落的感觉，是不是？"阿琳点了点头，又微笑了一下。

"估计是吧。"我说。

"但也没那么糟，对不对？总会有明天。"

"那倒是真的。"我说。

"我们并不知道将来的日子会是怎样的，是吧？"她说完又紧紧捏了一下我的手。

"不知道。"但我并不认为这是件坏事，不管对于谁，对于什么样的生活来说。

"你不会为了另一个女人而抛弃我吧，会吗？你仍然是我的甜心。我没在发疯吧？"

"我从来没那么想过。"我说。

"要知道，这是你扣着的一张底牌，"阿琳说，"你不可能离开两次。博比就是证明。"她又冲我笑了起来。

虽然我一时不想再听到博比的名字，但我知道她的话是对的。我跟他不一样，我和阿琳已跟他没有任何关系了。但我现在算是知道了，一个人怎样就变成罪犯并失去一切。有时也没有什么特别的原因，不知怎么搞的，你做出的决定就出了问题，同时也就失去对事情的掌控。某天你一觉醒来，发现自己正处在一个你以为你永远不会处在的境地，再也不知道什么对你来说是最重要的。再后来，所有的一切都完蛋了。我不想让这样的事发生在我身上——一点也不想，实际上，我也不觉得会有这样的可能。我知道爱情意味着什么。它意味着不去惹是生非，意味着不能为了另一个女人而抛弃你现在的女人。它意味着不要待在你不该待的地方。爱情不是一人独处。绝对不是这样。绝对不是这样。

少　年

　　克劳德·菲利普斯有一半的黑脚印第安人血统，他父亲谢尔曼则是纯种的黑脚印第安人。一九六一年那年，我们住在从大瀑布市银行租来的农舍里。那些房子原属居住在蒙大拿州森伯斯特以东大平原上的破了产的麦农们，即使在那个年代，也会有人因破产而不得不离开自己的家。那一年我和克劳德·菲利普斯都是十七岁，从我将要告诉你们的那些事情发生的时候（五月）算起，我在不到一年的时间里就离开了那儿，克劳德也一样。

　　所有这些都发生在蒙大拿州比较偏远的地区，在斯威特格拉斯山的西边，靠近加拿大边界，被称作"高线"①的那一带，如果你不以种麦子为生，会觉得那里荒无人烟。之所以强调这一点，是因为我认为那些难以忘怀的小事之所以发生，除了我们当时所处的年龄段和性格上的因素外，事发地点也起了相当的作用。

　　克劳德·菲利普斯个头不高，手臂却很长，他和我在同一个业余拳击俱乐部里练拳击，就在斯威特格拉斯山北面进到加拿大境内

---

① 　这里是指蒙大拿州北部紧靠美国二号公路的长条形地段，在蒙大拿州境内约有一百英里长。

的地方。他虽然比我小十个月，却十分勇敢和顽强。他的生母是他父亲的第一任妻子——一个爱尔兰人，所以克劳德看上去并不像印第安人。他的脸色更加光亮鲜艳，眼睛是灰色的。他父亲后来和另一个女人结了婚——一个叫黑兹尔·特维茨的印第安人，是个阿希尼伯恩人①。克劳德不愿意谈论她。那时候我对他们的生活了解得不多，只是觉得和我的也差不了多少。在那种地方你很难对别人有过多的了解。尽管我和克劳德是朋友，但我不敢说我对他有多了解，因为根本就不存在那样的机会。

克劳德的父亲一天前的晚上住进了镇上的一家汽车旅馆，第二天早晨他给克劳德打电话，让克劳德中午过去一趟。去那儿的路上，克劳德突发奇想，在我家停了一下，让我和他一起去。那天我们本该去上学的，但我父亲当时在谢尔比②的"大北方"③做车辆挂接工作，他一走就是两天，而我母亲则已永远地离我们而去，尽管我们当时还不知道。这直接导致了我经常旷课。克劳德的车子刚开进院子我就上了车，我们一起朝镇子上开去。

"去干吗？"我们的车子开上穿过大片麦地上部的"九英里路"后，我问道。

"谢尔曼弄了一个女人，"克劳德说，他上下牙之间咬着一根烟，"这很正常，他喜欢炫耀。"

"那你妈会怎么想？"我说。尽管黑兹尔不是克劳德的母亲，提

---

① 美国印第安人的一族。
② 蒙大拿州一个只有三千多人的小镇。
③ 美国老牌铁路公司。

到她时我们还是这么说。

"她嫁了一个色狼。她是个天主教徒，"克劳德说，"也许她能预卜未来，也许她觉得这与众不同。"他把手臂伏在方向盘上，摇了摇头，像是在思考这个问题。"找不到一个词来形容黑兹尔到底会怎么想，但是，应该很好玩。"他咧开嘴笑了起来。

"我还是要先看一眼再说，"我说，"我会干的。"

"你当然会。到时你只要往她里面打点气，是不是？"克劳德隆起右胳膊上的肌肉。

"也许我真得那么做。"我说。

"那也很正常。"他说。克劳德穿着他父亲从战场带回来的丝质夹克，夹克背面有一条红色的龙，盘在一幅朝鲜地图上，图案下方绣着几个红色的字——我牺牲在那里。他伸手从怀里掏出一瓶半品脱的加拿大金酒。"火箭燃料，"他说，"谢尔曼忘记把它放在哪儿了。"他把酒瓶递给我。"来吧，点燃你的导弹。"

我喝了一大口并咽了下去。我不喜欢威士忌，很少喝，酒往肚子里流时我不得不看着窗外。公路两边是一眼望不到边，两英寸高的绿色麦苗。唯一成活着的树木是远处高坡上种植成排的橄榄树树苗，附近还有一些住宅和预制件搭成的活动房屋，那里的农场还在苟延残喘。正前方森伯斯特小镇的地势比这里要低。我能看见铁路支线一侧的谷物升降机①和几栋住房。

克劳德突然说道："也许谢尔曼会把她送给我们。"他举起酒瓶

---

① 给货车装卸谷物的机器。

喝了一口。"他什么都不在乎。他已经进过迪尔洛奇两次了，光我知道的就有两次。"

"为了什么？"我说。

"偷东西打架。然后是打架偷东西。他有一次偷了两头牛，被人当场抓住了。后来他偷了两辆卡车，并为了取乐把一个家伙打得半死，他为此栽了跟头。"

"我没必要去打谁。"我说。

"哇，'良心先生'在说话，"克劳德说，"再来一口，'良心先生'。"他又喝了一口金酒，我也喝了一口，他随后把酒瓶扔到了车子的后排，别克车的后排座位已被拿掉，铺着三合板的底部上积满了灰尘，上面胡乱地放着两根鱼竿。

"这个女人是谁？"我问道，金酒让我感到头皮发紧。

"他昨晚从哈佛带回来的，他把她带上了守车①，坐了一趟不花钱的车。她是加拿大人，我没听清楚她叫什么。"克劳德笑了起来，我俩都大笑起来，并在笑声中迎来了森伯斯特镇上的第一栋老房子。

森伯斯特镇只有一条铺设过的公路，名叫"加拿大高速"，其余的都是土路。公路边上有升降机、一家小餐厅、一家卖器械设备

---

① 运货列车的最后一节车厢，上面有为车组人员而备的厨房和睡眠用的设备。

的公司、一个烧锯末的锅炉、一家酒吧和那家汽车旅馆。这里是"大北方"南下车组机务人员聚集的地方。一台牵引车头每天两次拖来三节车厢和一节守车，把车厢拖到装有升降机的支线上，同时运送往返于支线和主干道之间的机务人员。铁路另一面的投手练习区①里有个绿色的棚子，我爸棕色的卡车就停在那里，边上还停着几辆其他机务人员的卡车。

高速公路另一侧的汽车旅馆由几栋单独的小木屋组成——六栋白色的木头房子，外加一个简陋的由石子铺成的停车场。最近一栋木屋的顶上立着一个招牌，上面写着"为过往旅客提供住宿"，那里只停着一辆车，车牌是阿尔伯塔省②的，就停在最靠近路边的那栋木房子前面。

克劳德把车子开进停车场后猛踩了一脚油门。我看见一个女人透过用作办公室的小木屋的百叶窗向外张望。我在想她如果看见我，会不会把我认出来。我和克劳德不在这个镇子里上学，我们在斯威特格拉斯的合并中学上学。

克劳德按了声车喇叭，他父亲从一栋小木屋里走了出来。"来了个很受女人青睐的男子汉。"他说。克劳德则笑着说道："庞大的印第安人。"我俩都有点醉了。他又轰了一脚油门，地面上石子飞溅。

谢尔曼·菲利普斯是个有着深暗肤色的大块头，挺着个大肚

---

① 棒球赛中救援投手热身的区域。
② 加拿大西南部靠近美国的一个省。

皮。他走起路来迈着小碎步，身体向前倾斜着。他穿着一件长袖白衬衫，黑色的头发整齐地梳向脑后，扎成一个长长的马尾辫。他戴着眼镜，光脚穿着一双拖鞋。我看不出来女人为什么会喜欢他。他酒喝得很凶，这是我父亲说的，而且，有人看见他时常随身携带一把上了膛的手枪。

"问心无愧就等于没心没肺。"克劳德把头伸出车窗外对他父亲说，他脸上仍然挂着笑容。

谢尔曼靠着车门看着坐在车里的我。他宽大的脸上长着麻子，左耳下方有一块伤疤。我还从来没有这么近距离地看过他。他长着一双小眼睛，胡子刮得干干净净，上衣口袋里装着一包烟。我能闻到他脸上须后水的味道。

"你俩醉得跟猴子似的。"他用一种恶狠狠的腔调说道。

"没那回事，我们一点都没醉。"克劳德说。

我能听到克劳德父亲胸腔里发出的呼吸声，他眼镜后面的皱纹非常深。他回头朝小木屋看了一眼，一个穿着绿长裙的金发女子在纱门后面的阴影里观察着我们，她不想让我们看到她。

"我现在就得赶回家，"克劳德的父亲说，"你明白吗？黑兹尔以为我在哈佛呢。"

"也许你在那儿，"克劳德说，"也许我们都在哈佛。她叫什么来着的？"他正看着小木屋的门，金发女子就在那里站着。

"露西，"谢尔曼喘着粗气说，"一个不错的姑娘。"

"看来她喜欢你，"克劳德说，"也许她也会喜欢上我们。"

谢尔曼直起身子，他顺着一排木屋向办公室看去，办公室的外面有一个电话亭。办公室里面的那个女人已经离开了窗口，我觉得她可能认识克劳德的父亲，因为他之前来过这里，她有可能认识机车上所有的人，包括我父亲。

"我去把她领过来。"谢尔曼说。

"你把她当礼物送给我们了？"克劳德说。

谢尔曼突然把他的大手伸进车窗，一把抓住克劳德后脑勺上的头发，把他的头拧了过来。由于拳击的缘故，克劳德的头发和我的都剪得很短，但这足以让谢尔曼弄疼他，谢尔曼食指上镶着绿宝石的银戒指陷进了克劳德的头皮里。

"你并不滑稽。你是个蠢货，非常蠢的蠢货。"谢尔曼几乎把克劳德的头拉出了车窗。他突然一下子就变成了一个真正的印第安人，看上去很危险，我想尽快离开这辆车子。

谢尔曼打开车门，抓住克劳德的头发，把他拽了出来，拖到了一边，他的大脸贴着克劳德的脸，说了一些我听不见的什么话。我扭头看着另一个方向，看着我父亲停在投手练习区的道奇。我觉得他今晚要到很晚才会回去。他有时会待在谢尔比的酒吧里，然后带着女人回家。我在想我母亲此刻会在哪里。加利福尼亚？夏威夷？我琢磨着她是否正在尽情享受着美好时光。

"你这个自作聪明的屁眼，怎么样？"我听见谢尔曼在说，"你现在觉得怎么样了？"他还抓着克劳德的头发，但提高了嗓门，像是想让我也听见。和他父亲相比，克劳德的身材瘦小多了，他什么也不说。"我现在就折断你该死的胳膊。"谢尔曼把克劳德拉近自己，又一把推开，他瞪了坐在车里的我一眼，转身朝小木屋走去。

克劳德回到车里后熄掉了引擎。"去他妈的。"他说。他把双手放在大腿上，脸涨得通红。他试图不去触摸他的后脑勺，眼睛盯着旅馆旁边的"极地酒吧"，一个画着红色北极熊的招牌在阳光下模糊地闪烁着。一个戴牛仔帽的男人从侧门走出来，看了一眼坐在车里的我们，然后绕到房子的另一侧，消失了。我看出来镇子里再没有其他人了。我好半天都没有说话。

最终我说道："我们要干吗？"车子的引擎发出啪嗒啪嗒的声音。

克劳德仍然凝视着前方。"我们带她去个什么地方，晚上再把她送回来。他不想让她在街上乱逛，怕被别人看见。这个混蛋。"

透过纱门我看见克劳德的父亲。他还穿着白衬衫，正在亲吻穿绿裙子的女人，他粗壮的胳膊搂着她，一条腿从后面勾住她，好让她贴紧他的身体。我几乎看不见那个女人。

"我们应该杀了那个女人，"克劳德说，"气死他。"

"她到底会怎样呢？"

"我不知道。你又会怎样？也许你们俩会结婚。也许你们俩会把对方杀了。有什么好大惊小怪的？"

纱门打开了，谢尔曼又走了出来。他看上去更庞大了。他手里握着几张一元的纸币，迈着碎步穿过停车场，眼镜片反射着阳光。

"这是封口费。"他再次看着车里时说道。他把钱塞进克劳德衬衫的口袋里。"你给我把嘴闭上。"他又看了我一眼。"滚回家去，乔治。你老子正在烧晚饭呢。他希望你在家里待着。"

我没有朝他笑，但也没有回嘴。

"我会带他回去的。"克劳德说。

"他眼看就要吐出来了。"

"不会,他不会的。"克劳德说。

"我不会吐出来。"我说。

克劳德的父亲看着我说:"别跟我说话,乔治,别起这个头。"

我看着他,想让他知道我脑子里在想什么。我为克劳德有这么个父亲而感到难过,我想让小木屋里的女子和我们一起走,但我希望谢尔曼滚到一边去。我知道克劳德是不会让我回家的。

谢尔曼朝小木屋做了个手势,开始一阵没什么动静,过了一会儿纱门打开了,女子走了出来。她关上身后的门,手里拿着一个纸袋穿过停车场。她很瘦,戴着一副男人的墨镜,胸部平平的,脚上穿着绿色的高跟鞋。我不确定她到底有多大。我和克劳德朝她张望时,谢尔曼正巡视着街道的两头,看看有没有人在注意我们。办公室里的那个女人已经离开了窗口。一辆汽车经过旅馆向北开去,一台牵引车头开始把装着谷物的车厢往升降机那里拉。没人注意这里发生的事情。

"那就这样吧。"女子来到车子跟前后谢尔曼说。透过车窗我发现她还只是个少女,根本就算不上女人。她比我们要大,但也大不了多少。"这是克劳德,"谢尔曼说,"他是我儿子。这是他的好朋友乔治,他不去。克劳德带你去钓鱼。"他看着路对面的牵引车头。"这是露西。"

女孩站在那里,手里拿着折起来的纸袋。她很漂亮,高高的个子,皮肤显苍白色,但看上去不是很高兴。

080

"看来你是不想和我们去钓鱼啰。"克劳德说。他并没有让她上车的意思。

"让她上来吧，"我说，"她要去。"

女孩弯腰看了看车子的后座位，那里没有座椅，只有一个装着千斤顶的木箱子、两根鱼竿和一副发动车子用的跨接电缆。

"我不坐后面。"女孩看着我说道。

"让她坐前面。"我对克劳德说。

我觉得他不想让女孩上车，但不明白他为什么要这样，我是很想让她上车的。也许他原以为他父亲弄到的是个印第安女人，现在反而有点手足无措了。

克劳德打开车门，他站起来时我发现女孩比他还要高。但我不觉得这有什么，克劳德曾用他的拳头教训过比他高大的男孩。

女孩上车时不得不把裙子往上提过膝盖。她穿着长筒丝袜，绿色的高跟鞋露着脚趾。

"你好，乔治。"她微笑着说。我能闻到谢尔曼须后水的味道。

"你好。"我说。

"别给我惹他妈的什么麻烦，否则我折断你的胳膊。"谢尔曼说。没等克劳德上车，他就开始往回走，脚上还穿着那双拖鞋，马尾辫在他背后一摇一摆的。

"你俩真是奇怪的一对，"克劳德坐进驾驶座时露西说，"你们看上去一点都不像。"

"那我看上去像谁？"克劳德说。他有点生气。

"有点像希腊人。"露西说。她的目光绕过克劳德的身体，看着谢尔曼走进旅馆并关上了门。"也许你像了你妈。"她的这句话听上去像是后来才想起来的。

"她现在会在哪儿呢？"克劳德说，"我妈。"他发动起车子。

女孩从镜片后面看着他。"在家，让我猜的话。你住的地方。"

"不在。她死了，"克劳德说，"这是我爸的眼镜？"

"他送给我的。你想把它要回去？"

"你离婚了？"克劳德说。

"我还没那么老吧，"女孩说，"我还没结婚呢。"

"那你多大了？"克劳德说。

"二十，十九。这听起来怎么样？"她看着我笑了笑。她的牙齿很小，嘴里有啤酒的味道。"我看上去有多大？"

"八岁，"克劳德说，"要不就是一百岁。"

"我们这是去钓鱼，今天？"她说。

"我们说的并不一定就是要做的。"克劳德说。他踩了一下油门，猛地挂上挡，一甩车头，开出了停车场。上了柏油马路后，我们朝着森伯斯特的方向开去。

克劳德沿着"加拿大高速"开了大约八英里，然后拐上了一条乡间公路，公路两旁都是农田，这条公路经过我家，通向一百英里外还积着雪的西山。我家的房子在一排橄榄树的后面一闪而过——一栋朝东的灰色两层楼住宅。尽管我们是在按照他父亲的安排行事，但我知道克劳德会去摩门溪。我们只不过是些男孩子，别说是女人，就连像她这个年龄的女孩子都不会对我们感兴趣的，你还不至于傻到对自己这点基本认识都没有。我有一种奇怪的焦虑感——我不知道我们到了那里后会发生什么，但可能不会是什么好事情。

"这件裙子绿得可以。"克劳德边开车边说道。女孩什么都没有说，我们都没说什么。但她好像在考虑着什么——回汽车旅馆去，还是回她来的地方。

"季节不对，"她看着窗外笼罩在褐黄色空气下新开耕的农田，"现在种地太干燥了。"

"你家在哪儿？"我说。

"塞普特，萨斯喀彻温省①，"她说，"那儿和这里一模一样。一个小镇子，一堆住房，其余的地方全被分割成了农田。"她说"住房"两个字时口音像加拿大人，但说其余话的时候并不这样。

"你家里人都是干什么的？"克劳德说，"一帮土老帽？"似乎她说的每句话都在激怒他。

"种地，"她说，"后来他去了利德的一个拖拉机修理店工作。他在秋天清理野鹅，眼下他正干着这个呢。"

"你说什么？他清理野鹅？"克劳德说。他不怀好意地先朝她，然后朝我笑了笑。

"猎人拿来他们打到的野鹅，就在那片平原上，他们把野鹅丢在我家的车库里，我父亲把它们放到开水里烫一烫，把毛去掉，然后扒掉内脏，最后再把它们包起来。很容易。他是个美国人，怀俄

---

① 加拿大南部的一个省，紧邻美国的蒙大拿州。

明州的。他不愿意服兵役。①"

"你是说他把野鹅的毛拔光，对吧？"克劳德说，他还在开车，"你是说他就是干这个的？"

"它们闻上去比这辆车子好多了。如果不是这辆车，我还真不知道你俩是印第安人。我们称这种车子为'保留地的轰猎者'。"

"我们也是这么称呼它的，"克劳德说，"我们还称那些你待的汽车旅馆为窑子。"

"那么你们怎么称呼那个和我待在一起的家伙呢？"露西说。

"你觉得乔治像印第安人吗？"克劳德说，"我觉得乔治是一个苏②，你觉得呢？"他笑着看着我，"乔治才他妈不是印第安人呢。我是。"

"对我来说印第安人就像公路上的障碍物。"她说。

"没错。"克劳德说。她的某个方面让他觉得好受了一点。但我不相信这个女孩是妓女，我不相信她自己是这么认为的，克劳德也没有。克劳德的父亲会这么认为，但他错了。我只是搞不清楚她为什么要在半夜三更从哈佛跑来这里，并最终和我们混在了一起。这是个谜。

我们开始沿着陡峭的道路向山谷底部的摩门溪开，溪水还算清澈，水位很高。桥对面下游一百码处有个锯木厂，曾生产过做栅栏用的木桩，但锯木厂现在已经废弃了。它身后是溪水冲刷出来的斜

①　她的这段话表明她父亲为逃避服兵役(越战)而逃到了加拿大。

②　美国印第安人的一族。

土坡，再往后是浅滩和长着棉木杨的沼泽地。桥这边的岸边种着绿色的柳树，树根处卡着一个生了锈的汽车车身。这里是我和克劳德钓白鱼的地方。

"不太像是个出木材的地方。"露西说。

"所以锯木工才生活得这么好呀。"克劳德说。

"哪边是西？"

"这边。"我用手指着刚露出峡谷上沿的白色山尖。

她回头看着另一方向。"那边的山叫什么？"

"那些是丘陵，"克劳德说，"在这个国家我们把它们分开来叫。"

"这里的环境还不错，"她说，"我喜欢朝光的方向。"

"戴着这种眼镜是看不见光的。"克劳德说。

她把脸转向我说："我看得见乔治，我看得很清楚。他比你随和得多。他不是个浑蛋。"

"你为什么不摘掉眼镜？"克劳德说。我们正在通过横跨摩门溪的小桥，别克车在桥上摇晃着，木板做成的桥面发出咯吱咯吱的声音。我往下看了看。透过清澈的水面，我能看见溪底的石子。

"这些溪水流到哪儿？"露西察看着我的四周。

"往上，"我说，"往北流。流到牛奶河①。"

"谢尔曼打你了？是这么回事吗？"克劳德说。他把车子停在了

---

① 密苏里河的支流，贯穿加拿大的阿尔伯塔省和美国的蒙大拿州，全长一千一百七十三公里。

桥中间，伸手去抓露西的眼镜，想把它从她的脸上拿下来。"你的眼睛被打青了？"

"没有。"露西说。她摘下眼镜，先看了看我，然后看着克劳德。她的眼睛是蓝色的，眉毛和头发的颜色一样，也是金黄色的。她想掩饰的不是黑眼圈，而是她曾经哭过，但不是在和我们在一起的时候，而是在她早晨醒来后，也许是在发现自己待着的地方、和自己待在一起的人以及她将面临的一天将会是怎样的之后。

"我不明白你为什么非要戴着它不可。"克劳德说完把车子从桥上开下来，拐上了下游通向风车的路上。别克车在坑坑洼洼的小路上颠簸着。

"太刺眼了。"她说着把长裙的边往下拉了拉，盖住了膝盖。那是件羊毛质地的长裙，像草一样绿，碰着我身体时让我有热的感觉。"这儿有什么好玩的，"她说，"这可是个保守得很好的秘密哟。"

"你是个，"克劳德说，"你是个金色的惊喜，是对我们容忍你的嘉奖。"

"但愿你能抽中这个奖。"她抓紧了那个纸袋子。她的手指很短，是粉色的，指甲很干净，没有啃咬的痕迹，那是一双普通女孩子的手。"你爸妈在哪里？"她问我道。

"他老子在铁路上混饭吃，也是一条色狼，"克劳德说这话时我们正从一直蔓延到溪边的棉木杨下经过，"他妈早跑了。这里是个疯狂的国度，无人幸免。"克劳德看着我，一副令人讨厌的样子，他知道我不喜欢他这么说。我觉得他说我父亲的那些话是不对的，他根本就不认识我母亲——尽管他对她的评论是我曾想到过的。人们离开蒙大拿的这个地方很正常。她从来就没有喜欢过这里，我和我父亲也从来没有责怪过她。

"你们这些男孩子都长成大人了？"露西说，她戴上眼镜，"既然我们来这儿了，我是不是该这么想呀？"

"这和你怎么想没关系。"我打开车门下了车。

"至少有人接受事实。"露西说。

"为了讨好你，乔治什么话都说得出来，"克劳德说，"我和他不一样，是不是，乔治？"

但我已向小溪走去，听不见女孩子对他说了什么，她和克劳德在车里又待了一会儿。我听见他在说："希望是指等着我。"然后是一阵笑声，我听见摔车门的声音，而她仍在车里坐着。

克劳德拿着鱼竿和一个装着白蛆的瓶子来到溪边，他系好浮漂和鱼钩，然后去了浅滩那里。从锯木厂漂来的木屑使得小溪底部的溪水比较温暖，小溪中央有条很急的水流。我们曾从喂饱了的鱼群里钓到过十五条白鱼。一条接着一条。你只要把鱼钩放在鱼待着的地方，就能钓上一条来。它们是很大的鱼，会不停地挣扎，克劳德喜欢它们，因为容易钓到的缘故。

现在大约是下午三点钟的光景，天气很暖和，但我却不想钓鱼。我不喜欢钓鱼过程中的等待。我曾和我父亲一起去打鸟，把它们从灌木丛里轰出来，但我对钓鱼不感兴趣，对白鱼更是一点兴趣都没有。

克劳德把他的黄夹克留在了车里，女孩拿着它，踮着脚尖走了过来，她把夹克铺在洒满阳光的草地上，面朝溪水坐了下来。她脱掉鞋子和丝袜，把裙子提过膝盖，又把袖子往上捋了捋。她还解开了胸前的几颗纽扣，好让阳光也照到她的脖子。她身体向后仰着，用一只胳膊支撑着身体，抽着一根香烟，把烟一口一口地喷到温暖的空气中。

"真希望我会弹钢琴，"当我从岸边走过来时她说道，"你会吗？"

"不会。"我说。我们住在大瀑布市时我妈曾弹过钢琴。她在我们租借的房子里弹过迪克西兰①。

"在这儿待着让我想到了那个，"她说，"我就想走进某个人的家里，坐下来弹上几首歌。"她把烟从嘴的一侧吐出来。她还戴着谢尔曼的墨镜，两条长腿白得有点发灰，腿瘦得连胫骨都露了出来。她腿上膝盖以上的汗毛都被刮掉了，我能看到金色汗毛开始的地方。她看我的样子像是想让我说点什么，但我没什么好说的。"你有没有做过这样的梦，一个你认识的人领着你走进一条河里，当你往深处走时一脚踩进一个坑里，你沉了下去，然后你会从睡梦中惊醒，被吓得半死？"

"做过，"我说，"有的时候。"

"也许所有人都做过。"她说。

我坐在她身边的草地上，我们看着克劳德。他正朝汽车车身那

---

① 爵士乐的一种，二十世纪初发源于新奥尔良，后流传到芝加哥和纽约等城市。

里甩线，让浮漂顺着水流往下淌。他不时回头看我们一眼，假装鱼咬钩了，然后就不理睬我们了。我能闻到木棉杨和来自锯木厂的木屑味。

"你有没有一个装满衣服的箱子？"我说。

"在哪里？"她说着又点着了一根烟。

"我不知道。某个地方吧。"

"我拔脚就离开了，"女孩说，"我突然就想出去走一趟——去个暖和一点的地方。但我不确定我是否早就有了这个想法。"她看着克劳德。他又回过头来看我们，然后转身去。白鱼在捕食肉眼看不见的昆虫，平静的水面上泛起了涟漪。这对克劳德和他准备的鱼饵来说不是件好事。不过鱼随时可能改变主意，那样的话你就又可以钓到它们了。"他父亲还不算太糟。"她碰了一下堆在草地上的尼龙长袜，用小指头勾起一只袜子来。"你肯定想不到他会深更半夜坐在一家汽车旅馆里，在黑暗中祷告。但他真那么做了。他人还不错，真的，块头也很大，他儿子却瘦得皮包骨。"

我试图想象谢尔曼做祷告的样子，但想不出他要祈祷什么和希望得到点什么。"你在哪里遇到他的？"

"哈佛的'小路尽头'酒吧，一个因我年龄太小而不让我进，或者说我也不该进的地方。有的时候你会出现在一个你意想不到的地方。"

"你多大了？"

她睁大眼睛看着我。"你在犯罪。我刚十六岁，但我看上去要老一点，我知道。总有一天我会为此后悔的，"她伸手拿过纸袋，从里面取出一听啤酒、一个冷掉了的热狗和一台红色的晶体管收音机，"到目前为止我就积攒了这些。"

"你什么时候离开家的？"

"距离昨晚刚好二十四小时，"她说，"我觉得我没法信任那里的任何人——也许是我的错。又有谁晓得？"她打开啤酒听时啤酒沫溅到了她的手臂上。她喝了一口后把酒递给了我，我也喝了一点。"喝酒使人变得冷漠，"她说，"但我还是想去看一眼太空针塔①。"她拿起那台小收音机，用胳膊支撑着身体，琢磨起它来。"我的下一个任务是电池。为了这个玩意。"她用手指击打着收音机，像是要把它打开。"我不会去吃这个了。"她拿起热狗，把它扔到了草地上。

"你不想上这儿来，是吧？"我说。

"我不想待在那个房间里。森伯斯特？那个地方是叫这个名字吧？我觉得，你得接受任何你能够得到的帮助。"

"噢哦，啊，噢哦。"克劳德叫了起来。他的鱼竿拱了起来，鱼线在水面上划来划去。"在这儿，它在这儿！"克劳德说，他一边摇着线轮一边回头看我们。"这是条大白鱼。"他喊道。

露西坐起身来朝那边看了看。克劳德已经高举着鱼竿，穿着鞋子走进了浅滩，上了钩的鱼在他身边打着转。"看把他激动的，"她喝了一口发温的啤酒，"一个猴子也能钓上一条白鱼来。这种鱼根本就不值钱。他算是蠢到家了。"

---

① 美国西部城市西雅图的地标性建筑。

我看见那条鱼在水面上闪了一下，又沉入冰冷的河水里。从鱼线进到水里的深度可以断定这是条大鱼。我知道克劳德想把它钓上来炫耀一番。

"他会把那条鱼弄跑的，"露西说，"我还敢打赌他只带了一只鱼钩。"我也觉得他会把那条鱼弄跑。我见他那么做过。

克劳德把举着的鱼竿放平，再用手掌侧面击打鱼竿的手柄，用劲之大连鱼竿的顶端都在猛烈抖动。"它们不喜欢这个，"他喊道，又击了几下鱼竿的手柄，"鱼能感觉到疼的。"

鱼竿弯下去又弹了起来。鱼线向着二十英尺开外栽着柳树的岸边窜去，鱼又浮出了水面，克劳德往回收线时我能看见鱼发白的肚皮，我看见那条鱼躺在水流里，不再挣扎了。"这一招管用，"克劳德冲我们喊道，"疼痛法真管用。过来看看这个家伙。"

克劳德已经涉水回到泥泞的岸边，我来到他跟前。鱼侧身躺在浅滩里，划动着鱼鳍。"多么大的一条鱼。"克劳德说，他用鱼竿把鱼提出水面。这是一条大鱼，很长也很厚实，从淤泥中提上来时闪着银光。"不是每天都能钓到这么大的鱼的，对不对？"克劳德的身体在冒汗和发抖。他想让露西看这条鱼。他四下里看了看，但她仍然坐在那里抽烟。

"了不起，"她朝他挥了挥手，"再钓两条上来，我们就可以每人扔掉一条了。"

克劳德露出恶意的笑容。"把它取下来。"他说，他把鱼拖到草地上，鱼躺在那里用鳃吸气。这条鱼不好看，它有两英尺长，银白色的，身上长满了鳞。"用这个。"克劳德说。他从口袋里掏出一把黑色的弹簧刀，弹出刀刃。"把鱼钩割下来。"

我跪在草地上，抓住冰冷的鱼身，用刀尖在鳃下方切开一个口子。我扒开切口，把鱼钩掏了出来。当我把身体的重量压在鱼身上时，它发出一声被窒息的声音，但没有动。

"钩在鱼鳃上了，"克劳德说，看着鱼血从我切开的口子处流了出来，"会很好吃的。"

我站起身把刀还给了克劳德。鱼还在呼吸，但伤口太深了，它已经无法再在水里存活了。它个头太大而且体力也消耗了很多，我觉得即使我不给它一刀，这条鱼也无法活下来。

克劳德用手指捏住鱼钩，想用刀刃把它扳直了。"我会钓上一条更大的，"他说，"它们在那儿排成了队，我会把它们全钓上来。"克劳德回过头去看露西，她还在那里看着我们。他咬着下嘴唇说："你俩有点进展了，是不是？"他说这话时声音很小。

"但愿如此。"我说。

"她是个甜心。"他在穿着裤子的腿上合上刀。"当你们单独待着时，有些事情是会发生的，是不是？"他笑着说道。

"说上秘密话了。"露西说，她抬头看着天空，又摇了摇头。

"没什么秘密，"克劳德喊道，"我们是朋友，我们之间没有秘密。"

"真了不起，"她说，"那么你们和谢尔曼是一路货色，没有什么值得隐藏的。"

我回到露西身边坐下。燕子出来了，它们在水面上俯冲，捕捉下午刚孵出来的昆虫。

露西还在摆弄她的红色收音机，把旋钮转过来转过去。"要是这玩意能听就好了，"她说，"我们就可以在这荒郊野岭里搞出点娱乐来。我们可以跳舞。你喜欢跳舞吗？"

"喜欢。"我说。

"你有女朋友吗？"

"没有。"我说，但我实际上有一个——在斯威特格拉斯——是个我刚认识的有着一半黑脚印第安血统的女孩子。

露西躺在草地上，看着一架喷气式飞机在天空留下的白云般的踪迹，它如同一条向西蜿蜒的银白色斑带。她把绿色的长裙又往上拉了拉，好让阳光照到腿上。"你知道雷达是怎么一回事吗？"

"我在哪儿读到过。"

"用它能看到并不在那里的东西，是这样的吗？"

"东西还是在那里，"我说，"只是肉眼看不见。"

"这就是过去和父亲去钓鱼时我最喜欢的地方，"她向上凝视着，"你只能看见某个东西的一部分。很神秘。我喜欢这种感觉。"她噘着嘴唇看着喷气机向东飞去。我在心里替这架飞机做出决定，它将飞往德国。"我才不在乎一个人待着呢，"她把双手放在头后面，透过谢尔曼的墨镜看着我，"告诉我一件你干过的丑事。这是相互信任的一种表现。你已经知道了我做过的一些事情，是吧？尽管那还不算太丢人，我可能做过比那还要糟的。"

克劳德在小溪的下方大喊大叫。他用两只手举着弯曲着的鱼竿，鱼线窜到了溪水的上游。突然，鱼竿猛的一下绷直了，鱼线回到了水面上。"这就是它的脱钩绝招。"克劳德说完大笑起来。钓鱼让他心情好了很多。"如果我不逗它们玩的话，早把它们钓上来了。"他说话时并没有朝我们这边看。

"他是一个蠢货，"露西说，"印第安人都是蠢货。我才不愿意替他们传宗接代呢。"

"他可不是个蠢货，"我说，"他一点都不蠢。"

"好吧，也许我对他刻薄了一点。"

"他根本就不在乎。"

她看着克劳德，后者正站在齐膝深的溪水里，在给鱼钩装新鱼饵。"怎样，"她说，"过了今天你就再也见不着我了，你干过什么不光彩的事情吗？"

"没干过，"我说，"一件都没干过。"

"那你就是在撒谎，"她说，"这本身就是件不光彩的事。你因为害怕丢人而撒谎。你被套在里面了。这是一种游戏，你输定了。"

"你不管干什么都不感到丢脸，是不是？"

"我感到，"她说，"我为自己一声不响离开家而感到丢脸，为和谢尔曼在那个汽车旅馆里待了一夜而感到丢脸。这还只是这两天里发生的事情。我再给你一次机会，你有没有因为和一个像我这样的人待在这里而感到丢脸呢？这应该很容易回答，难道不是吗？"

"我没有对你做出任何让我感到丢脸的事。"我说。但我还是希望自己能想出一些这样的事来——伤害过谁，恨过谁，或者有没有幸灾乐祸过。这样的事一点没有似乎不太正常。我看着克劳德，他正把鱼线甩向溪流，他的浮漂落进了湍急的水流里，随着溪水浮动。再过四十五分钟天就要黑了，会变得更冷。这之后我们将送露西回汽车旅馆，把她送还给克劳德的父亲，如果他还记得这回事的话。而我自己的父亲则永远不会知道我来过这里，不会知道我有过这样的一天。我有一种自己做主的感觉，但这也没有什么了不起的。"我妈离开后我很高兴。"我说。

"为什么？"露西说。

"我们不需要她。她也不需要我们。"这两句话里没有一句是真的，但我可以这么说，我没费什么劲就说了出来。

"她现在在哪儿？"露西说。

"不知道，"我说，"我根本不在乎。"

从她的声音里我听出来她对此事一点也不关心。对她而言，羞愧和人的其他感受，比如累了、冷了和想哭是一样的，最终是会自然消失的。我心想如果有可能的话我也想这样做。

露西摘掉了墨镜，她朝我探过身子，抓住我的手臂，吻了一下我的小臂。她这么做让人觉得很奇怪。"他说的关于你父母的话全是瞎说，"她说，"太刻薄了。如果他们活得很开心，你也会一样。我敢打赌我走了以后我父母就很高兴，我甚至都不会怪他们。"我什么都没说，因为我不知道他们是什么样的人——一个为了躲兵役而跑到另一个国家的男人。"你为什么不吻我？"露西说，"就一下？"

我看了一眼克劳德。我看见他又钓到了一条鱼，但他这次并没有大喊大叫。他在把鱼往回拉。

"他看得见我们，"她说，"但我不在乎。让他看。"她把脸贴到我的脸上并吻了我。她吻得很使劲，嘴张得很开，舌头伸进了我的嘴里，她随后把我推倒在草地上，躺在她的鞋子和袜子上面。"就这样做，"她说，"回吻我。随便你怎样吻我。我喜欢。"

我吻了她，我用双臂搂住她，触摸着她骨瘦嶙峋的后背和侧面，她的乳房、脸和头发，我抱着压在我身上的她，她压得我心跳加快，我觉得自己就要喘不过气来了。"你们这些小男孩，"她在我耳边轻语道，"我爱你们这些小男孩。我真希望今晚能和你待在一起。你真好。"

但我心里明白她只是说说而已，并没有什么意思，不过这也没什么不好。"你真好，"我说，"我爱你。"

"你们喝醉了，"我听见克劳德喊道，"你们俩都他妈的喝醉了。"

我口干舌燥地躺在地上，露西抬起身来看着克劳德。"别吃醋呀。"她说，随后拿起啤酒听喝了一口。

"我在这里钓鱼，"克劳德说，"过来看看。一条很棒的鱼。"

"也得让他得点什么吧。"露西说完后站起身，我不想让她离开，想让她待在这里接着吻我，但她还是站了起来，光着脚向跪在草地上的克劳德走去。克劳德一手按着鱼，一手握着弹簧刀，准备亲手把鱼钩取出来。

"小了点，"他说，"但更漂亮。它更有活力。"

露西低头看着那条鱼。她说："所谓的可怜无助大概就像这样，我估计，是不是？"

"这是一条白鱼，"鱼试图从他手中挣脱，"它们是最好的鱼。是有点可怜无助，你说的没错。"

"这肯定是一个意外，"露西看着挣扎着的鱼说，"对鱼来说。突然一切都变得疯狂了。我纳闷它正在想些什么。"

"它没在想什么。鱼是不会想的。"克劳德说。

"难道鱼就不能有一点小小的完美精神？"露西看着我笑了起来。我看得出来，她对这些一点都不感兴趣。

"这条鱼没有。"克劳德说。

他把手移到鱼的头部，想抓牢它，好用刀子把它切开，但鱼再次扭动起来，头部的鳍扎进了克劳德拇指下方的肉里。

"快看呀！"露西说。

克劳德松开鱼，甩了甩被鳍扎破的手，血溅到了他脸上和露西的身上，也溅到了鱼的身上。他丢下刀，用另一只手捏住被鱼鳍划开的口子，他绷紧了腮帮子。"婊子养的。"他说着把手放进嘴里，吮吸了一会儿后拿出来看了看。一条很窄的伤口，不算长，血从潮湿的皮肤上渗透出来。"该死的，"克劳德说，"该死的鱼还真他妈的危险。"他又把手放回到嘴里，吮吸着伤口。他看着露西，后者正关心地看着他。有一瞬间我觉得克劳德会做出什么可怕的事来——对鱼或露西做出足以让她掉头离去、也让他自己后悔莫及的事来。我见他这样做过，他很容易就把一件事情搞砸了。

但他只是把手从嘴里拿出来，再把它插进草丛里，用身体的重量压住它来止血。这也许是印第安人的一种土法子。"没什么了不起。"他显得很镇静，更加用力地把手按在草地上，脸上的血已经干了。鱼仍在草地上扭动，僵硬的鳃忽闪着，鱼鳞已经干了，并失去了光泽。"这条鱼归你了，"克劳德对露西说，"我不要了。随你用它干什么。"我从他很轻的说话声里听出来他的手还在疼。

露西看着鱼，我觉得她的身体（离我不远）松弛了一点，好像某个一直困扰着她、让她左右为难的东西突然消失了。

"好吧，"露西说，"我的鱼。把那把刀给我。"

克劳德捡起刀递给她，刀刃危险地冲着前面。"刀很快。"他说，当她伸手来接时，他朝她刺了过去，但她并没有往后退，只是把手让开了。"你觉得我们很帅？"克劳德说，"我们俩？"

"你们是我见过的最帅的男孩，"露西说，"在这个特殊的光线下面。"她又伸手去拿克劳德的刀。"把那个给我。"

"我们会杀了你，就现在，"克劳德说，"有谁会知道？"

露西看了我一眼，又回头看着克劳德。"汽车旅馆的那个女人可能会是第一个。我今天早晨刚和她聊过，在那个叫什么名字来着的家伙醒来之前。但我不是说这就有什么关系。"

克劳德冲她微笑着。"我把刀给你后，你打算用它来杀我？"

我能看见露西的脚指头在草里扯动。"没有。我去杀我的鱼。"她说。

"好吧。"克劳德握着刀刃把刀递给了她。露西走过他身边，她并没有蹲下身子，只是弯下腰，一下子就把刀插进克劳德钓到的那条鱼的身体里，刀穿透鱼鳃下方仍在摆动的身体，插进了地里。她把刀往上拔了拔，让刀尖脱离了地面，握着刀柄把鱼举了起来，挥手把鱼甩进了摩门溪。她漫不经心地看了一眼克劳德，随手把刀子也扔进了溪水里，刀接触水面时几乎没有溅起水花，一下子就沉到了鱼群当中。

她打量着我说道："这下行了吧。"

克劳德笑着看着她，我觉得这是因为他不知道该说什么好。他穿着那双湿透了的鞋子坐在地上，不再压迫那只手了。"你什么都干得出来，是不是？"

"我总是去做不该做的事情，"她说，"我还以为我们是上这儿来寻开心的呢。这一定说明了什么。"

"我敢打赌一个穿裤子的猪来上你你都愿意，"克劳德说，"你们这些加拿大姑娘。"

"你想让我把衣服脱了？"她说，"是这个意思吗？我会这么做的，没什么了不起的。你刚才是这么说的。"

"那你脱呀，我想看，"克劳德说，"乔治也可以看看。没关系。"我回想着刚才坐在铺着克劳德夹克衫的草地上亲吻她的情景，等着她脱去衣服。

她真的这么做了，当时克劳德还坐在地上，而我则站在靠近岸边的地方。她解开绿裙子前面的纽扣，弯下腰，交叉双臂抓住裙子的下摆，把裙子从头上脱了下来，她身上只剩下了松松垮垮的衬裙。从她的脸上看得出来她在想着什么，但我不知道她到底在想什么。她拉开肩膀上松松的带子，让衬裙从身上滑落下去，这样一来她身上就只剩下一个粉色的奶罩和一条与我穿的一样的棉短裤。她的腿和肚皮白而柔软，有一点点肥肉，没有我想象的那么好看，我觉得她现在看上去比穿着衣服时要难看一点。她腿后面和背上留有红色的印记和抓痕，我觉得那些印记是谢尔曼留下的。我想着他俩在森伯斯特的汽车旅馆里，躺在一张床单下面，在黑暗中翻滚，抓扯对方，弄出各种各样的声音。

她随后脱去了剩下的衣服，先是奶罩，然后是棉短裤。她很小的奶子向前凸出，屁股几乎看不见。我没有去看她身体其他的部分，但我从她站立的姿势就能看出来——至少我当时是这么认为的——她是多么的年轻，苍白的细腿，细细的胳膊，还有就是她只把上身转过来看我，以确定我是否也在看她时的样子，简直就像一个小女孩，比我还要小，甚至比克劳德还要小。

但这说明不了什么，因为她已经孤身闯荡世界了。不管我还是克劳德都做不到这一点，即使我们长大了也不一定能做到。也许她生来就是这样，或是被这样抚养大的，要不就是在这两天里变成这样的。我当时感到一阵窘迫和局促不安，我知道我把视线移开了。

"下一步干吗？"她说。

"你觉得你这个人有什么用？"克劳德说，他坐在草地上抬头看着她，"所有的人都会认为自己有点用。你肯定也是这么认为的。要不就是你认为自己半点用处都没有？"他的话让我吃了一惊，因为我觉得他不是在奚落她。她的某个方面让他感到困惑，我觉得他想知道答案，也许我也是这样的。

"你说的这些对我来说就像是老调重弹，"她叹了口气，"你可以送我回旅馆了。该找的乐子我都已经找了。"她看着堆在地上的衣服，像是在决定先捡起哪一件。

"你不必这样子嘛，"克劳德说，"我没生你的气。"他的声音听上去很怪，有一种我从没听到过的温柔，几乎像是在担心什么。"别，别，"他说，"你别这样。"我看见他伸出手来触摸她裸露的脚踝，她则看着坐在地上的他。我知道这之后会发生什么，但这不会涉及我，我觉得我没有必要再在那里待下去了。克劳德脸上的表情是严肃的，像是在说现在是属于他的时刻。我转身朝停在棉木杨边上的别克车走去。

我听见露西在说："你从来就看不出来别人脑子里在想什么，是不是？问题就在这里。"这之后我就没有再往下听。

接下来我想说说这件事情最终的结果，因为这个结果出乎人的意料，也因为它还不算太糟糕。

我在车里没有等太久。他们在那儿没待多久。我本不想看他们的，但还是看了，从远处的车里。她其实也想让我看到，我是这样觉得的，也许她没这么想。不管怎么说，我觉得她并不知道她到底想从我这儿得到什么。我们所做的，我心想，其实没什么大不了的。不管是对我们还是对其他人。她完全有可能不是和克劳德，而是和我或克劳德的父亲，甚至和一个完全不认识的人干那个。她什么都不在乎。她只不过是一个很普通的女孩子。

我打开车里的收音机，听着加拿大电台播放的新闻。收音机里说大雪和糟糕的天气又将来临。随着天色变暗，我能感到夜晚的天气在变冷。鲑鱼在远处的柳树岸边逆流而上——翻腾，从很深的水下升上来，鲑鱼这种独特做法激起了我胸中的一股期待，和我那天早些时候开车来这里钓鱼时所感受到的一样，尽管现在在这里和那时候显得有点不一样了，在不同的光线下，溪水、树木和磨坊似乎都被重新排列过了。

在等他们的时候，我不想只在那里考虑我自己的感受。我意识到自己过去一直是这么做的，这甚至会是我这辈子唯一要做的事情，而这么做的结果只会让你感到痛苦、孤独和一钱不值。所以我试图去替露西想一想，但我不知道该从哪里开始。我想到了我母亲，在一个遥远的地方——一个飞行器上，我父亲是这么形容的。他觉得她会在某一天返回家中，生活又会重新开始，但我已形成了自己的看法：死灰不会复燃。当你总被这类事情包围着的时候，认识到这一点并不困难。那一刻我只想知道她是否对我说过谎，如果说了，是关于哪个方面的。我还想知道她是否和一个像我或克劳德·菲利普斯这样的男孩住在某个地方。我脑子里保存着她的一个形象，尽管我知道那肯定是不准确的。

过了一会儿他俩来到了汽车跟前。天黑了下来，露西拿着她的丝袜、鞋子和纸袋，克劳德拿着鱼竿和他放到座位后面的仅有的一条鱼。他们在喝着另一听啤酒，有一阵子谁都不说话。后来露西一边平整她的绿裙子，一边漫不经心地说道："我希望不要以穿戴来看人。"

"但人们确实以此来评判他人。"我说完后，刚才的那种紧张气氛也随之消失了，我们似乎都明白了我们之间发生的事情。

我们上了车，夜色里，车子行驶在穿过大片麦田的公路上，经过了仍然黑着灯的我家，然后经过了克劳德的家，那里亮着灯，烟囱在冒烟，我们可以看见窗户里晃动的人影。他父亲的车子就停在房子的一侧。我们经过时克劳德按了一声车喇叭，但没有停下来。

我们开进了森伯斯特镇，在"极地酒吧"前停了车去买啤酒。克劳德在酒吧里时露西对我说，她希望自己有一天会出人头地。我们四周是黑暗的货车站和周边被灯光点缀着的谷物升降机，还有那个我在那里第一次见到她的空荡荡的汽车旅馆。她问我什么情况下会对她说谎，我说不存在这样的情况，她随后吻了我。月光下的天空露出大理石的颜色，她说她不喜欢这种颜色的天空。车里很冷，我在想谢尔曼是否已在回镇子的路上了。

克劳德带着啤酒回来后，我们坐在那里每人喝了一听，后来他说我们应该把露西送到一百英里外的大瀑布市去，让谢尔曼见鬼去。我们真就那么做了。我们当晚开到了那里，把她送到市中心的汽车站，我和克劳德把身上所有的钱都给了她，包括谢尔曼给克劳德的封口费。我们在半夜时分离开了她，至于她将要去哪儿和干什么，我俩都不知道，我们甚至都没有讨论这个问题。

沿着"大北方"铁路往回开的路上，我们超过一列来自北方的很长很长的火车，火花从闸瓦和轴箱处飞溅出来，亮着灯的守车像是无需牵引就在黑暗中独自向前行驶，黑色的天空里飘起了毛毛细雪。

"谢尔曼肯定还没回来，"克劳德看着与我们并排行走的列车，"她想和我待着。她承认了。我希望我能和她结婚。我希望我是个成年人。"

"即使你是个成年人，"我说，"一切都还照旧那样。"

"别小看我，"克劳德说，"别这么做。"

"没有，"我说，"我没有。"

"也别小看她。"我觉得克劳德这时候成了一个十足的傻瓜，傻瓜的标准是：不知道从长远的角度来看什么对他是最为重要的。"我想知道她现在在想什么。"克劳德开着车子说道。

"在想你，"我说，"要不就是你老子。"

"他永远不会像我一样去爱一个女人。"克劳德微笑着对我说道，"他这辈子都做不到。真可惜。"

"对。他做不到。"我说，尽管我觉得这和可惜不可惜无关。就在那一刻，我感到我自己的生活从身边划了过去——快速、垂直地跌落下来——快到我几乎都没有察觉到。

克劳德像拳击手那样举着拳头，在黑暗的车里伸直手臂。"我很强壮。我天下无敌，"他说，"我现在什么都不在乎了。"我不明白他为什么要说最后那一句，也许他想不清楚吧。在往北开的路上，他一直举着拳头，而我那时却在想：我这个人到底有什么用？我哪里招人厌？我的优点又是什么？我和克劳德都看不清这个世界和等着我们的会是什么——我们将去哪里，又将要做什么。我们怎么能看清楚呢？对我们来说，外面的世界似乎根本就不存在，那是一个你可以在里面待上很久，却找不到一样让你羡慕、喜欢和希望保留下来的东西的空荡荡的世界，不会有人注意到我们——我们俩。但我不想对他说这些。我们是朋友。不过，当你成年以后，年轻时做过的任何事情都不再重要了。尽管当时并不知道，我现在算是明白了。那时我们实在是太年轻了。

104

赛　狗

　　我老婆刚和本地赛狗场的一个驯养工跑去了西部，我打算搭火车去佛罗里达，并借此改变一下自己的运气，此刻我正闲在家中，等着把东西收拾停当了就走人。火车票已经在我的皮夹里放着了。

　　这是感恩节的前一天，这周的每一天门口都停有猎人的车子：皮卡和几辆旧雪佛兰（几乎全是外州的车牌），偶尔会有两个男人站在车门前喝咖啡聊天。我没去搭理他们。盖恩斯伯勒（那个我正考虑赖掉他房租的房东）曾说过不要和这些人敌对，随他们打什么，但如果他们在离住房很近的地方开枪，就给警察打电话，让他们来处理。但还没有人在住房附近开枪，尽管我听见林子里有枪声，看见其中一辆雪佛兰的车顶上放着一头鹿，快速驶离了这里。我觉得不会有什么大麻烦的。

　　我想在下雪和电费账单到来之前离开这里。我老婆临走前把我们的车子卖掉了，把要办的事办完还没那么简单，我过去一直没时间操心这些事情。

　　早晨十点刚过就传来了一阵敲门声。门外结了冰的草地上站着两个肥胖的女人，还带着一头死鹿。

　　"盖恩斯伯勒在吗？"其中的一个胖女人问道。两人都是猎人的

105

穿着，一个穿着红格子呢的伐木工夹克，另一个穿着绿色的迷彩服，都带着橘红色的小座垫，是那种猎人挂在皮带上、一坐上去就会发热的座垫。两个人都背着猎枪。

"他不在，"我说，"回英国去了。和政府有点麻烦事，具体的我说不上来。"

两个女人都在盯着我看，像是要把我看清楚一点。她们的脸上都涂着绿黑相间的油彩，她们看上去像是在琢磨着什么。我还穿着浴袍。

"我们想送一块鹿排给盖恩斯伯勒。"穿红色伐木工夹克、最先开口说话的那个女人说道。她回头看着那头死鹿，鹿的舌头拖在嘴的外面，眼睛看上去和玩具鹿的一样。"他让我们在这里打猎，我们想用这种方式来谢他。"

"你们可以把鹿排留给我，"我说，"我帮他保管着。"

"我想你会这么做的。"一直说话的女人说道。但另一个，那个穿迷彩服的女人看了她一眼，眼神像是在说如果鹿排落到了我手上，盖恩斯伯勒根本就不会见到它了。

"进屋里坐吧，"我说，"我去烧点咖啡，你们进来暖和暖和。"

"我们确实冻得够呛，"穿格子呢夹克的说，她拍了拍双手，"如果菲丽丝不介意的话。"

菲丽丝说她一点也不介意，当然，接受邀请喝咖啡和送出一块鹿排之间并没有什么必然的联系。

"是菲丽丝打中的。"比较友好的胖女人说道，当时她们已经接过我的咖啡，坐在长沙发上，并用她们肥胖的双手捧着咖啡杯。她说她叫邦妮，她们来自州界的另一边。她俩身材都很高大，四十来岁的样子，胖乎乎的脸，穿的衣服让人觉得她们身上的每个部位都特别的大。但两人都是一副兴致勃勃的样子——包括菲丽丝，在忘掉了那块鹿排后，她的脸上恢复了生气。客厅似乎被她们塞满了，房间里充满了欢乐。"鹿被她击中后还跑了六十码，在越过栅栏时摔倒了，"邦妮用权威性的口吻说道，"那枪击中了心脏，有时要过一段时间才会起作用。"

"它跑起来就像一条被烫伤了的狗，"菲丽丝说，"摔倒后则像一坨屎。"菲丽丝留着金黄色的短发，一张显得严厉的嘴似乎只愿意说些硬梆梆的话。

"我们还见到一头受伤的母鹿，"邦妮说，她看上去被这个激怒了，"看见它们那个样子有时真让人愤怒。"①

"也许有人追踪过它，"我说，"也许是个意外。这些事说不准。"

"那倒也是。"邦妮满怀希望地看着菲丽丝，但后者一直低着头。我试图想象这两个人怎样把一头死鹿从树林里拖出来，那应该是小菜一碟。

我去厨房取我之前放在烤箱里当早点的蛋糕，回来时见两人正在窃窃私语，不过似乎不像是在说什么不好的事情，我没说什么就把蛋糕递给了她们。她们的到来让我感到高兴。我老婆是个瘦小的女人，穿的衣服都是从商店儿童部买来的，她说那是天底下最好的衣服，因为你怎么穿都穿不坏。但她待在屋里一点都不显眼，她实

---

① 美国很多州禁止猎母鹿。

在是占据不了多少空间，也不是说这房子有多大，实际上它非常小——一个盖恩斯伯勒用拖车拖来的活动房子。但这些女人像是把所有的空间都塞满了，让人有感恩节真的来临了的感觉。过去我一直认为肥胖没有一样好处，现在有了。

"你有没有去赌过狗？"菲丽丝嘴里含着半块蛋糕，另一半在她的咖啡杯里。

"赌过，"我说，"你怎么知道的？"

"菲丽丝说她觉得在赛狗场见过你几次。"邦妮微笑着说道。

"我只赌前两名①，"菲丽丝说，"但邦②什么都赌，没说错吧，邦？三连胜③、日双赢④，什么都赌。她才不管呢。"

"那还用说吗，"邦妮又笑了笑，把橘红色的热座垫从屁股下面移到了长沙发扶手那里，"菲丽丝说她有一次看见你和一个女的在那里，一个瘦小的女人，很漂亮。"

"有可能。"我说。

"她是谁？"菲丽丝粗声粗气地问道。

"我老婆。"我说。

"她在这儿吗？"邦问道，她惬意地在房间里四下看了看，好像有人藏在一把椅子的背后。

"不在，"我说，"她出门了。去西部了。"

---

① 赛狗的一种下注方法，押最先到达终点的前两名，顺序不限。
② 邦妮的爱称。
③ 赛狗的一种下注方法，下注者须猜中前三名的顺序才能获胜。
④ 赛狗的一种下注方法，押能在同一天两场比赛中获胜的狗。

"出什么事了？"菲丽丝不友好地说道，"你把钱全输在赛狗场了，把她给气跑了？"

"不是。"我更喜欢邦，虽然从某种程度上说菲丽丝看起来更可靠些，如果真的到了那一步的话，但我觉得不会真到那一步的。尽管菲丽丝说得不全对，但我还是不高兴她知道得那么多。我们，我老婆和我，从城里搬来这里。我曾想在餐馆和加油站为赛狗场做广告，发放去赛狗场共度良宵的优惠券，让所有的人都赚点钱。我花了很多时间，用光了所有的资金。现在，地下室里堆满了装着那些没人要的优惠券的箱子，而且，印优惠券的钱还欠着呢。我老婆有一天跑过来大笑了一番，说我的主意都不会让一瓶冰冻可乐冒出气泡来。第二天她就开着车子走了，再也没回来。后来，一个家伙打电话来，问我有没有车子的维修记录（我没有），我这才知道车子被卖掉了，也知道了她和谁跑了。

菲丽丝从迷彩服里面口袋里掏出一个扁长的塑料瓶子，拧开盖子，隔着茶几递给我。现在刚上午，我心想，管他呢，明天就是感恩节了，我独自一个人待着，正打算撕毁盖恩斯伯勒的租约，早点喝晚点喝又有什么差别？

"这里简直太乱了，"菲丽丝拿回酒瓶，查看我喝了多少，"看上去像是住着一头快要饿死的野兽。"

"这里需要女人的照料。"邦妮说着朝我眨了眨眼。尽管有点胖，她其实也没有那么难看。她脸上涂着的油彩让她看上去像个小丑，但看得出来她的五官还是蛮端正的。

"我正打算离开这儿，"我说着伸手去拿酒瓶，但菲丽丝已把它放回夹克口袋里，"我正在后面把东西拾掇拾掇。"

"你有车吗？"菲丽丝说。

"在让人加防冻剂呢，"我说，"就停在BP①那里。是辆蓝色的卡马罗。你们来的路上可能见到了。姑娘们，你们结婚了吗？"我很高兴把话题从我身上引开。

邦和菲丽丝交换了一个恼怒的眼色，这让我失望。看见邦好看的圆脸上露出了愠怒，我感到失望。

"我们嫁了两个推销橡皮筋的，在彼得堡，过了州界就是，"菲丽丝说，"一对真正的瘦猴，如果你明白我的意思的话。"

我试图想象邦妮和菲丽丝的丈夫，眼前出现了两个穿着尼龙夹克衫的精瘦男子，在一个购物中心保龄球馆前面黑暗的停车场上与别人握手。我想象不出其他什么。"你觉得盖恩斯伯勒这人怎么样？"菲丽丝说。邦只是看着我微笑。

"我对他不是很了解，"我说，"他告诉我说，他是英国一个画家的直系后代，但我不相信。"

"我也不信。"邦妮说，她又朝我眨了眨眼。

"他一定是隔着丝绸放屁。"②菲丽丝说。

"他有两个孩子，他们时不时地来这儿打探一番，"我说，"一个在城里跳舞，另一个是修计算机的。我觉得他们是想把房子要回去自己住，但我手上有租约。"

---

① 英国石油公司的缩写，此处是指 BP 的加油和车辆维修站。
② 英国谚语，意思是指过着富裕的生活，类似中国的穿金戴银。

"你不会赖掉他的房租吧？"菲丽丝说。

"不会。我不会这么做的。尽管他有时不说真话，但对我还算公平。"

"他隔着丝绸放屁。"菲丽丝说。

菲丽丝和邦妮会意地看着对方。透过那扇窗户，我看见外面下起了雪，不大，但肯定是雪。

"你的行为表明你缺少点温存。"邦说完看着我大笑起来，这让我看见了她的牙齿。它们又小又白，全都露了出来。菲丽丝面无表情地看着邦妮，像是她以前听过这句话似的。"你觉得如何？"邦妮说，她把身子往前倾，伏在她硕大的膝盖上。

起先我不知道该怎么办。后来我觉得尽管邦妮有点肥，但她的提议听起来很不错。我告诉她说我没问题。

"我还不知道你叫什么。"邦妮说着站起身来，她在这个小得可怜的房间里四下看了看，想知道去后面的门在哪里。

"亨德森，"我编了个瞎话，"我叫劳埃德·亨德森。我在这儿住了六个月了。"我站了起来。

"我不喜欢劳埃德这个名字，"她上下打量着穿着浴袍站在那里的我，"我叫你卷毛吧，因为你的头发是卷的，和黑人的头发一样卷。"她笑得那么厉害，连衣服下面的身体都在抖动。

"叫什么都行。"我心情愉快地说道。

"如果你们俩要去另一个房间的话，我会把这里整理一下。"菲丽丝说。她用大手拍了一下沙发的扶手，像是要把灰尘拍出来。"你不会介意我这么做吧，劳埃德？"

"卷毛，"邦妮说，"叫他卷毛。"

"不介意，我当然不介意了。"我看着窗外的雪，雪开始撒落在山坡下的田野上，看上去就像是一张圣诞卡片。

"那就不要在乎一点响声啰。"她说着就开始收拾茶几上的杯盘。

脱光了衣服的邦妮看上去也没有那么难看，只不过是身上有好多道肉褶子而已，但你知道这些褶子里面包着的她是个高尚、有爱心、不比你遇到过的任何人差半点的女人。她只不过是肥胖一点而已，也许还没有菲丽丝胖，如果你把她们并排放在一起的话。

我的床上堆了很多衣服，我把它们都推到了地上。可当邦妮往被子上坐的时候，她坐在了一枚金属领带别针和一些硬币的上面，她一边笑一边大叫起来，我们两人都大笑起来。我的心情十分愉快。

"这就是我们总想在林子里面找到的，"邦妮咯咯地笑着说道，"一个像你这样的男人。"

"彼此彼此。"我说。摸她的感觉一点都不差，到处都是软乎乎的。我总是认为胖女人干起来可能会更棒一点，因为她们的机会不多，所以有更多的时间来考虑和为干好做准备。

"你知道很多与胖子有关的笑话吗？"邦妮问道。

"知道一点，"我说，"但我从前知道的要多得多。"我能听见菲丽丝在厨房里弄出的声音，还有流水声和盘子在水池里的碰撞声。

"我最喜欢的是那个开卡车的。"邦妮说。

我不知道那个。"我不知道那个。"我说。

"你居然不知道那个开卡车的?"她十分惊讶地说。

"不好意思。"我说。

"也许我哪天会说给你听听的,卷毛,"她说,"你肯定会笑岔了气。"

我想着站在黑暗停车场里的那两个穿尼龙夹克衫的男人,我断定不管我是和邦妮干还是和菲丽丝干,他们都不会在乎的,即使他们在乎,等到他们知道这件事时,我人已在佛罗里达,也有了一辆车了。盖恩斯伯勒可以向他们做点解释,顺便说说他为什么没有收到他的租金和水电费。也许他们会在回家前揍他一顿。

"你是个很帅的男人,"邦妮说,"很多男人都胖得不行,但你不是。你的胳膊像是轮椅运动员的胳膊。"

我听了后很开心,这让我有了不顾一切的感觉,好像是我杀死了一头鹿,还有一大堆好主意要让世人知道。

"我打碎了一个盘子,"邦妮和我回到客厅后菲丽丝说,"你们也许听见了。我在抽屉里找到了一点'神奇胶水',盘子现在比原来还要好。盖恩斯伯勒绝对发现不了。"

菲丽丝在我们离开期间几乎把所有的东西都收拾整齐了,所有的盘子全收了起来。她已穿上了她的迷彩服,一副要离开的样子。我们都站在小客厅里,客厅被塞得满满的,让我觉得连插脚的地方都没有。我还穿着浴袍，想把她们留住。我觉得给我一点时间，我会慢慢喜欢上菲丽丝的，也许我们可以一起吃点鹿肉来庆祝感恩节。门外，雪把所有的东西都盖住了。今年的雪下得早了点，我觉得这是一个糟糕冬季的开始。

"姑娘们你们能留下来过夜吗？"我满怀希望地微笑着。

"绝对不可能，卷毛。"菲丽丝说。她们已经走到了门口。透过门上的三块玻璃，我能看见躺在草地上的那头鹿，落到它身上的雪在融化。邦妮和菲丽丝已把猎枪挎上了肩，邦妮似乎在为不得不离开而感到内疚。

"你应该看看他的胳膊。"她一边说一边冲我最后眨了一次眼。她穿上了伐木工夹克，橘红色的座垫也捆到了皮带上。"他看上去不壮，但其实很结实。我的天啦！你真该看看他的胳膊。"她说。

我站在门口看着她们。她们抓住鹿角，沿着小路把鹿往车子那里拖。

"注意安全，劳埃德。"菲丽丝说。邦妮回头笑了笑。

"我会的，"我说，"你们放心吧。"

我关上了门，然后走到窗户那里站着，看着她们拖着那头鹿，沿着小路朝栅栏走去，鹿在她们身后的雪地上留下了一道擦痕。我看见她们把鹿从栅栏下方拖了出去，到了车子跟前后两人大笑起来，她们把鹿抬起来，放进车子的后行李箱里，用一根绳子把箱盖拉住。鹿头露在行李箱的外面好让人检查。①她们随后直起身子看

---

① 很多猎鹿区的出口都有专人检查猎人打到的是不是母鹿。

114

着窗户里的我，每个人都朝我挥了挥手，是那种动作很大的挥手，穿迷彩服的菲丽丝和穿伐木工夹克的邦妮。我在屋里也朝她们挥了挥手。她们后来上了车，一辆红色的庞蒂亚克，开走了。

下午大部分的时间我都在客厅里待着，我看着天在下雪，心想要是有台电视看就好了，我很高兴菲丽丝把屋里打扫得干干净净，这样一来，我走的时候什么都不用做了。我想着要是再能吃上一块鹿排该有多美呵。

过了一会儿，离开这里似乎是个再好不过的主意了，叫一辆计程车，直奔火车站，赶紧去佛罗里达，忘掉这里的一切，忘掉蒂娜和那个不知道除了灰狗①以外还有其他交通工具的家伙，和他们正在去太阳城②的路上这件事。

可是当我去饭桌那里查看我皮夹里的车票时发现，里面除了几枚硬币和纸板火柴③外，什么都没有了，我意识到厄运这才刚刚开始。

---

① 美国长途汽车公司的名字，在美国一般称长途汽车为"灰狗"。
② 美国亚利桑那州的一个城市。
③ 一种用硬纸板做成的很薄的火柴。

帝　国

西姆斯和太太玛吉正坐在斯波坎开往迈诺特①的火车上。玛吉五点一下班，他们就从斯波坎的家里出发了，现在已经是晚上九点了，车外天全黑了下来。西姆斯买的是单包间②的票，玛吉说她打算九点一过就去睡觉，但她还在外面坐着，并说服了西姆斯留下来喝上一杯。

"你最不喜欢哪一种死法？"玛吉说，一根圆珠笔在她手指间来回晃动。她正做着一本别人留在座椅上的填字游戏，她已完成了那道最难的字谜，眼下正做着背面的测试题。这组测试通过你的答案来预测你的寿命，玛吉正在对比她和西姆斯的运气。"这道题能说明问题，"玛吉说，"你肯定考虑过这个问题。"她朝西姆斯笑了笑。

"我不喜欢自己无聊到死。"西姆斯说。他盯着窗外蒙大拿州漆黑的旷野，那里什么都没有，没有灯光，没有任何移动的物体。他从未来过这里。

---

① 北达科他州第四大城市。
② 火车上卧铺车厢里的一种单间，通常只比一张床略大一点，白天可以把床靠墙收起来。

"好的，那是 E，"玛吉说，"很好。十分。我选的是'不包括以上的任何答案'，也是十分。"她写下一个数字。"终于看出这个测试的特点来了。如果全选 E 的话，你永远也死不了。"

"我倒不希望自己那样。"西姆斯回答道。

一群穿着陆军军装的军人在特等车厢的前半部分发出一阵又一阵的喧哗，有人伏在椅背上大声说笑，还夹杂着洗牌声和开啤酒罐的声音。有时会突然爆发出一阵哄笑，一个脸上还挂着笑容的军人会回过头来朝车厢这边看上一眼。西姆斯注意到军人里面有两个女的，所有人的所作所为似乎都是为了逗她俩发笑，从而给这些男人一个捏她们一把的机会。

"听着，宝贝，"玛吉喝了一口酒，把小册子移到灯光下面，"你情愿住在一个自杀率高的地方，还是住在一个犯罪率高的地方？这个问题是不是很可笑？"玛吉自己先笑了起来。"瑞士的自杀率高，这个我知道，而其他地方的犯罪率高，要我说的话。我帮你选 E，我也选 E。"她打了个勾并开始计算分数。

"这两个听上去没一个好的。"西姆斯说。火车从蒙大拿的一个小镇一闪而过，两扇挂着铃铛和红灯笼的闸口门，一排黑着灯的店铺，耀眼的泛光灯下一座空荡荡的畜栏里站着两头牛，还有一辆亮着尾灯、等着穿越铁路的汽车，所有这些从眼前一下子消失了。西姆斯听到远处一列火车的汽笛声。

"这是最后一道题了，"玛吉说，她又抿了一口酒，清了清嗓子，好像非常在意这道题，"其余的……不知道怎么搞的，都很怪，但只需要答完这一道就可以了。你通常是愿意保护别人，还是被别人保护？"

车厢前面的军人因其中一人的一句什么话都狂笑起来，又有几听啤酒打开了，有人在洗牌，牌合在一起时发出很响的声音。"别光在那儿说大话，傻瓜，光说我又有什么用。"其中的一个女军人说道，大家又狂笑起来。一个男军人掉过头来，想看看还有谁像他们一样开心，玛吉朝他微笑了一下。他冲玛吉眨了眨眼，手指在耳朵那儿画了一个圈。他是个身材魁梧的中士，长着一个硕大的脑袋，领带松着。"答案。"玛吉对西姆斯说道。

"两个都可能。"西姆斯说。

"两个都可能，"玛吉说，"乖乖，你算是摸准这组题了。这样答有额外的五分。顺便说一声，如果选'都不可能'，你反而会被扣掉几分。我十分，你十五分，"她把分数写了下来，"如果不是在刚开始就被扣了二十分，你会活得比我长得多。"她合上小册子，把它塞进座位垫子的下面，又捏了捏西姆斯靠近她的那条胳膊。"很不幸，我还是要比你多活五年，对不起。"

"我并不介意。"西姆斯吸了吸鼻子。

女军人中的一个站了起来，沿着过道向后走来。她也是一名中士，他们全都是中士。她穿着绿色的衬衫和制服裙，打着一条窄窄的黑领带，三十来岁的样子，身材高大且凹凸有致，沙金色头发下面的脸庞红扑扑的，一双深色的眼睛炯炯有神。西姆斯同时注意到了，她没有戴婚戒。经过他们座位时，她朝玛吉善意地笑了笑，而给西姆斯的微笑则要小得多。西姆斯心想她也许就是刚才开玩笑的那一位。她肩章上镶着黑白色的中士条纹，胸前黄铜名牌上刻着的名字是"本顿"。本顿。女军人走进了车厢后面的厕所。

"我怀疑他们是在执行任务。"玛吉说。

"我现在陆军的事一点都想不起来了,"西姆斯说,"你说好笑不好笑?我甚至连一个当时在一起待过的人都想不起来了。"厕所的门"喀哒"一声锁上了。

"你没有被派驻过海外,那样的话你会记住一些事情的,"玛吉说,"卡尔脑子里留下的是一部恐怖电影。我永远也忘不了那些。"卡尔是玛吉的第一任丈夫,他住在佛罗里达。西姆斯曾见过他,他们的关系一直还算不错。卡尔长得矮胖多毛,胸肌十分发达,而西姆斯个头则要高一些。"卡尔参加的是海军。"玛吉说。

"是这样的。"西姆斯说。西姆斯当年驻扎在俄克拉荷马州的一个炎热、多蛇、和地狱差不多的地方,在一个更大的、和地狱一样的地区的中央。他为自己能留下来,而不是被派往其他人去的地方感到庆幸。那是哪一年的事了?西姆斯心想,一九六九年?远在认识玛吉之前。那是一种完全不同的生活。

"我得吃一片帮助睡眠的药,"玛吉说,"我今天上班了,不像某些人,我需要睡个好觉。"她开始在钱包里翻找药片。玛吉在机场附近的一个酒吧里做女招待,从早晨九点一直工作到下午五点。她的客人主要来自航空公司,还有一些是制造商的代理,她喜欢和这一类的人打交道。西姆斯也上班时,他们的作息时间相同,西姆斯有时会去那个酒吧吃午饭。但他辞掉了那份卖保险的工作,从那以后还没有想过再出去工作。西姆斯觉得自己最终还是要去工作的,只是没有那么迫切罢了。

"我一会儿就来，"西姆斯说，"现在还不困。我还想再喝一杯。"他一口喝干了塑料杯子里剩下的金酒，摇晃着杯子里的冰块。

"有人帮你计数吗？"玛吉笑了起来。她手里拿着药片，从钱包里摸出一个裹着皮革的玻璃长颈酒瓶，往他摇晃着的杯子里倒了一点金酒。

"太棒了。这肯定会让我犯困的。"西姆斯说。

玛吉把药片放进嘴里。"我去呼呼了，"她用剩下的酒把药片送了下去，"不要做猫头鹰先生。"她欠身吻了吻西姆斯的脸庞。"卧铺车厢里有个爱你的漂亮姑娘在等着你哦。"

"我会记住这个的。"西姆斯笑着说道。他探身吻了一下玛吉，又拍了拍她的肩膀。

"明天一切都会好起来的。别再担心了。"玛吉说。

"我都没在想那个。"

"所谓的正常其实是不存在的，是不是？那只不过是个想法罢了。"

"起码我还没有见到过。"西姆斯说。

"那只是脑子里想象出来的，是吧？"玛吉笑了起来，她沿着走廊向卧铺车厢走去。

车厢前部的那帮陆军中士又大笑起来，这次的声音没有刚才那么大，其中的两个人（一共有八个人左右）转身看着玛吉朝卧铺车厢走去。两人中就有那个身材魁梧的家伙。他先看了看玛吉，又看了西姆斯一眼，然后转过身去。西姆斯觉得他们在谈论厕所里的那个女人，在说一些她不愿意听的话。"嗨，你们这帮家伙。天啦，"留在那里的女人说，"你们这帮家伙简直太糟糕了。我是说，你们真是太无聊了。"

所有的担忧都是因为玛吉的妹妹波林，她目前正待在迈诺特的一家精神病院里，西姆斯觉得，她极有可能被套上了紧身衣，捆在一堵墙上，在镇静剂的作用下失去了知觉。波林是玛吉的亲妹妹，比她小两岁，是个嬉皮士。她多年前曾在西雅图教过书，那是在她三次嫁人之前。她现在和住在迈诺特郊外保留地的一个苏族印第安人同居，那个叫丹的家伙用汽车零部件做雕塑。波林把自己的名字改成了印第安人的名字，那个名字听起来和莫尼卡很接近。波林还入了山达基教①，总在谈论怎样让自己变得"纯净"一点。她天生就爱说个不停。

昨天凌晨四点，处于极度疯狂状态下的波林打来电话。警察前来抓捕丹时，他俩正在睡觉，她说，逮捕他的理由是他通过买卖偷来的汽车侵吞钱财。联邦调查局的人也来了，她说。丹现在被关在俾斯麦②的监狱里。她说她对此一无所知。她眼下正和丹的狗爱德华多待在家里，房门在联邦调查局带着斧头上门时就被劈开了。

"你想要这条狗吗，维克托？"波林在电话里问西姆斯。

"不想，至少现在不想，"西姆斯在床上说道，"波林，你得想办法冷静下来。"

---

① 一种宗教信仰，由作家哈伯德于一九五二年创建，信徒通过分享自己经受的创伤来净化灵魂。

② 北达科他州州府。

"那你以后会要吗?"波林说。他听得出来她在犯糊涂。

"我觉得不会。我不敢肯定。"

"它会举着前爪坐在那里,是丹教它的,除此以外就没有什么本事了。它会做噩梦。"

"亲爱的你没事吧?"玛吉在厨房的电话里说道。

"那还用说,我很好,好着呢,"西姆斯听见冰块的咔哒声和烟喷到话筒上的声音,"我会想他的,但他是个成不了事的家伙,他全靠自己奋斗出来的。我只是后悔为他放弃了教书工作。我两个小时后回西雅图。"

"那儿又有什么呢?"玛吉说。

"太多东西了,"波林说,"我要先把爱德华多送到收容所去,如果你们不要它的话。"

"不要,谢谢。"西姆斯说。波林已有十年没教书了。

"它正举着愚蠢的爪子坐在这儿呢,我看够了。"

"也许现在不是离开丹的好时机,"西姆斯说,"他只是运气不太好。"西姆斯说话时眼睛一直闭着,他睁开眼睛,看见钟上显示的时间是凌晨四点十二分。他也看见了走道尽头厨房里亮着的灯光。

"他破灭了我的梦想,"波林说,"印第安酋长。"

"不要去做什么烈士,宝贝,"玛吉说,"跟她讲讲,维克。"

"你这么做是不会有什么结果的。"西姆斯说。他希望自己能接着回去睡觉。

"我记得你。"波林说。

"是维克托。"玛吉说。

"我知道他是谁，"波林说，"我不想再这么下去了。我他妈的不想再这样下去了。如果联邦调查局的人穿着该死的防弹背心，用斧头劈开你卧室的门，你会怎么想？"

"怎么想？"西姆斯说。

"诡异，这就是我当时的感觉。灯光、机关枪，还有高音喇叭，简直就像是在拍电影。对不起！"话筒从波林手中掉了下来，她把它捡了起来。"妈的，"西姆斯听见她在说，"这下要开始了。"她哭了起来。波林发出一声长长的嚎叫声，听上去像是一条狗在哀嚎。

"莫尼卡？"玛吉说。玛吉在用波林的印第安名字叫她。"沉住气，甜心。和她说话，维克。"

"没有理由认定丹就是个罪犯，"西姆斯说，"一点这样的理由都没有。政府总在骚扰印第安人。"波林在电话那头号啕大哭。

"我要去自杀，"波林说，"就现在。"

"和她说话，维克托，"玛吉在厨房里说道，"我去打九一一。"

"想办法冷静下来，莫尼卡。"西姆斯在床上说。他听见玛吉出了后门，朝邻居克鲁科夫家跑去。死对波林来说不只是随便说说的，在从前那段疯狂的日子里，为了让她的威胁更具说服力，她曾服下过超剂量的毒品。"莫尼卡，"西姆斯说，"一切都会过去的。拍拍狗，想法子让自己冷静下来。"波林仍在号啕大哭。电话突然断了线，西姆斯一人躺在床上，话筒放在胸口上，眼睛死盯着亮着灯、但没有一个人影的过道。

警察赶到丹和波林家已是一个小时以后了。波林坐在电话机边上。她用刀子割开了手腕，弄了狗一身的血。打电话来的警察说她没有切到血管，哪怕再流上一个星期的血也死不了，但她需要冷静下来。他们逮捕了波林，他说，但过两天就会放了她。他建议玛吉过来照看她。

西姆斯对波林一直存有爱慕之心。她和玛吉曾是两个放荡不羁的女孩子。吸毒，更换男人，开着车四处逛荡。她们都曾向往过恣荡的生活。两人都离过婚，身材都是娇小型的，都长着一双深色闪忽的眼睛。她们不是双胞胎，但看上去很像，玛吉要稍微漂亮一点。

他第一次见到波林是在斯波坎的一个派对上。派对上的人不是喝酒喝高了就是吸毒吸过量了。他当时正坐在一张沙发上和人聊天。透过一扇连接厨房的门，他看见一个男子身体紧贴着一个女的，正在摸她的奶子。他把她背心裙的前面扯了下来，吻着她两个完全暴露在外面的奶子。女人的手则在男人的裤裆处按摩着。西姆斯猜想他们以为没有人能看见他们，可那个女人突然睁开眼睛时，脸上却挂着一丝微笑，两眼紧盯着西姆斯看，而且，她的手还握着那个男人的鸡巴。西姆斯觉得那是他见到过的最刺激的一幕，他的心狂跳不止，感觉就像坐在一辆在黑夜里失去控制、正朝山下猛冲的车子上。这就是波林。

那年冬天的另一个派对上，他去一间卧室拿自己的外套，发现波林正赤身裸体地躺在床上，和一个同样光着身子的男人上床。这不是他上次见到过的那个男人。在后来的又一个派对上，他邀请波林共进晚餐。他们先去了镇子边上的一个湖里乘舟游玩，但波林突然就没了兴致并拒绝再和他说话，稍早的时候他曾带她回过家。又过了一段时间，他认识了玛吉，刚开始他还以为玛吉就是波林。当玛吉后来把波林介绍给西姆斯时，波林似乎一点也想不起来他是谁了，这让他松了一口气。

西姆斯听见身后厕所的门"咔嗒"响了一声，他突然闻到了一股大麻的味道。那伙陆军仍在前面吵闹不休，然而竟然会有人在附近抽大麻。那是一种不常闻到的气味——辛辣、香甜、醇厚，他已经很久没闻到过了。是谁此刻在列车上抽大麻卷呢？看来自从他上次乘坐火车，火车旅行已发生了不小的变化，他嘀咕着。他转过身子想看看能否发现那个吸毒犯，就看见那个女中士沿着走道走了过来。她一边走一边把衬衣扯平，好像她刚才在厕所时把它脱了。她又掸了掸裙子的前面。

女人看着正在观察她的西姆斯，对他露出一个夸张的笑容。她就是那个吸毒犯，西姆斯心想，她从朋友身旁悄悄溜开，来这里抽一根。他在陆军时抽过很多，在俄克拉荷马州的时候，那时候大家都抽，现在也一样，没有理由不一样。

"你的漂亮太太去哪儿了？"中士走到西姆斯身边时随便说了一句。她扬起眉毛，又抬腿把膝盖搁在西姆斯座椅的扶手上。她吸足了，西姆斯心想。她脸上的笑容说明了一切。她已经分不清张三李四了。

"她已经上床了。"

"那你为什么不和她待在一起呢？"女人微笑着问道，她仍然低头看着他。

"她想去睡觉。我还不困。"西姆斯说。这个女人闻上去就像一株大麻。这是他喜欢的味道，但让他神经紧张。他在想那帮陆军中士会怎么想。这年头当兵就像是工作，而工作人员是不准服用麻醉品的。

"你俩有孩子吗？"

"没有，"西姆斯说，"我不喜欢孩子。"她朝她那帮朋友看了看，他们正分成两组在打牌。"你呢？"西姆斯说。

"好像没有。"女人说道，她并没有在看他。

"你是个种地的？"

"不是，"西姆斯说，"为什么？"

"在这儿还能干什么？"女人的脸色出人意料地阴了下来，"你说不说点好听的给太太听？"

"每天都说。"西姆斯说。

"你们一定是真心相爱啰，"她说，"那是懦夫的一种表现。"女人快速地笑了笑。"跟你开玩笑呢。"她用手指向后捋了一下头发，又使劲摇晃了一下脑袋，像是要把脑子里的念头理理清。她又朝走道那头看了一眼，西姆斯觉得她似乎不想回到那里去。他看着她身上刻着"本顿"两个字的黄铜名牌，上面还刻着一些表示中士军阶的细小条纹。西姆斯看着女人名牌下面的乳房，它们被一个硕大的胸罩包着，分不清到底有多大。西姆斯想到了自己的年龄：四十二岁。

"听起来你的朋友玩得很开心。"

"他们不是我的朋友。"她说。

这时候那帮陆军中的另一个女军人站了起来，向后看着站在西姆斯座位边上的本顿中士。她把双手搭在臀部，夸张地做出一副不赞成的样子，又幅度很大地朝本顿中士招了招手。"快过来，本顿，"女人喊道，"这帮醉鬼身上有的是钱好赢。"

其他的中士"嗷"了一声，全都大笑起来。又一听啤酒打开了，有人在洗牌。另一个女人长着黑头发，身材又矮又胖。

"可他们认为你是他们的朋友。"西姆斯说。

"随他们怎么认为。我今晚才认识他们的，"女人说，"军人之间极易建立这种同志友谊。他们都是好人，要我说的话。谁晓得？如果你不是个种地的，那你这是去哪里？"

"迈诺特。"西姆斯说。

"听上去和'不晓得'很押韵。我上学时就记住这个了。'皮埃尔'和'奎尔'①也押韵。"她又摇了摇头，用手掌摸了一下额头。她的手很大，发红，看上去很粗糙。那是一双劳作过的手，西姆斯怀疑这手比他的手还要大。"我的头有点晕。"女人说道。

"肯定和你刚才抽的大麻有关。"西姆斯说。

她朝西姆斯咧开嘴笑了笑。"嗯，看出来了。"表面上看她似乎感到了一丝羞耻，但其实没有。"你的想法还真不少，是不是呀？"

"我也是个退伍军人。"西姆斯说。

---

① 这里"皮埃尔"是人名，而"奎尔"则是同性恋的别称。

"哪一种？现代生活的？"

"我去过越南。"西姆斯说。这句话就这样从他嘴里溜了出来，让他吃了一惊。虽然他不想把它收回去，但这么说还是吓了他自己一跳。究竟有多少人去过那里？他想估计一下本顿中士的年龄，她有没有可能去过那里。三十岁？三十五岁？那是很久以前的事了。

"那是什么时候？"女人说。

"什么什么时候？"西姆斯说。

"越南？那是一场战争还是什么？"她厌恶地看着西姆斯，"我不相信你去过越南。你知道我遇到过多少像你这样的家伙？"

"多少？"

"两百万，"女人说，"三百万都有可能。"

"我当时在海军里。"西姆斯说。

"你当时可能坐在一条小舢板上，在小河沟里开来开去，不分昼夜地朝树丛里胡乱放上一通枪，你现在不想谈论这个了，因为你常为此做噩梦，是吧？"

"我在空军基地工作。"西姆斯说。这似乎是个安全的说法。

"这个说法倒是很新鲜，"中士本顿说，"玩上非暴力的策略了。"

"你在陆军里是做什么的？"西姆斯感到脸上涌起了并非发自内心的笑容。他真后悔自己提起越南。他希望能把自己生活中的那部分重新讲述一遍。他为玛吉不在场而感到庆幸。

"我在情报部门，"本顿中士厚着脸皮说道，"难道我看上去不够聪明吗？"

那个肥胖的女军人又面朝本顿中士站了起来。"本顿，不要骚扰平民百姓。"她大喊道。四周立刻响起了笑声。

"你看上去很聪明，"西姆斯说，"你看上去简直棒极了，如果你问我的话。"西姆斯意识到尽管他不想这样，但他的脸上还是挂着笑容。他后悔自己没对她说滚到地狱里去吧。

"嗯，你居然这么友好？"女人用一种在西姆斯看来是很粗俗的语调说道。中士先吻了吻自己的手指尖，然后给了他一个飞吻。"做个美梦吧。"说完她就沿着过道向那群又笑又闹的军人走去。

西姆斯去卧铺车厢查看玛吉。两个军人回头看着他离开。他听见有人吃吃地笑出声来，听见有人说了声"别逗了"。

他走到车厢连接处时发现这里很冷，比斯波坎要冷多了。今天是九月十八日，晚上有可能会结冰，他心想，离这儿不远的北面就是加拿大了，那里可不是一个吸引人的地方，西姆斯心想，既寒冷又无聊。

在他查看玛吉时火车开进了一个车站。一条主街道直接通到了铁路的主干道，秋分前后的满月被乌云笼罩着，街道两边是红色的酒吧招牌、十字路口挂着一串庆祝圣诞的彩灯。谁要是想待在这个地方，西姆斯心想，非得先把自己灌醉了。

玛吉躺在被单的上面，衣服没脱就睡着了。台灯还亮着，她胸口上放着一本打开了的推理小说，她睡得死沉死沉的。

西姆斯取下一条备用毛毯给玛吉盖上，一直盖到了她下巴处。

他把书放到了窗台上，又关掉了台灯。包间里很冷，床上几乎没有他睡觉的地方。

他看见那个大块头中士从窗外的站台上走过，身后是其他的军人。他能看见一辆绿色军用面包车等在停车场上，车子的引擎在寒冷的夜色里转动着。几个印第安人沿着墙根抄手站立，两条狗在他们前面坐着。其中的一个印第安人发现西姆斯正在往外看，用手指朝他指了指。西姆斯伏在玛吉身上朝他挥了挥手，并竖起了大拇指。所有的印第安人都笑了起来。

七名背着背包的陆军中士来到了停车场，上了面包车。胖女人也在其中，那个大块头在发号施令，他们看上去都很冷。他们这是要去哪里？西姆斯琢磨着，这里又有什么呢？

开车铃响了起来，火车在那辆军用面包车离开前驶出了车站。西姆斯一直看着外面，所有的印第安人都冲他竖起了大拇指，并再次大笑起来。他们手里拿着放在纸袋里的酒瓶。

"出什么事了？"玛吉说。她还没有睡醒，但已经说上话了。"我们现在在哪儿？"

"鬼知道在哪儿，"西姆斯轻声说道，身体仍然靠着她，看着小镇从眼前滑过，"没事。"

"好吧，"玛吉说，"没事就好。"

她又睡着了。西姆斯轻手轻脚地走出包间，朝他的座位走去。

车厢里安静了许多。虽然多了几个新人，但烟雾少了很多，灯光也比刚才暗了一点。西姆斯在快餐柜那里买了一个火腿三明治和一瓶软饮料，回到自己的座位上，边吃边看着夜晚从身边流逝。他后悔没带上玛吉的推理小说，这会让他尽快在这里睡上一小会儿，反正包间里也睡不下两个人。

窗外夜色中，几辆卡车行驶在一条和铁路平行的高速公路上。一辆白色的温尼贝戈①似乎不想被火车甩在后面。车内住人的地方亮着灯，孩子们的脸贴在车窗上。他们用玩具枪指着火车，在那里上蹿下跳。他们的父母坐在车子前面的黑暗中，无法看见。西姆斯用手指头做成一把手枪指着温尼贝戈，所有的孩子（一共三个）全都伏下身子躲藏，从他的视线里消失了。突然，列车开上了一座跨越深不见底的大峡谷的高架桥，那辆温尼贝戈也从他的视线里消失了。

本顿中士从车厢最顶头的一个座位上站起身来，她朝后面厕所的方向看了看。她看上去像是一直在睡觉。她拿起挎包，朝西姆斯这边走来，边走边把侧面的头发往上拢了拢。

"你的朋友去哪儿了？"西姆斯说，尽管他很清楚他们去了哪里。

本顿中士像是从未见过他一样低头看着西姆斯。她的衬衫皱了起来，人看上去晕晕乎乎的。肯定是毒品，西姆斯心想，换了他也会这样，看上去就像一个罪犯。

"这些镇子上除了酒吧什么都没有，"女人含含糊糊地说道，"所有的社交都发生在酒吧里。你在哪儿吃的饭？"她摇摇头，用手

---

① 一种休闲用车辆，上面备有厨房、厕所和卧室。温尼贝戈是生产这种汽车厂商的名字。

131

指遮住一只眼睛，用剩下的那一只看着西姆斯。"你叫什么？"

"维克。"西姆斯微笑着说道。

"维克，"女人盯着他，"你太太还好吗？"

"她很好，"西姆斯说，"她早已进入梦乡了。"

"那很好。我的那些朋友离开得很匆忙。他们都是些大嗓门。特别是那个埃塞尔，她的嗓门真够大的。"

"你叫什么？"西姆斯问道。他又盯住了女人的胸部。

本顿中士看了一眼自己的名牌，又看着西姆斯。"我可以相信你吗？"她说。她遮住了另一只眼睛，并用最先遮住的那只看着西姆斯。

"难说。"西姆斯说。

"多丽丝，"她说，"等一下。坐着别动。"

"我整晚都会在这儿坐着的。"西姆斯说。

女人去了厕所，并再次把自己锁在了里面。西姆斯怀疑她又去抽大麻了。也许这次他也会抽上一口，虽然他已有十年没碰那个玩意了，他觉得他还承受得住。如果玛吉在的话，她也会抽上一口的。他琢磨着波林这会儿脑子里在想些什么，她是否已经停止了嚎哭。也许波林的境况会有所好转，她可以去另外一个地方教书，比如缅因州的某个小镇，那里不会有认识她的人。也许波林患上了躁狂抑郁症，需要定期服药才行。

他想象着本顿中士，此刻正在厕所里欲死欲仙呢。他认为"职业军人"（他假定她就是）的身上总有些不对劲的地方，尤其是那些女军人。某些东西让他们与现实生活格格不入，必须被归到一个特别的类别里。女的总是长得还凑合，但不算特别漂亮。她们笑起来声音很大，或长着胡须，汗毛孔粗大，要不就是由于常年和粗俗的兄弟或严厉的父亲在地里干农活，沾染上了男人的习气，那是一些你想方设法避免的东西。说白了就是你运气欠佳。那些东西对一个长相好的人来说算不了什么，他们甚至能把它变成对自己有利的东西。他也许能发现多丽丝身上到底有些什么，然后像对待一个正常人那样对待她，这样的话，结果也许会有所不同。

窗外，那辆白色的温尼贝戈又在和列车并排行进。孩子们仍待在窗口，但这次他们没有朝他开枪，只是瞪着眼睛看着窗外发呆。西姆斯觉得他们没在看他，而是在看着其他的什么。

本顿中士从厕所里走了出来，这次她身上并没有大麻味。她的头发梳理得整整齐齐，领带和绿衬衫也扯直了，还抹了点口红。她看上去比刚才好多了，西姆斯心想，他为她重新振作起来而感到高兴。但本顿中士的两眼直视着前方的过道，她把下巴稍稍往上抬了抬，又拢了一下头发，她的神态像是在说：她根本不知道此刻这个世界上还存在着西姆斯这么一个人。她转身径直穿过车厢门，进到了另一节车厢。

西姆斯隔着玻璃看见她金色的头颅在车厢连接处晃了一下，从进入上等车厢的第二道门那里消失了。他除了惊讶外，还有点失望，这样反而好，他心想，如果她仍然委靡不振，他会让她坐下来聊一聊——只不过是为了表示一下友好和打发打发时间——没有其他的想法。他的经验告诉他，打发时间有时会惹出麻烦来，甚至本顿中士此行可能还有个同伴，另外一个中士，而他此刻正在某个地方睡大觉呢。

一年前玛吉生了一场病，不得不去医院做手术。起先一切都很正常，但她的体重一下子就轻了二十磅，脸色苍白，身体虚弱到了无法再去上班的地步，而所有这些都发生在不到十天的时间里。替玛吉做检查的医生当着她的面告诉西姆斯，说玛吉胳膊下面有一个鸭蛋大的肿瘤，十有八九是恶性的，要先做一个危险性很高的手术，然后还得进行一个加长的疗程，尽管结果很难预测，但她最终可能还是活不下来。西姆斯从他工作的保险公司请了假，每天早晨都去医院陪伴玛吉，一直待到晚上九点才离开。玛吉需要先在医院里住上两周，等身体恢复了才能动手术。

西姆斯每晚都要和躺在床上的玛吉吻别，然后独自驾着车行驶在夜晚的街道上。有时他会在一个松饼店①停留一下，进去吃一个三明治，读读报纸，和女招待聊上一会儿天。但大多数时间他都是直接开回家，自己做一个三明治，就站在厨房水池边上吃完它，上床睡觉前，一般是在十一点左右，他靠看电视打发时间。有时他会在凌晨三点从坐着的椅子上醒过来。

这样独自在家待了三周后，在他站在水池边上一边吃着三明治，一边冲着窗外的黑暗发愣时，他注意到隔壁的那个女人总在这个时候坐在厨房的饭桌旁，桌上放着一台收音机和一个烟灰缸，在他站着张望的那会儿，她开始哭泣，把头埋在赤裸的手臂上来回摇

---

① 一种二十四小时营业的连锁餐厅，主要出售类似早餐的食物，如鸡蛋、煎香肠、早餐咸肉，并以松饼(Waffle)著名。

134

晃，好像她生活中的一个东西，一个重要的事实让她难以理解。

西姆斯知道这个女人是克鲁科夫太太的妹妹，那栋房子是克鲁科夫太太和丈夫斯坦的，克鲁科夫夫妇那段时间开车去了佛罗里达，这个妹妹在替他们照看房子。妹妹叫克里奥，她的头发染成了红色，眼睛是绿色的，克鲁科夫太太曾告诉过西姆斯，说她妹妹眼下正"毫无着落"，甚至连个落脚处都没有。西姆斯曾看见她在后院里晾衣服，傍晚的时候在人行道上遛克鲁科夫家的那条德国猎犬。他有时朝她挥挥手，有那么一两次他俩曾互相问候。

连着三天，西姆斯站在厨房里一边喝牛奶吃三明治，一边观察在那里独自哭泣的克里奥，他决定给克鲁科夫家去个电话，问问有什么需要帮助的。也许她在担心房子的事，也许是克鲁科夫两口子出了什么事，而她还沉浸在悲痛之中，无法走出家门，他并不知道她一天里的其他时间在干什么。这将是一种善意的行为，如果玛吉不是在医院里住着，她会亲自过问这件事的。

第四天晚上十点半左右，他一看见克里奥把头伏在手臂上，就用厨房里的电话拨打了克鲁科夫家的号码。他看见克里奥极不高兴地晃了晃脑袋，看见她抬头看了看墙上的电话，随后她透过厨房的窗户望着漆黑的夜色，好像知道给她打电话的人正在观察她，而实际情况也正是这样的。尽管西姆斯关了灯，而且站在离窗户很远不易被发现的地方，不知为什么他预感到只要电话铃一响，克里奥就会朝他这边张望。

"你好，我是维克·西姆斯，你的邻居，"西姆斯在黑暗中说道，"你没什么事吧？"

"谁？"克里奥的声音听上去很刺耳，她再次转过脸来，对着水池上方的窗户皱起了额头。她皱着眉头朝黑暗中看着，眼睛突然睁大，像是看见了一个特别的东西。

"维克·西姆斯，"西姆斯用欢快的语调说道，"玛吉和我有点不放心你。斯坦和贝蒂让我们关照你，看看你是否需要点什么。我正好还没有睡觉。"这是在说谎，但西姆斯觉得这和真话也没什么差别，尽管斯坦和贝蒂不是他们的好朋友，也从未请他们帮着照看克里奥。

"你在哪里？"克里奥说。

"在家，客厅里。"西姆斯继续说谎，他盯着克里奥，她穿着短裤和一件长长的 T 恤衫。话筒里传来了她吸鼻子的声音。

"你在监视我？"克里奥说，她看着窗户，又抬头看了一眼天花板。她又吸了一下鼻子，随后西姆斯觉得自己听见了她的呜咽声，很轻。隔着夜色和两扇窗户他看不清楚。她又转向了墙上挂电话的地方。

"我在监视你？"西姆斯笑了起来，"怎么会呢？我没在监视你。我正在看新闻呢。我打电话是想看看你一切是否正常，检查一下而已，但你为什么要哭呢？"

"不为什么。哦，天哪。"克里奥说，她忍住了哭泣。"对不起，"她隔了在西姆斯看来是很长的一段时间后说道，"我头都想大了。我得挂了。再见。"

西姆斯看见她挂上了电话，转身靠在墙上，又哭了起来，就像她坐在桌旁时那样摇晃着脑袋。最终，西姆斯看见她顺着墙壁往下滑，从他的视线里消失了。这一幕简直太富戏剧性了。

西姆斯还站在黑暗中，后背贴着厨房的墙壁。她有可能会伤到她自己，他心想，她有可能身处困境而且孤立无援，但是如果有人这时候找她谈一谈，或许就能解开她的心结。西姆斯想再打个电话过去，但怕她不接。他决定亲自上门提供帮助。他从酒柜里取出一瓶白兰地，穿过漆黑的长满绿草的院子，走上后门的台阶，敲门。

克里奥来到后门口时脸上还挂着泪珠。她光着脚，红头发乱成了一团，湿漉漉的。她看上去在被悲伤彻底击垮的同时，西姆斯心想，还显得那么的脆弱和美丽。看来，过来和红头发的克里奥喝上一杯，对两个人来说都不算是个坏主意。

"你是谁？"克里奥隔着纱门怀疑地问道。她低头瞟了一眼西姆斯手里的白兰地，嘴角露出一丝冷酷。

"维克，"西姆斯说，"隔壁的，不记得我了？我想你可能需要喝一杯。你听上去像是在哭。我可以把酒瓶放在这里。"他希望没有必要把酒瓶放下，但他不想流露出这个愿望。他希望她会邀请他进屋。

"那就进来吧。"克里奥说完就转身走开了，留下西姆斯站在门口，隔着纱门看着她消失在厨房里。

克里奥（她姓米德尔顿）告诉了西姆斯她全部的故事。她和贝蒂（比她大五岁）怎样在艾奥瓦州的一个农场里长大，贝蒂后来上了大学，和斯坦结了婚，斯坦在一个连锁五金店做高管，生活上可以说是一帆风顺，几乎没为生计发过愁。她本人（克里奥）则去了一个美容学校，最终在加州落了脚，并和摩托帮的人混在了一起，那些人以抢劫和打架为乐，贩卖毒品，想对谁施暴就对谁施暴。她并没有说她是怎么和这些人混在一起的。她给西姆斯看了她屁股上一个撒旦头像的刺青。她背对着他，隔着桌子拉起短裤，做这件事时她一直在微笑。她告诉他这个刺青不是她自愿要的，稍后她还给他看了她脚底几处烟头烫出来的伤疤。克里奥说她今年二十九岁，曾有过两个孩子，但西姆斯并不相信。她在厨房黯淡的灯光下显得比二十九岁要老得多，四十岁，西姆斯估计，尽管有可能比那要稍微小一点。一个孩子生下来不久就死了，但另一个，一个叫阿奇的小男孩至今还和他爸爸一起住在里奥维斯塔①，但克里奥见不到他，他那个骑摩托的父亲威胁克里奥，说只要再见到她，就把她的头割下来。"连法院也对此无能为力。"克里奥看上去一脸的沮丧。她告诉西姆斯，她某一天半夜醒来，发现自己被一群她丈夫自称"撒旦的外交官"的摩托帮朋友拖下床。他们把她放在一辆车子的后面开进山里。路上她听见他们在谈论撒旦和撒旦的邪恶帝国，听见一个别人叫他"失败者"的车手说他们将用她来献祭撒旦，说罢大笑不止。她说她大声尖叫但没有人理会她。最终，那辆车子没油了，摩托车手都下了车，把她连同那辆车子一起遗弃在了那里。第二天早晨一个警察路过那里，她才得救。她说从那以后她就再也没有回过家，但她丈夫（他的外号叫"野蛮人"）通过贝蒂转给她一封信，上面罗列了再次见到她后他将采取的具体行动。

克里奥在说这些时身体一直抖个不停，她拿出一根烟，用上下

---

① 加州湾区的一个城市。

牙咬着，抽了起来。克里奥给人的感觉是，西姆斯心里想，她所说的一切有可能全都是假的。尽管如此，她的生活经历让她有编出这些故事的可能，这其实就足够了。

克里奥还告诉西姆斯她知道他太太正在住院，她鼓动他把这件事说出来。西姆斯不知道她是怎么知道玛吉的事的，他非常不愿意谈论这件事。玛吉的病是他最大的担忧，他觉得，他不知道该说什么。玛吉病了，有可能会死掉，一想到这一点他就心里难受。他爱玛吉，如果她死了，他的生活也就结束了。除了结束不存在其他的可能。他已经想好了，他会去一个树林里，把自己吊死在那里，除了野兽谁都发现不了他。但深更半夜说这些太没意思了，不管他还是克里奥再说什么都无济于事。他为自己能坐在漂亮的克里奥对面而感到高兴，忘掉疾病和医院，忘掉那些他没去处理的狗屁保险索赔，安安静静地在这里把自己灌醉了。

克里奥一边喝着白兰地，一边接着往下说。自从五年前离开加州，她做过各种各样的工作，但还是无法真正地了解自己，"无法集中精力"。她在博伊西①住过，她说，替人做头发。她也在盐湖城待过。她回到加州，又结了一次婚，但没能维持多久。后来她去了西雅图，眼看就要拿到她平生第一份专业内的固定工作了（在贝灵汉市的一个购物中心里）。这之后她失业在家待了一年。后来在去温斯洛的渡轮上偶然碰到了斯坦，这才使得她有机会在斯坦和贝蒂的家里住上一个月的。"真是个千疮百孔的人生，"克里奥一边摇头

---

① 爱达荷州州府。

一边微笑，"离开艾奥瓦州早已十万八千里了，我这不是在说实际的距离。"

"似乎现在有了些转机，至少在这里。"西姆斯说。

"其实没有，"克里奥说，"下一步干什么？谁都不知道。"

"也许能在这里找一份工作。"

"我再也不想出于职业的需要去碰另一个人的脑袋。"克里奥说，她垂下眼睑，西姆斯以为她又要哭了，他不希望那样，尽管他无法责怪她。她于十分钟内说完了她整个的人生，说完之后她的人生似乎也就结束了。他不是这样的，至少目前还不是。玛吉有可能好转，他可以回去接着工作，好事有可能落到他们头上，他们还年轻。但克里奥不同，她有太多可以后悔和为之哭泣的东西，而且不管是从哪个角度看，事情都还远远没有结束。

克里奥又缓缓地摇晃起脑袋，他知道她马上就要开始哭泣了，甚至还有彻底崩溃的可能，而他将独自和她待在这里面对这一切。他想象自己等在一间邋遢的急救室外面，里面，服用了大量镇静剂的克里奥（他甚至都认不出她来了）被绑在一副担架上，而他深爱的妻子玛吉此刻正一人睡在急救室上面三层楼的一间病房里，在睡梦中离开人世。

西姆斯看见克里奥的头开始朝桌面垂落。他突然站起身来，隔着桌上的白兰地酒瓶朝坐在对面的克里奥俯下身子，双手捧起她潮湿柔软的面孔。"别哭了，克里奥，"他说，"情况会好起来的，会比现在还要好。你会等到这一天的。我保证。"

"你保证？"克里奥朝他眨了眨眼，"你怎样来保证？"

那天晚上他和克里奥睡在了斯坦和贝蒂楼上的大床上。克里奥坚持睡觉时把电视调到一个播放摇滚乐的台上，声音倒是关掉了。这使得房间里整夜都闪烁着荧光，也让西姆斯后悔自己留下来过夜。有那么一两次，他发现克里奥正越过他的肩膀，朝那个流淌出无声音乐的虚幻世界瞟上一眼，那是一个由烟幕、昏暗街道和万圣节面具组成的世界，一扇又一扇的门朝着惊人的暴力打开。这只不过是个善意的行为，西姆斯心想，自己没必要为此烦恼。这不是他的生活，永远也不会是。没有什么道理可言，它们不会改变任何东西。过上几个月，如果玛吉能活下来的话，他会把这件事告诉她，他们会一笑了之的。而且，那时候克里奥早已经离开了这里。也许他和玛吉也已离开了这里，搬去另一栋房子或另一个州住了。

天亮前的某个时候，西姆斯从一场噩梦中惊醒过来，除了克里奥的呼吸声，闪烁着荧灰色光线的房间里一片寂静。电视屏幕上，儿童们围着一个头顶山羊脑袋、弹着电吉他的男人跳舞欢唱。但在他的梦里，他把自己吊死在森林里一棵高大的松树的枝杈上。此前他曾写信向大家做了解释——他已经看见这些信件被他的朋友们打开。"当你读到这封信时，"信中写道，"我，维克·西姆斯已不在人世了。"然而，尽管他已经吊死在一根新上吊绳上，鸟儿在他头顶上筑窝，玛吉不知怎么搞的还活在人间，她住在病房里，对着窗外明媚的阳光微笑，她看上去比过去几周里的任何时候都要好。她将会存活下来。但这对他来说已经太晚了，一切都已烟消云散了。

早晨，当他再次醒来时，电视已经关掉了，克里奥也不见了。狗不在楼下，斯坦和贝蒂的另一辆车子也不在车库里停着。克里奥让咖啡壶开着，但桌上没有纸条。

西姆斯以快得不能再快的速度溜出后门，他一路小跑地穿过后院，庆幸自己错过了开着克鲁科夫家面包车回来的克里奥。回家后，他冲了个长长的淋浴，刮了胡子，换上一件干净的衬衣。他随后带着一大捧鲜花开车直接去了医院，但还是比平时晚到了一个小时。玛吉说她以为他睡过头了，把电话线也拔了。她说他看上去精疲力尽，她的疾病也影响到了他。玛吉说完哭了起来，过了一会儿她说她觉得好点了。

玛吉在医院里又住了三周。每次回到家，西姆斯都待在屋里，仅通过窗口观察克里奥（像他和克里奥在克鲁科夫家的大床上睡过之前那样），看她遛狗、晾衣服和开车购物。但克里奥看上去和过去不一样了，她从没给他打过电话，当他无法避免地和她在屋外相遇时，她的反应和碰到了一个她姐姐的邻居没两样，这让他如释重负。不过她见到西姆斯时开始直呼其名了。"你好，维克。"她会在遛狗时隔着栅栏招呼道，同时露出一种带有恶意的嘲笑，好像他的名字和某个他不知道的笑料连在一起了。有时她会问道："玛吉怎样了，维克？"尽管他确信克里奥从来就没有见过玛吉。过去，克里奥看上去是那么的不走运和易受伤害，一个无家可归的人，让你产生一种怜香惜玉的感觉。而现在她显得那么的老谋深算和玩世不恭，一个和"撒旦的外交官"们一起骑摩托的女人。一个难以对付、会给你带来很大麻烦的女人。

两周后，西姆斯注意到克鲁科夫家的车道上停了一辆庞大的黑色哈雷摩托。它看上去既粗俗又时髦，镀铬的部件，高高的车把手。不一会儿，克里奥和一个身材高大、相貌凶恶的摩托车手走了出来，他们上了车，在一阵震耳的轰鸣声中开走了摩托。车手穿着黑色的皮衣皮裤，戴着耳环，像海盗一样扎着头巾。克里奥的穿戴和他一模一样。

在这一周里，这个骑摩托的家伙就住在克鲁科夫家里。摩托车的加州车牌上写着"失败者"三个字，有那么一两次，西姆斯看见他和克里奥在后院里晾衣服、抽烟和轻声交谈，大多数时间里他都在喝啤酒，不穿上衣，但戴着那条海盗头巾。他胸部和胳膊上的肌肉都很发达，灰白色的皮肤上刺着文身，一副凶狠的样子。西姆斯意识到这就是克里奥前夫的朋友，那个企图用她祭奠撒旦的家伙。他想不明白这两人之间能有什么共同之处。

克鲁科夫夫妇在玛吉出院前的两天回来了，骑摩托车的家伙也在同一天消失了。第二天早晨，西姆斯看见斯坦拎着克里奥的包和一些箱子上了车，和克里奥一起离开了家，过了一会儿他自己一人回来了。西姆斯再也没有见到过克里奥，但在去医院接玛吉回家的路上，他在一个加油站见到了那个骑摩托的。

玛吉又在家里躺了三周，结果她并不需要去做医生预计的那个可怕的疗程。她恢复得非常快，不到一个月就已经可以回酒吧上班了。医生说有强烈意愿的人往往很难被击倒。玛吉的运气不错，她极有可能会健健康康地活上很久。

玛吉去酒吧上班的那天早晨，还不到九点的时候，厨房里的电话铃响了起来，玛吉当时正在穿着打扮，西姆斯则在看报纸。他拿起了话筒。

"维克。"一个声音说道，是男人的声音，他不熟悉这个声音。之后出现了一段很长的停顿，像是有人用手捂住了话筒，但谈话还在继续着。

"是我，"西姆斯说，"你是谁？"他突然想到这有可能是玛吉的老板从酒吧打过来的，揶揄他在当家庭主妇之类的。玛吉的老板乔治是个大胖子，一个人见人爱脾气极好的希腊人。"是胖乔治吗？"西姆斯说，"我知道你要跟我说什么，乔治。你最好给我留点神。"

"维克。"那个声音又说话了。西姆斯不知怎么就感觉到这个声音不像是乔治——尽管存在这样的可能——他同时意识到他根本就不熟悉这个声音，但有一点，它听上去不那么妙。跟随在他名字后面的那阵沉默里，他有一种外部世界向他打开了的感觉，吓得他靠在了挂电话的墙上，眼睛则紧盯着自己的电话号码。876–8076。这是个从很远处打来的电话。

"我是维克，"西姆斯声音僵硬地说道，"你想干什么？为什么打电话？"他听见另一个房间里玛吉的脚步声，听见她关上壁橱门的声音，闻到了空气里夹杂着的她香水的味道。

"我们要杀了玛吉，维克，"那个男人说，"如果你不看着她的话。不管怎样，我们都会等着她的。魔鬼需要玛吉，维克。你和其他女人上床的卑鄙行为让你失去了拥有她的权利。你现在必须为此付出代价。"

"你是谁？"西姆斯说。

"是魔鬼在给你打电话，"那个声音说道，"今天，所有的人都是失败者。"

一个女人在对方电话的背景里发出一长串巫婆似的大笑，笑声十分的刺耳，她一直笑到咳了起来，然后一边咳嗽一边还在不停地笑，直到她咳得停不下来了才止住笑。随后，电话中传来一声摔门声，听上去十分的遥远。西姆斯现在知道是谁打来的电话。他转身看着窗外，目光穿过他家和克鲁科夫家之间的院落，贝蒂·克鲁科夫正站在水池跟前，她的手在窗台下方，看不见。当她抬起头来时，看见西姆斯正注视着她。她隔着两层玻璃窗和阳光下中间隔着栅栏的院落朝他微笑。当发现西姆斯还在注视她，她举起了手中还在滴水的盘子，像扇扇子一样在眼前晃了晃。她的脸上随即露出开心的笑容，她转身离开了窗口。

"克里奥，"西姆斯说，"让我和克里奥说话。我现在就要和她说话。就现在。"事情完全没必要发展到这一步，他心想。

"他想和克里奥说话。"那个男人像是在和身边的人说话。

"跟他说她死了，"西姆斯听见一个女人漫不经心地说了一句，"像玛吉一样。"

"她死了，"那个男人说，"像玛吉一样。玛吉是谁？"他听见那个男人在说。

"他老婆，你这个蠢货。"女人说完后又声音沙哑地笑了起来。

"让我和她说话，"西姆斯说，"如果她是克里奥的话。我要和她说话。求你了。"

"别把我们给忘了。"男人的声音说道，他说这话时似乎离话筒很近。话一说完电话就挂断了。

西姆斯手里握着嘟嘟响着的话筒站在那里。透过厨房的窗户，他能看见克鲁科夫家屋顶上蓝色的木瓦反射出的阳光，克鲁科夫家厨房窗户映出他家棕色的房子，实际上，映出的正是他望出去的这扇窗户，但里面并没有他本人。西姆斯想：这件事不会发生的，我再也不会听见它了，只要渡过这一关，生活就会好起来，而且会越来越好，这是完全可以指望的。

在那个寒冷的夜晚，火车正缓缓通过蒙大拿州的又一个小镇。铁路两边都是商业区，防止犯罪的灯亮着。西姆斯看见一家贴着"现场娱乐表演"招牌的酒吧，两个挂着一串串白炽灯的停车场里停着一排又一排的二手车。街道尽头的一家便利店还在营业，顾客的车子就停在人行道边上。几个穿着美式足球服的男孩正站在店门口喝啤酒，他们举起酒瓶向路过的火车致意。他们车子的后窗上贴着几张女孩子的脸，正朝经过的火车张望。

镇外高速公路边上有一家汽车旅馆。白色氖光灯做成的招牌上写着"云雀"两个字，一组蓝色的灯泡勾画出一只精巧的飞鸟。他看见一男一女两个人，女的很胖，穿着白色的工作服，他们正沿着一排房间朝一间门半开着、透出灯光的房间走去。那个女的穿着高跟鞋。西姆斯觉得她看上去很冷。

"坐在那里想就能想出一杯酒来，维克？"西姆斯抬起头来，发现本顿中士又回来了，脸上的笑容非常的灿烂。她看上去更加的容光焕发，还擦了香水，好像刚去冲了个澡。

"我以为你睡觉去了。"他说。她的一双大手放在臀部，她只穿了长丝袜，没穿鞋。西姆斯注意到她的脚并不大。

"难道我们今晚就争论这个？还是去干点别的什么？"本顿中士说。

"我刚喝完，"西姆斯说，他举起他的塑料酒杯，"我估计酒吧已经打烊了。"他极不愉快地想着玛吉包里放着的那个长颈酒瓶。

"多丽丝的酒吧还开着呢，"本顿中士说，"而且是免费的。"

"多丽丝的酒吧在哪里？"西姆斯说。

"在多丽丝的单包间里。"本顿中士抬了抬她拔过的眉毛，用一种极为夸张的表情告诉西姆斯她心情很不错。"维克太太不会介意维克去喝上一杯吧，会吗？"

玛吉会介意的，西姆斯心想，她会十二分的介意，尽管如果有人邀请她一起去的话，她会乐意的。但她现在睡着了，她需要养精蓄锐以对付波林的下一次危机。同时，他一人待在这里，没有一点睡意，除了瞪着漆黑、毫无生气的旷野外，什么也干不了。他完全可以去干点想干的事情，没人会追究的。

"她不会介意的，"西姆斯说，"要不是睡着了，她也会去的。"

"我们会为她干上一杯的。"多丽丝举起一个想象中的杯子。

"太好了，"西姆斯笑着举起了他手中的杯子，"为玛吉。"

他跟着本顿中士来到特等车厢，车厢里烟雾缭绕。快餐厅已经关门了，每个铁柜子上都挂着一把锁。两个头戴牛仔帽、穿着牛仔靴的老头正隔着一张放满啤酒听的桌子争吵，争吵的焦点是一个叫海伦娜的人，他们在说那个名字时有点西班牙口音。"低估海伦娜是个错误，"其中的一个男人说，"我警告你。"

"哦，去他妈的海伦娜，"另一牛仔说，"那个又肥又丑的婊子。我才不怕她和她家人呢。"

他们的对面坐着一个穿纱丽①的亚裔妇女，她怀里抱着一个小孩。她和孩子都紧盯着本顿中士和西姆斯看。妇女鼓鼓的肚子露在外面，鼻子上穿了一个珠宝。她看上去有点害怕，西姆斯觉得，似乎在为即将要发生的什么事担心着。他一点这样的感觉都没有，他为她感到难过。

只穿了袜子的本顿中士领着他穿过第二个摇摇晃晃的车厢通廊，踮着脚尖走进灯光暗淡的卧铺车厢。通廊处的门关上后，火车车轮发出的声音一下子变得遥远了。本顿中士转过身来，微笑着把手指放在嘴唇上。"别人在睡觉。"她轻声说道。

玛吉在睡觉，西姆斯心想，就在隔着一条走廊的地方。这让他的手指发麻，凉飕飕的。他目不斜视地穿过那扇银色的小门，她会继续睡她的觉，他心想，然后在早晨愉快地醒来。

一个黑人从走廊尽头挂着帘子的座位上探出他光秃的脑袋，看

---

① 印度、尼泊尔和巴基斯坦等国家妇女的服装，是缠绕在身上的长纱布，有点像长裙子。

着西姆斯和多丽丝。多丽丝正把钥匙插进她单包间的锁孔里。这个黑人是火车上的服务员，曾帮助玛吉和他搬过箱子，并说会在早晨为他们送上咖啡。本顿中士朝他挥了一下手，并发出"嘘"的一声。西姆斯也朝他挥了挥手，但动作很勉强。叫刘易斯的服务员什么也没说，把头缩回到帘子的后面。

"别跟我说你累了，好不好？"多丽丝说，她在开门时轻轻地笑了一下。包间里亮着一盏床头灯，床已经放了下来并整理好了——也许是刘易斯干的，西姆斯心想。他能看见窗外昏暗、空洞的夜晚，乌云追逐着月亮，被草覆盖着的地面快速地向后退去，所有这一切让人头晕眼花。他能看见映在窗户上的自己的面孔，并吃惊地发现自己正在微笑。"进来吧①，"多丽丝在他身后说道，"不然就要天亮了。"

西姆斯爬了进去，把身体移到床脚那里。多丽丝用双手和膝盖在床上爬来爬去地找东西，她伸手去翻枕头后面放着的包，从包里掏出一台闹钟来。"十二点了，你的孩子在哪儿呢？"她朝西姆斯飞快地笑了笑，"我的还在外太空游荡，等着进来呢。我要说的就是祝他们好运。"

"我的也一样。"西姆斯说。他在多丽丝的包间里感到一丝寒冷，但他还是觉得应该把鞋子脱掉。穿着鞋子让他感到不自在，但和多丽丝待在一张床上首先就让他感到不自在。

"我实在受不了那个，"多丽丝说，"他们就像是一些小大人。

---

① 原文为法语。

149

谁稀罕那个？一个就足够了。"

"说得对。"西姆斯说。在这一点上玛吉和他的想法一致，孩子让生活成为一种痛苦，生完他们，他们接着就去生下一代。这是第一件他和玛吉有共识的事情。西姆斯把鞋子放在床垫边上，希望它们不会有难闻的气味。

"奇迹！"多丽丝举起一瓶一品脱的伏特加说道。"绝对不用担心，有多丽丝在呢，"她说，"不会让你感到无聊的。而且，还会有杯子。"她在包里翻找着。"只要一眨眼的工夫，杯子就会出现，"她说，"别担心，你是不是已经无聊透了，维克？我是不是把事情彻底搞砸了？你不耐烦了？生气了？别生气。"

"我高兴得不能再高兴了。"西姆斯说。多丽丝手脚着地趴在床上，回过头来朝他微笑。西姆斯回报以微笑。

"这才是好男人，太棒了！"多丽丝举起一个酒杯。"一个杯子，"她说，"耐心的成果。你知道吗？我看上去和上高中时一样漂亮，有人这么对我说，就在前不久。"

西姆斯看着多丽丝的腿和臀部，它们看上去都很不错，他心想，既苗条又结实。"这个一点都不难相信，"他说，"你多大了？"

本顿中士朝他眯起一只眼睛。"你觉得多大了？或者说我看上去有多大？我愿意这样来问。"

看来她得花一整晚的时间来准备这两杯酒了，西姆斯心想。"三十。快到三十了。"

"真会说话，"本顿中士说，"真是很会说话。"她朝他做作地笑了笑。"我今年三十八了。"

"我四十二了。"西姆斯说。

多丽丝似乎没听见他说的。"杯子，"她说着举起另一个杯子让他看，"两个杯子。让我们喝上一杯，你觉得如何？"

"太好了。"西姆斯说。他闻到了多丽丝香水的味道，是一种他喜欢的甜甜的花草香味，那个味道是从她箱子里发出来的。他为自己决定上这儿来而感到高兴。

多丽丝转过身来盘腿坐在床上，这样一来裙子就被她的膝盖撑开了。她把两个酒杯放在撑开的裙子上，倒上酒。西姆斯意识到如果包间里的灯光再亮一点的话，他就能看见她裙子里面了。

她微笑着递给西姆斯一杯酒。"为你太太，"多丽丝说，"愿她做个美梦。"

"就为那个。"西姆斯说，他喝下一大口温吞吞的伏特加。直到这口酒下肚他才发现自己是多么地想喝酒。

"你觉得我们的车现在有多快？"多丽丝凝视着什么都看不见的窗外说道。

"不知道，"西姆斯说，"也许有八十，我估计有八十。"

"在黑夜里呼啸而过。"多丽丝笑着说。她又喝了一口酒。"说出让你害怕的东西一定很有趣，是不是？"

"你这趟旅行都去了哪些地方？"西姆斯说。

本顿中士用手指捋了捋她的金发，又摇晃了一下脑袋，然后吸了吸鼻子。"去拜访一个亲戚。"她说。她盯着西姆斯看着，眼睛里突然无来由地冒出一些火花。也许这是个比较敏感的问题，他很乐意不再去碰它。

"那你是去哪里？你和我说过，我忘记了。这似乎是很久以前的事了。"

"你想不想听一个小故事？"本顿中士说，"一个刚发生的真实故事？"

"当然。"西姆斯举起酒杯为故事干杯。多丽丝伸手往他杯子里倒了点酒，也给自己倒了一点。

"好吧。"她说。她闻了闻杯中的伏特加，然后把裙子往上拉了拉，好让自己坐得更舒服一点。"我去拜访我父亲，你知道，在圣胡安岛①。从我上次见到他到现在，差不多有八年了，那是在我参军之前，实际上我结婚后就没再见过他。他现在也和一个非常善良的女人结了婚，维拉小姐。他们在岛上开了一个给狗寄宿的场所。他六十多了，负责照顾那些吵闹的狗。她五十来岁。我真不知道他们是怎么做下来的，"多丽丝喝了一口酒，"或者说为什么要那么做。她是个摩门教徒，相信所有的天使，所以他或多或少也成了一个天使，尽管他又抽烟又喝酒，一点信仰都没有。他曾当过空军，也是一名中士。说岔了，我到那里后的第一天晚上，我们在一起吃晚饭。大牛排。刚吃完我爸就说他得开车去商店买点什么，一会儿就回来。我和维拉小姐一边洗盘子，一边看电视聊天。不知不觉两个小时就过去了。我问维拉小姐：'埃迪呢？他走了有一会儿了吧？'而她只说了一句：'哦，他很快就会回来的。'我们又东磨西蹭了一会儿，每人抽了一根烟。再后来她就做起了上床睡觉的准备。她自

---

① 美国大陆西北角属于华盛顿州的一个小岛。

己一个人。那时是晚上十点，我问道：'我爸会去哪儿呢？'她说：'他有时会在镇上的酒吧坐下来喝上一杯。'她上床后，我开着另一辆车子去了山坡下面的那个酒吧。他的客货两用车就停在前面，可当我进去问了一圈后，发现他并不在那里，也没有人知道他去了哪里。我出了门，这时一个家伙来到门口，在我身后说道：'去拖车房那里试试，宝贝，错不了，去拖车房看看吧。'当时我也没有其他的选择。马路对面有一个亮着灯的小拖车房，前面停着一辆汽车。我穿过马路（还穿着那套军装），径直走上台阶敲门。里面传来一阵响动声和电视的声音，我还听见有人走动和一扇门关上的声音。前门打开了，一个显然是住在那里的妇人走了出来。她衣服穿得整整齐齐的，我估计她快五十了，比维拉年轻一点，脸显得比实际年龄还要年轻一些。她说：'哎，有事吗？'我说对不起，我在找我父亲，我估计我找错地方了，但她说：'等一下，'然后转身说道，'埃迪，你女儿来了。'

"我父亲这时从另一个房间里走了出来，也许那只是个壁橱，我不知道，也不在乎。他穿着长裤和汗衫，对我说：'哦，你好，多丽丝。你怎么样？进来吧。她是雪莉。'我唯一记住的是他的肩膀有多瘦，他看上去就像一个行将就木的人。我甚至没和雪莉说一句话。我只说了句，不了，我不能待在这里。说完我就开车回去了。"

"你随后就离开家了吗？"西姆斯说。

"没有，我在那儿又待了两天才离开的。这事本身对我并没有什么影响，但它促使我开始想一些问题。"

"想出点什么了没有？"

多丽丝把头向后靠在金属做的墙壁上，眼睛朝上看着。"哦，我只是在想作为另一个女人的感受，我有太多那样的经历了。所有人都会摔倒在同一条小河沟里，是吧？到了我这个年龄，你已越过了一个界限。你会去做一件只和当时的心情有关，但却不意味着什么的事情，你没必要全身心地投入。我说得对吗？"

"非常对。"西姆斯说，他认为这是对的，他自己就这么做过多次。

"真正的生活究竟在哪儿？我觉得我的还没有开始呢，你的呢？"

"还没有，我的也还没有，"西姆斯说，"没有完全开始。"

"当我还是一个加州长大的小姑娘时，我父亲教我开车，我总在想：'我现在在开车，我必须全神贯注；我必须注意身边的一切；我必须想着把手放在方向盘上；我在这一刻只能想这一件事，这么做会让我发疯的。'但是我其实已经在想别的了。"多丽丝朝西姆斯皱起鼻子。"这是我个人的电影，对吧？"

"听起来很耳熟。"西姆斯说。他喝了一大口伏特加，把杯子里的酒喝干了。伏特加喝上去有股金属的味道，好像它一直被储藏在一个金属罐里。但喝下去后感觉很好，他觉得他一晚不睡都没问题。他以一个局外人的眼光来看这件事，每个人都保护得好好的，不会有人受到伤害。"但大多数人还是想做个好人。"西姆斯无缘无故地来了一句，那些话像是不受任何人的控制，鬼使神差地就说了出来。一切都显得那么的随心所欲。

"你想让我把衣服脱了吗？"本顿中士微笑着看着他。

"想，"西姆斯说，"那当然。"他想说他还想再来一点伏特加。他伸手拿起放在毯子上的酒瓶，给自己斟了点酒。

本顿中士开始解军装上的纽扣。她跪在床上，把衬衫下摆从裙子里拉了出来，并从下面的扣子开始解起。她似笑非笑地看着西姆斯。"还记得你第一次见到的没穿衣服的女人吗？"她说着敞开衬衫，西姆斯看见了她白色的胸罩和被裙子勒出来的一道光滑的肚皮。

"记得。"西姆斯说。

"那是在哪里？"本顿中士说，"在哪一个州？"她脱掉衬衫，然后把胸罩的带子从肩头拉下来，露出一只奶子，然后是另外一只。这是一对有点向外分并向前凸出的奶子，一对很不错的奶子。

"也在加州，"西姆斯说，"靠近萨克拉门托①。"

"怎么发生的？"本顿中士开始拉开裙子上的拉链。

"我们当时在一个高尔夫球场上。我和我的朋友，还有这个女孩。她叫帕齐。我们都才十二岁。我们两人都让她把衣服脱了，就在空军基地附近的一个球童待的房子里。她脱了。我们也脱了。她说我们也得脱。"西姆斯怀疑帕齐现在是否还叫帕齐。

本顿中士把裙子往下褪了一点，然后坐下来，把裙子从脚踝处褪了下来。现在她身上只剩下一条连裤袜了。即使在暗淡的灯光下，你也能透过它看到里面。她背靠金属墙壁看着西姆斯。他现在可以摸摸她了，他心想，这是她希望的。"喜欢吗？"本顿中士问道。

① 加利福尼亚州州府。

155

"喜欢,我喜欢。"西姆斯说。

"没让你感到失望?"

"有那么一点,"西姆斯说,"但我很喜欢,我知道我会喜欢的。"西姆斯往她那儿靠近了一点,轻轻地碰了碰她的脚踝,然后是膝盖,肚子上柔软的皮肤,又下移到她连袜裤的裤腰那里。她的手在抚摸他的脖子,他并不觉得它粗糙。他听见了她的喘息声,也闻到了她身上的香水味。这已经不像是一种一时的冲动了。

"真好,太好了,"她深深地喘出一口气,"有时候我会想着做爱,就像现在这个时候,我身体内部各个部分都会绷得紧紧的,只要一拥抱我就会情不自禁地发出一声'啊'来,声音就这么从嘴里溜出来。这是一种愉快。总有一天它会停止的,会吗?"

"不会的,"西姆斯说,"不会那样的。那种快乐会永远存在。"他现在和她靠得很近了,耳朵就贴在她的胸口上。他听见一种响声,一种释放开来的响声。外面走廊上,有人在用很轻的声音说话:"别,别,别这么说。"然后是"咔嗒"一声关门声。

"生活仅靠一根细线维系着,"她喃喃自语道,关掉了那盏小灯,"让它美好的东西并不太多。"

"说得好,难道不是这样吗?"西姆斯说着靠近了她,"我知道这个。"

"这不是激情,"她说,"这是不同的东西。我不会为此而睡不着觉的。"

"没问题。"西姆斯说。

"你知道会到这一步的,是不是?"她说,"这不是一个秘密。"

156

他并不知道，他也不想回答这个问题。"哦，你啊，"她轻声说道，"哦，你啊。"

晚间的某一个时刻，西姆斯感到火车在减速，并最终停了下来，然后它就那么一动不动地停在黑暗中。他不知道此刻他身在何处。他还穿着衣服。外面有一种像是在刮风的声音，有那么一阵，他以为自己死掉了，可能人死后的感觉就是这样的。

本顿中士躺在他身边，睡得死死的。她身上盖着一条毯子，衣服就堆在她身体的四周。空酒瓶在床上放着。他在这儿干了些什么？西姆斯心想。这件事到底是怎么发生的？几点了？窗外什么都看不见，月亮不见了，但天空里透着红色，闪动着从地面反射上去的光，像是有风在吹动它。

西姆斯捡起他的鞋子，打开通向走廊的门。服务生这次没有出现，西姆斯轻声带上门，拎着鞋子来到车厢连接处的梳洗间。进到里面后，他锁上门，先用水把手淋湿了，在面庞、耳根和发际处都擦上肥皂，再用一个银色容器里的水把它们冲洗掉，直到他滴着水的脸洗得干干净净了。他从那面模糊的小镜子里看着自己：一张疲惫的脸，眼睛发红，脸色苍白，灰色的牙齿，一点生气都没有。一张属于侦探的脸，他心想。一张属于通奸犯的脸，一张自己都不想见到的脸。他对着自己笑了笑，然后扭过头去。他为自己能单独在这里待着感到庆幸，他不会再见到这个女人了。他和玛吉再过几个小时就要下车，而多丽丝会一直睡下去的。

西姆斯回到了走廊上。他觉得火车外面有点嘈杂声，透过车厢连接处的玻璃，他看见了那个亚裔妇女，她抱着那个小男孩，正站在那里朝外张望。她在和列车长说话。他希望没出什么事情，他想准点到达迈诺特，并尽快离开这趟列车。

来到玛吉的包间时她已经醒了。他现在看清楚窗外大家关注的焦点是什么了——草原上燃烧着的大火。黑夜里，有人在火的边缘处走动着，地里停着开着灯的卡车和高大的牵引车。狗在黑暗中追逐打闹。他还能看见远处白色的高压电线支架，它们向更远的地方延伸着。

"真是惊心动魄。"玛吉说。她微笑着转过身来接着说道："我听见车外的人说，前面的铁道着火了。人们在四处逃散，我看见一栋房子被火吞噬了。这会让你去想那些原来从没想过的事情。"

"我们怎么办？"西姆斯看着窗外的大火说。

"我都没在想这个，你说怪不怪？"玛吉说，"问题好像不大。我觉得。"

火把整个天空都映红了，风把火苗往上刮，西姆斯在想象中感受到了热浪，眼前的景象让他的心跳骤然加快——一场可以在顷刻之间把他们全部吞噬的大火，不管是醒着的还是睡着了的，一个也逃不掉。他想到了独自睡在床上的本顿中士，她此刻也许正做着与信心和安全有关的美梦。她没什么不正常的，他想。应该去救她。他有一种无能为力的绝望感，好像帮助是存在的，但他提供不了。

"整个世界都烧着了，维克，"玛吉说，"但这不会伤害到任何东西。烧完就完了。"她撑起被单。"上床来和我一起睡，甜心，"

她说，"你这个小可怜。你一晚都没睡吧？"被单下面的她什么都没穿，他能看见她的乳房、肚子和白色大腿上面的部分。

他在床上坐了下来，放下手里拎着的鞋子。他的心跳加快了。他现在已感觉到了来自车厢外的热浪。但是，他觉得，这对他们，对车上的任何一个人都不会构成威胁。"我睡了一小会儿。"他说。

玛吉拉过他的一只手，吻了吻，用双手握住它。"在我胡思乱想的时候，你知道，看着大火在那里烧着。我在想，有时候我上床后，觉得自己是多么幸福，然后我会因此悲伤起来。有点神经不正常，是不是？我想让生活停下来，但它不会，它从我的身边匆匆走过。这会让我嫉妒波林，只要她愿意，她能让生活停下来。她才不在乎后果呢。当然，这只不过是一种看法而已，我估计我并不想像她那样生活。"

"你和她不一样，"西姆斯说，"你有同情心。"

"她也许觉得谁都不把她当回事。"

"别想这个了。"西姆斯说。

"你觉得波林将来会怎样呢？"玛吉朝他靠近了一点，"她会好起来吗？你觉得呢？"

"我觉得会。"西姆斯说。

"我们就像是上前线一样，是个是，甜心？觉得就像是那样。"西姆斯没有回答。"你困了，宝贝？"玛吉问道，"你可以睡一会儿，我醒了，让我来照看你。"她伸手拉下窗帘，所有的一切，窗外的响动和热浪，全部消失了。

他用手指触摸着玛吉——她脸上的骨头、肩膀、乳房和她的肋骨。他触摸着她胳膊下方那条整齐的刀疤，平滑、坚硬。这个能，他心想，这个能要你的命，别看这么个小玩意。他拥着她，她的脸贴在他脸上，心在跳。他感到晕眩，在这一刻还感到了一种失落，但对生活的记忆却并未因此而发生变化。

火苗在车外寒冷的空中舞动，划分、挤塞着天空。西姆斯觉得自己像是独自待在一个辽阔的帝国里，飘浮在半空中，远离尘世，心里异常的平静，好像生命已经远离了他，又好像置身于一个除了星星发出的微光外什么都没有的黑暗之中。

冬寒冻死人

我回到镇上还不久，最多也就一个月吧。我在希尔弗博①的那份工作终于不再需要我了，天气变冷后，我不想再在那里待下去了，就回到了我妈在比特鲁特的家里，这么做可以节省点开支，把失业救济金省下来以备不测。

我母亲当时有个男朋友，是一个叫哈利·里维斯的老莽夫，尽管我和哈利合不来，但我一点都不怪他。他也在怀俄明州的吉莱特被人解雇了，那里的繁华已告一段落。他所做的和我做的一模一样，只是比我先到了一步。当时蒙大拿州那一部分地区的景况都不好，大家都没有工作做，近期内也没有改观的迹象。他俩都六十多岁了，想最后再试一次，像陌生人一样住在我父亲留给她的一栋小房子里。

不到一周我就搬到镇上伯灵顿北方②停车场对面一个惨兮兮的公寓去住了，并开始了等待。也没什么好干的，看看电视，去酒吧坐坐，走路去克拉克福克河，在一个别人修建的小公园里钓钓鱼，

---

① 蒙大拿州的一个县。

② 美国老牌铁路运输公司。

想办法打发时间。人们总觉得有大把大把的时间是件好事，但那只是一个幻觉。那段时间里我觉得自己已经走投无路了，不知道一周后会怎样，那是一种挥之不去的感觉，你很难高兴起来。没有人会喜欢那种感觉的。

那天我和小特洛伊·伯纳姆在"礼帽"喝酒，一边聊猎鹿的事，一个坐在吧台前面的女子站起身朝我们走过来。我曾在镇上其他的酒吧里见过她。她一般在下午三点左右去那里，有时很晚了，我已转了一圈回来了，她还在那里。她和一些空军基地来的男人跳舞，然后坐在那里喝酒聊到很晚。我猜她最终会和某个人一起回去。她一点也不难看——金发、丰臀、睁得大大的黑眼睛和深色的眉毛。她可能有三十四岁，虽然也可能已经四十四岁了或刚刚二十四岁，因为她一直喝酒，而一直喝酒会对你有两种完全不同的影响，特别是对女人。但我第一次见到她时的想法是：这是个正在堕落的女人，她不是从比尤特①游荡过来的矿工老婆，就是从家里逃出来的农场工的女儿，有可能比这还糟。我没有试着去搭理她。这么说吧，惹点事很容易，代价却很大。

"可以和你们借个火吗？"女子对我们说。她站在了我们的桌前。她叫诺拉，诺拉·福斯特，我听说过她。她没有喝醉，现在刚下午四点，除了我和特洛伊·伯纳姆，酒吧里没有其他人。

"如果你给我讲个爱情故事，我会为你赴汤蹈火。"特洛伊说。这是他常对女人说的话，他会为某件事赴汤蹈火。特洛伊因为森林

---

① 希尔弗博县县府所在地。

救火跳伞受了伤，坐在了轮椅上，所以他其实也做不了什么。我俩上高中时和在那之前就是朋友。他一直那么矮，而我却很高。但特洛伊曾是一个出色的摔跤手，在蒙大拿得过奖，而我除了唯一的一次拳击赛外，什么都没干过。最近我们住在赖曼路上的一所公寓里，特洛伊早就住在那里了，他开一辆茄客①计程车谋生，而我则期望着眼前的境况有所改观。"我想听一个小小的爱情故事。"特洛伊说，并要了诺拉·福斯特正喝着的酒。

"诺拉，这是特洛伊。特洛伊，这是诺拉。"我说着点燃了她的香烟。

"我们在哪儿见过？"诺拉说。她坐了下来，看着我。

"在'东大门'，不久以前。"我说。

"那是个很不错的酒吧，"她淡漠地说，"但听说换主人了。"

"认识你很高兴，"特洛伊说，一边咧嘴笑一边扶正眼镜，"现在让我们来听一听那个爱情故事。"他把轮椅往桌子跟前靠近了一点，这样他的头和宽肩膀就高出了桌面。特洛伊受的伤让他的屁股全没了，那里还有点什么，但不是屁股。他的计程车里有专门的支架和椅子。他既虚弱同时也很强壮，但在大多数情况下，他像其他人一样地生活。

"我曾经爱过，"调酒师把她的酒放下时诺拉说，她呷了一口，"现在不爱了。"

"这是一个短篇的爱情故事。"我说。

---

① 美国老牌计程车公司所用的计程车。

"还没有完，"特洛伊说，咧嘴一笑，"我说得对吗？为你干一杯。"他举起手里的杯子说。

诺拉又瞟了我一眼。"好，干杯。"说完她又喝了一口。

两个男子在房间的另一头玩起了台球。他们打开球桌上方的灯，我能听见球碰在一起发出的咔嗒声，有人说了一句："炸开它们，克拉夫特。"然后是"啪"的一声。

"你们不会想听那个的，"诺拉说，"你们喝多了，就是这么回事。"

"我们想听。"特洛伊说。特洛伊总是充满激情。他太有抱怨的理由了，但我从来没听他抱怨过，我相信他是一个心地善良的人。

"你呢？你叫什么名字？"诺拉对我说。

"莱斯。"我说。

"莱斯，那么，"她说，"你不想听吧，莱斯？"

"想听，他想听。"特洛伊说，他把胳膊肘支在桌子上，把自己撑直了。特洛伊有点醉了，也许我们大家都有点醉了。

"为什么不听呢？"我说。

"你看？当然，莱斯想接着往下听，他和我一样。"

诺拉实际上是个漂亮女人，她身上有一种你刚开始时注意不到的高贵，特洛伊为她兴奋不已。

"好吧。"诺拉说。她又呷了一口酒。

"我怎么跟你说的？"

"我曾真以为他马上就要死了。"诺拉说。

"谁？"我说。

164

"我丈夫。哈里·里昂斯。我现在不用这个姓了。有人给你们讲过这个故事，是不是？"

"我没听过，"特洛伊说，"妈的！我要听这个故事。"

我说我也没听过，尽管我曾听说过这里面有个故事。

她吐出一口烟，用一种不信任的眼光看着我们。但她没有停下来，也许她那时已经在想下一杯酒了。

"他一脸的死相，他们叫这'心——细——管——病'①。他脸色苍白，嘴角往下坠，就像他撞上了死神本人一样。他的心脏六月份已经停跳过一次，我总觉得我会在某天早晨走进厨房，发现他一头栽倒在他烤好的面包上。"

"这个哈里多大了？"特洛伊说。

"五十三岁。比我大很多。"

"那属于心血管变细。"特洛伊，冲我点了点头。特洛伊身上的器官不时会出点问题，我觉得那些器官在他摔到地上时全部下移了。

"人要死之前会变得很古怪，"诺拉用平静的声调说，"就像他在等着它的到来，尽管这样，哈里每天仍然坚持去'冠军'上班。他是个评估家，另外，他也在不停地观察我，看我是否在做什么准备，我猜是这样。他核实保险，平衡收支，放好保险柜的钥匙，等等。换了我也会这么做，谁不会呢？"

"我敢打这个赌。"特洛伊说，又点了点头。看得出来，他当真了。

---

① 这里诺拉试图说出"心脏病"这个词，但她对这个词不太熟悉。

165

"我承认，我当时是这么想的，"诺拉说，"我爱哈里，但如果他死了，我怎么办？难道我也跟着去死？我必须给自己做点安排。我不得不这么想，至少，对我的生活而言，哈里并不是不可缺少的。"

"也许这是他观察你的原因，"我说，"也许他觉得他的生命是不可缺少的。"

"我知道，"诺拉抽着烟，很严肃地看着我，"可我一个朋友的丈夫自杀了。他进到车库里，让引擎开着。他妻子没有准备好，从思想上，她以为他去安装刹车闸皮了。她去外面一看，发现他死在了那里。结果她不得不搬到华盛顿市去住。这件事让她彻底失去了平衡，还失去了她的住房。"

"全是些糟糕的事情。"特洛伊同意地说道。

"我决不能落到这种地步，我心想。如果哈里听到点什么风声，那就随他的便吧。有时我会醒来后在床上看着他，心里说，死吧，哈里，别再担心这担心那了。"

"我觉得这是个爱情故事。"我说完看着远处那两个正在玩八球台球的男人，其中的一人在用粉块擦球杆头，另一个人弯下身子准备击球。

"好戏马上就要到了，"特洛伊说，"耐心点，莱斯。"

诺拉喝干了她的酒。"保证精彩。"

"那就说来听听吧，"我说，"说和爱情有关的部分。"

诺拉古怪地看着我，好像我真的知道她要说什么，并会把它们先说出来。她冲我抬起下巴。"一天晚上哈里下班回家，嗯？"她说，"还是那副要死的样子，他对我说：'诺拉，我请了几个朋友过来，宝贝，要不你去艾伯特森①买一块牛排回来。'我问他们什么时候到。他说，一个小时。我心想，就一个小时！他从来没有带人回来过。我们会去酒吧，我们一般不在家里招待客人。但我说：'好吧，我去弄一块牛排来。'我开车出去买了一块牛排。我觉得哈里应该得到他想要的，如果他想要请朋友过来吃牛排，我应该满足他的要求。人在要死的时候是会有一些奇怪的要求的。"

"这话没错，"特洛伊很严肃地说，"我摔下来的时候，昏死过去整整四分钟，在此期间除了龙虾我什么也没有梦到，尽管我现在见过龙虾了，可当时我根本就不知道它们长的是什么样的。也许那就是它们在天堂里的样子。"特洛伊冲着我俩咧嘴笑了笑。

"嗯，这个和天堂无关，"诺拉说，打手势要了一杯酒，"我回到家里，哈里正和三个乌鸦族②的印第安人坐在客厅里喝迈苔③，一男二女。他的朋友，他说。哈里是在一个严守摩门教义的家庭长大的，我不是说那就和这有什么关系。"

"看来他改主意了。"我说。

"那也不是不可能，"特洛伊一脸严肃地说，"LDS④ 和从前不太一样了。他们过去很糟糕，可是现在全变了。但我估计他们还是不让有色人种进他们的圣殿。"

"这么说吧，这样的三个人待在我家里。我没有一点歧视的意

---

① 美国一家卖食物的连锁超市。
② 印第安人的一族，现居住在蒙大拿州中南部印第安人保护区里。
③ 一种鸡尾酒。
④ LDS是末世圣徒教会的缩写，是摩门教的正式名称。

思。不管白猫还是黑猫，对我来说都一样。我当时很客气，我直接进了厨房，把牛排放进了烤炉，用水泡上土豆，又拿出一些冰冻的豌豆，然后回到客厅里喝上一杯。我们坐在那里聊了有半个小时。聊工厂的事，聊马龙·白兰度。那个男人和哈里在一起工作，和其中一个女的是夫妻。另外一个女的是她的妹妹，叫威诺纳，我想起来密西西比州有个城市也叫这个名字。过了一会儿（大家都客客气气的），我回厨房削土豆。另外那个叫伯妮的女人跟着我来到厨房，我想她大概是来帮我干活的。我在一个多灶头的炉子上烧着菜，这个伯妮对我说道：'我真不知道你在这件事上是怎么做的，诺拉。''做什么，伯妮？'我说。'允许哈里和我妹妹那样子，你就跟没事一样，克劳德要是那样做我肯定忍受不了。'我转过身来看着她。威诺纳怎么了？我心想，这个名字对于印第安人来说太不寻常了。我在炉子边上扯足嗓门大喊起来：'威诺纳，威诺纳！'有一分钟的时间我完全疯了，尖声叫喊着，手里拿着一个土豆，是热的。一个男人冲进厨房，是'聪明的敌人'①克劳德。克劳德特别善良，他不想让我伤到自己。但当我开始叫喊时，哈里，我估计，知道事情败露了，他和他的威诺纳女人直接走出了家门，还没有走到车子跟前他的心脏就熄火了，他心肌梗塞发作，就在人行道上，就在这个威诺纳的脚下。我估计他以为一切都会很好，我们会在一起吃晚餐，而我永远也发现不了那些事，只是他没想到伯妮会把事情说出来。"

---

① 印第安人的名字常包括对自己特点的描述。

168

"也许他想让你重视他一点，"我说，"也许他不希望自己可有可无，他想给你传递一个信息。"

诺拉再次严肃地看了看我。"我想过这一点，"她说，"我不止一次想过。但那么做太伤人了，哈里·里昂斯不是个愿意伤害人的人，他更像是一个鬼鬼祟祟的人，我想他是想让我们大家成为朋友。"

"有道理。"特洛伊看着我点了点头。

"威诺纳后来怎样了？"我问道。

"威诺纳后来怎样了？"诺拉喝了一口酒，狠狠瞪了我一眼，"威诺纳搬到斯波坎去了。我后来怎样了才是一个更好的问题。"

"为什么呢？你和我们在一起，"特洛伊热情地说，"你活得很好。莱斯和我应该和你活得一样好才对。莱斯没工作，我没运气。要我说你是我们三人当中活得最好的。"

"我不这么认为。"诺拉真诚地说，然后转过身去看打台球的人。

"他给你留下点什么没有？"我说，"哈里。"

"两千块。"诺拉冷冷地说道。

"很少的一笔钱。"我说。

"这还是个悲惨的爱情故事，"特洛伊说，摇了摇头，"你爱他，结果却这么惨，简直就像莎士比亚。"

"我还算是爱他吧。"诺拉说。

"运动怎么样？你喜欢运动吗？"特洛伊说。

诺拉奇怪地看着特洛伊。坐在轮椅里的特洛伊不太像一个正常的人，有时，一些简单的事情经他一说会让你大吃一惊。他刚才说的就让诺拉吃了一惊。这么多年下来，我已对此习以为常了。

"你想试试滑雪吗？"诺拉说着瞟了我一眼。

"钓鱼，"特洛伊说，又支起他的胳膊肘，"我们一起去钓鱼，忘掉那些伤心事。"特洛伊看上去像是要拍桌子，我在想他最后一次和女人睡觉是什么时候，十五年前？也许吧。对他来说现在这一切都已过去了。但他仅仅因为能在这里和诺拉·福斯特聊聊天就很开心，我肯定不会挡他道的。"那里现在不会有人，"他说，"我们去钓一条鱼来振奋一下精神。你问莱斯，他钓到过一条鱼。"

最近我常在早晨看完"今日秀"①后去钓鱼，只不过是为了打发掉一个小时的时间。那条河从镇子中间穿过，我花五分钟就能走到那里，在河下游汽车旅馆的下面钓鱼，抬头就能看见比特鲁特北面那些蓝色和白色的山峦，我母亲的家就在那个方向，有时也能看见野鸭沿着它们的迁徙路径飞回来。这个冬天很怪，才一月份，天气已像是春天了，切努克季风②从山的东坡吹来热风。除了有几天很冷外，大多数时候都很暖和，只有那些太阳照不到的低洼处才见得到冰。你可以直接走进河水里，甩杆去钓远处冷水潭下面的鱼。你甚至可以在那里想想时来运转的事情。

诺拉转身看着我。我知道，这个钓鱼的想法对她来说简直就像是天方夜谭。但也许她下一顿的饭钱还没有着落，觉得我们可能会

---

① 美国全国广播公司的早间新闻和访谈节目。

② 切努克季风是北美落基山脉东坡的一种干暖西南风。它导致气温快速上升，积雪迅速融化。

170

请她吃一顿，也许她从来没有钓过鱼，要不就是觉得自己反正已经
霉到底了，干什么都差不多，现在有人提出了一件新鲜事，值得试
一试。

"你钓到过一条大鱼，莱斯？"她问道。

"是的。"我说。

"看见没有？"特洛伊说，"我说谎了？还是没有说？"

"都有可能，"诺拉奇怪地看着我，但我觉得那目光也很甜蜜，
"是条什么样的鱼？"

"一条褐色的鳟鱼。在深水里钓到的，用的是'野兔耳朵'。"
我说。

"我不知道那是什么。"诺拉微笑着说。我看得出她的心思并不
在这上面，因为她的脸红了。她看上去很可爱。

"哪一个？"我问道，"褐色鳟鱼？还是'野兔耳朵'？"

"就那个。"她说。

"'野兔耳朵'是一种飞蝇饵①。"我说。

"知道了。"诺拉说。

"就让我们走出酒吧一次吧，"特洛伊大声说道，把轮椅前后转
动着，"我们去钓鱼，然后去吃脆皮炸鸡，特洛伊请客。"

"我有什么好损失的？"诺拉摇摇头说。她看着我俩，微笑的样

---

① 飞蝇饵是用于飞蝇钓鱼的鱼饵。与通常的钓鱼方法不同，飞蝇钓鱼者
站在不同深度的浅水里，或者坐在船上，在头顶不停摇动鱼竿，带动
鱼线作圆周旋转。鱼线末端是飞蝇饵。摇动鱼线时，河里的鱼以为是
昆虫在水面上空飞翔，所以会跳出水面去吃。

子像是她能想起一件有可能失去的东西。

"你万无一失，"特洛伊说，"走吧。"

"好吧，"诺拉说，"随你们的便。"

我们走出了"礼帽"，诺拉推着坐在轮椅里的特洛伊，我跟在后面。

前街上，虽然太阳已经落山，但傍晚的天气像五月一样温暖，天几乎黑了。东面萨费尔山背后的天空是深蓝色的，山本身是黑色的，但太阳上方的天空是三文鱼的淡红色。我们就在这中间，半醒半醉，想折腾出一点有想象力的事来消磨时间。

特洛伊的茄客就停在前面，特洛伊把轮椅摇到车前，在原地打着转。

"我给你表演一个绝活，"他咧嘴一笑，"上去开车，莱斯。你待着别动，甜心，看我的。"

诺拉手里端着酒杯，站在"礼帽"的大门旁边。特洛伊把自己从轮椅上撑起来后移到水泥地上，我坐在特洛伊边上有支架、升高了的驾驶座上，用左手把车子发动起来。

"准备，"特洛伊喊道，"慢点向前。慢一点。"

我把车子慢慢往前开。

"哦，天哪。"我听见诺拉说，看见她把手掌放在前额，脸转了过去。

"哟，哎——哟。"特洛伊大喊着。

172

"可怜的脚。"诺拉说。

"一点都不疼，"特洛伊喊道，"就是感到有一点压力。"从我坐的地方我看不见他。

"我现在算是什么都见识过了。"诺拉说，她在微笑。

"往后倒，莱斯。把车慢慢倒回去。"特洛伊喊道。

"别再来了。"诺拉说。

"一次就够了，特洛伊。"我说。街上没别人。我想不了解情况的人看见这一幕，一定会觉得不可思议，一个人开车碾过另一个人的脚来取乐。醉鬼，他准会这么想。还真是这么一回事。

"好，行了。"特洛伊说。我还是看不见他，但我把车子倒回去停下来等着。"帮我一把，甜心，快点，"我听见特洛伊对诺拉说，"下来容易，但老特洛伊没法自己上去，你得帮他一把。"

诺拉看着车子里的我，杯子还端在手里。她看我的眼神很特别，像是在询问什么，但我不知道是什么，无法回答。她把杯子放在人行道上，走过去把特洛伊放回到他的轮椅上。

我们来到河边后，天全黑了。黑暗中的河是一片很大但只能够听见的空旷地，它的背后是镇南的灯火，河上有三座桥，下游一英里处是冠军造纸厂。太阳下山后天气变得很冷，我觉得天亮前会起雾。

特洛伊非要让我们坐在车子的后排，就像是我们叫了辆计程车去钓鱼一样。他一路上唱着跳伞救火队员之歌。诺拉靠着我坐着，腿靠着我的腿。等我们在狮头汽车旅馆前的河边停车时，我已经吻过她两次，也知道我能做些什么了。

"我想去钓鱼，"特洛伊在车子前方升起来的小座位上说，"我要去夜钓。我会把我的轮椅弄出去，还有鱼竿和其他必需的东西。我会很开心。"

"你怎样换轮胎？"诺拉说。她坐着没动。这只是她的一个疑问。人们常对残疾人说各种各样的东西。

特洛伊猛地回过头来，看着坐在后座上的我们。我的一只胳膊搂着诺拉，我们坐在那里看着他的大脑袋和宽肩膀，那下面是半截什么用处都没有的身体。"请相信轮椅先生，"特洛伊说，"一个完整的人能做的事轮椅先生都能做。"他给了我们一个疯子特有的微笑。

"我就待在车子里，"诺拉说，"我等着吃炸鸡，这就算是我的钓鱼了。"

"反正现在对女士来说也太冷了，"特洛伊粗声说道，"只有男人。新规矩是只有坐轮椅的男人。"

我和特洛伊一起下了计程车，把他的轮椅弄好，再把他放上去。我从后行李箱里取出渔具，穿上鱼线。特洛伊显然不适合飞蝇钓，我在他卷起的鱼线上拴了一个银色的鲦鱼饵，让他尽量抛远一点，再让鱼饵顺水淌一会儿，淌到水深的地方后就往回收线，全部收回来。我说用这种方法要不了五到十分钟就能钓上一条来。

"莱斯。"特洛伊在计程车后面寒冷的黑暗中对我说。

"干吗？"我说。

"你有没有想过去干一件犯法的事？干一件可怕的事情，改变一切。"

"想过，"我说，"我想过。"

特洛伊把鱼竿横放在他的轮椅上，他握住它，看着沙土堤岸下面闪着黑光的河水。

"那你为什么不干呢？"他说。

"我不知道该干哪一件。"我说。

"故意伤害，"特洛伊说，"去犯故意伤害罪。"

"然后去迪尔洛奇待上一辈子，"我说，"也许他们会把我吊在那里晃来晃去。那会比现在还糟糕。"

"那倒是，好吧，"特洛伊说，眼睛仍然盯着前方，"不过我该去干，我该去吗？我应该去干一件世界上最糟糕的事情。"

"不，你不该去。"我说。

他大笑起来。"哈哈，说得对，坚决不干。"他说，自己转着轮椅下到黑暗中的河边，一路上不停地大笑着。

这以后，我在冰冷的计程车里把诺拉抱了很久，就这么用双臂搂着她，喘气、等着。透过车后窗我能看见狮头旅馆，看见那家朝河的饭店，里面点着蜡烛，有人在那里用餐。我能看见前面"欢迎光临"的牌子，虽然我不在受欢迎之列。我能看见桥上往家方向开的车辆，这让我想到了住在我父亲比特鲁特小房子里的哈利·里维斯，想着他和我母亲待在床上，暖暖和和的。我想到了哈利肩膀上

175

褪了色的刺青——"胜利"，我无法把它和我知道的哈利·里维斯联系在一起，尽管我觉得他待在他现在待的地方，已赢得了对我的某种程度上的胜利。

"一个男人不被别人信任是最糟糕的，"诺拉·福斯特说，"这个你懂，是不是？"我猜她还在那儿胡思乱想。从她抱着我的样子，我看出来她很冷。特洛伊已消失在黑暗中，这里就剩下了我们俩，她的裙子也已撩上去了不少。

"是的，那是很糟。"我说，尽管我当时想不清楚信任对我来说意味着什么，它在我的生活中根本就不算一个问题，我希望永远这样。"你说得对。"我想让她高兴一点。

"能再说一遍你叫什么吗？"

"莱斯，"我说，"莱斯特·斯诺，叫我莱斯吧。"

"莱斯·斯诺，"诺拉说，"你喜欢少点雪①？"

"通常是这样。"我把手放在了我最想放的地方。

"你多大了，莱斯？"她说。

"三十七。"

"你已是个小老头了。"

"那你多大了呢？"我说。

"那是我的事，对吧？"

"我想是吧。"我说。

"我会干这个的，"诺拉说，"我根本不在乎，不就是干一件事

---

① 莱斯·斯诺(Les Snow)和"少点雪"(less snow)的读音相同。

嘛，它只和我现在的感受有关，你知道吗？你明白我说的吗，莱斯？"

"明白。"我说。

"但你得让人信得过，不然的话你一钱不值。这你也懂？"

我俩靠得很近。我现在已看不见镇子上的灯光，也看不见旅馆和其他的东西。一切都凝固住了。

"我想我懂这个。"我说。但那只是酒后的话。

"那就让我暖和一点，莱斯，"诺拉说，"我冷，我冷。"

"你会暖和起来的。"我说。

"我要想着佛罗里达。"

"我会让你暖和起来的。"我说。

听见那个声音时，我最先想到的是火车。如果你住得离火车站很近，很多声音听起来都像是火车。要学的话，刚才那是"呜"的一声，像是一列火车。我躺在那里听了很久，想着一列亮着灯的火车行进在北面的山路上，还想起了一些我现在已经忘记了的东西。然后特洛伊讲入了我的大脑，我立刻就明白了那个"呜"声是他发出来的。

诺拉·福斯特说："是轮椅先生。他钓到了一条鱼，要不就是他掉到河里了。"

"是的。"我说，我坐起来向窗外看了看，但什么也看不见。就这么一会儿工夫，外面已经起了雾，虽然现在很冷，明天，我觉得，一定会暖和起来。诺拉和我刚才做那件事时连衣服都没有脱。

"我去看看。"我说。

我下车走进雾里，除了雾和河水的声音，什么都看不见也听不见。特洛伊不再发出"呜"的声音，我在心里对自己说，没事的，一切都正常。

但当我沿着堤岸走了一段后，特洛伊的轮椅在雾里出现了，而特洛伊并不在上面坐着，附近也见不着他。我心一紧，就听见它在胸腔里咚咚地跳着。我心想：这是最糟糕的，这里发生的事才是最糟糕的。我大声喊道："特洛伊，你在哪里？快喊一声。"

特洛伊叫道："我在这里，这里。"

我朝声音的方向走去，它在我的前方，在岸上而不是在水里。我又向前走几步，就看见了他，不在他的轮椅里，那还用说，他趴在那里，双手紧握鱼竿，鱼线的一头在河里，像是要把他拖进水里。

"帮我一把！"他叫道，"我钓到一条巨大的鱼。快来帮我。"

"我会的。"我说。但我不知道我能干什么。我不敢接过鱼竿，动鱼线肯定是错误的，根据经验这时候决不能把线拉紧。所以我唯一能做的是抓住特洛伊，抓紧他，直到鱼脱钩或被钓上来，好像特洛伊是我用来钓鱼的鱼竿的一部分。

我在他身后冰冷的沙地上蹲下，膝盖着地，抓住他的腿，感觉就像握住两根火柴棍，拉住他以防他掉进水里。

但特洛伊突然冲我扭过身子。"松开我，莱斯。别在这里。下水去，缠住了。你得下到水里去。"

178

"你疯了，"我说，"水太深了。"

"不深，"特洛伊叫道，"我已经把它拉近了。"

"你疯了。"我说。

"哦，老天爷，莱斯，去抓住它，我不想让它跑了。"

黑暗中我看了特洛伊的脸一眼。他的眼镜早没了，脸是湿的，看上去像一个绝望透顶的人，一个对什么都不抱希望但却将要失去一切的人。

"愚蠢。这简直是蠢透了。"我说，因为我是这么认为的。但我还是站起身，走到河边，下到冰冷的水里。

当时离山上的水流下来还有一个月的时间，我踏进的河水冰冷，像碎玻璃一样扎人，身体沾到水的部分立刻就麻木了，脚像砖块一样敲着河底。

特洛伊对水深的估计完全错了。因为我用手背触摸着鱼线，才往前走了十码，水已经超过了我的膝盖，脚底下是大块的石头，身边水流湍急，我突然害怕起来。

我往前又走了五码，水到了我的大腿处，大腿很疼。我碰到了缠住特洛伊钓到的鱼的树木残枝，我意识到我根本无法用一双麻木的手把鱼抓住，我所能做的只有弄断残枝，让鱼游回到河里，希望特洛伊把它拉回去，或者等我回去后把它弄上岸。

"你看见它了吗，莱斯？"特洛伊在黑暗中喊道，"该死的。"

"没那么容易。"我说，我不得不扶着那根残枝来保持平衡。我的腿全麻木了。我心想，也许这就是我上西天的时间和地点，在这么奇怪的一个地方，而且，为了这么一个奇怪的原因。

"快点。"特洛伊喊道。

我也想快一点，但当我顺着鱼线摸到残枝的下方，我感觉那个东西既不是鱼也不是树木断枝，它是一个完全不同的东西，我觉得我辨识出了它是什么，虽然吃不准为什么会这样。是个人，我想，这是一个人。

但当我往更深的地方走了几步，离那个由残枝和木块组成的羁绊物更近一点后，我摸到的却是一只动物。我用手指触摸了它发硬的肋骨一侧、它的腿、短而光滑的毛，我摸到了它的脖子和头，又触摸了它的鼻子和牙齿。它是一头鹿，但不大，甚至还不到一岁。当我在鹿的脖子上发现特洛伊的鱼饵后，我明白了，是他的鱼钩钩住了早已卡在那里的鹿，他在努力拽脱它的过程中把自己从轮椅上拉了下来。

"那是什么？我知道是条大家伙。别跟我说，莱斯，别跟我说没抓住。"

"抓住了，"我说，"我把它弄上来。"

"好，太他妈的棒了。"特洛伊的声音从雾里传了过来。

从树木残枝上把鹿解下来，让它浮出水面并不难，但解开后用冻僵了的双腿在激流中转身却很危险，很难保证不摔倒，我不得不扶着鹿来保持平衡，向水浅处移动。行进中我在想：很多人淹死在克拉克福克河里，可他们做的事情比我现在做的要安全多了。

"把它往远处扔一点。"特洛伊看见我后喊道。他已经爬了起来，像一个小玩偶一样坐在沙滩上。"往远扔一点，别跑了。"

"跑不了的。"我说。鹿就在我的身边，漂浮着，但我知道特洛伊看不见它。

"我钓到什么了?"特洛伊叫道。

"一个很不寻常的东西。"我说,用力把小鹿拖上岸,把它丢在离水一尺远的沙滩上,再把冰冷的双手插在腋窝下面。我听见堤坡上我刚才来的地方传来一声关车门的声音。

"这是什么?"特洛伊说,伸手摸鹿的侧面。他抬头看着我。"我没戴眼镜什么都看不见。"

"一头鹿。"我说。

特洛伊的手在鹿的身上摸着,然后用一种痛苦的表情看着我。

"这是什么?"他说。

"一头鹿,"我说,"你钓到一头死鹿。"

特洛伊掉头看了一会儿那头小鹿,瞪着眼睛不知道该说些什么。在雾蒙蒙的夜晚,看着坐在潮湿沙滩上的他,我感到一阵害怕,他像是被河水冲上了岸,已彻底完蛋了。"我不明白。"他坐在那里说道。

"这就是你钓到的,"我说,"我以为你想看看它。"

"真是疯了,莱斯,"他说,"是不是?"他瞪着眼,发狂地冲我笑着。

"确实不寻常。"我说。

"我从来没有打到过一头鹿。"

"我不觉得这头鹿是你打的。"我说。

他又冲我笑了笑,但突然咽下一声抽泣,我过去从没见他这样过。"该死,"他说,"真他妈的该死。"

"钓到它是很奇怪。"我说,我在脏乎乎的雾里站着,俯视着他。

"我连一个他妈的轮胎都换不了,"他一边说一边哭泣起来,"却用他妈的鱼竿钓到一头他妈的鹿。"

"不是每个人都能这样的。"我说。

"为什么会是这样的?"他又发疯似的看着我,用双手把他的直柄小鱼竿一折两段。我知道他的酒还没有醒,因为我的酒也没全醒,这本身就让我想哭。我们一声不吭地待在那里。

"谁打死了一头鹿?"诺拉说。她已在寒冷中来到我的身后,看着我们。我没注意到她的到来,当我听到车门声时,我不知道她是否要回镇上去。但那么做太冷了,看见她在发抖,我用手臂搂住了她。"是轮椅先生打死的吗?"

"是淹死的。"特洛伊说。

"那是为什么?"诺拉说,为了取暖她紧靠着我,但并没有别的意思。

"它没有力气了,就掉了下去,"我说,"山里常有的事。这头鹿掉进了河里,没能爬起来。"

"所以一个狗屎镇上的跛子用一根鱼竿把它逮住了。"特洛伊喘息着说道,声音里充满了悲哀,真正的悲哀,这是我听到过的最让人伤心的哀怨。我听到过别的抱怨,但那只是一些和工会有关的事情。

"也许没有那么糟。"诺拉说。

"哈!"特洛伊从潮湿的地面往上说道,"哈,哈,哈。"我真后悔给他看那头鹿，后悔让他受这样的刺激，但奔涌的河水吞没了他的声音，把它从我们身边带走了，它融入了雾夜，再也无法辨别。

在特洛伊的注视下，我和诺拉把鹿推进河里，然后我们三人开车回到镇上，去"双面"吃脆皮炸鸡，那里灯光明亮，炸鸡是现做的。我买了一大瓶散装的葡萄酒，我们边吃边喝，但没有人说话。我们每人那天晚上都做了些什么，一些不同的事情，这再清楚不过了，没有什么好说的了。

吃完后我们来到外面，我问诺拉她想去哪里。现在刚八点钟，除了我的小房间也没有什么好去的地方。她说她想回"礼帽"，她一会儿要见一个人，那天晚上的乐队也有几首她喜欢的曲子。她说她想跳舞。

我告诉她我对跳舞没什么兴趣，她说没关系。特洛伊付完账出来后我们道了再见，她握了握我的手说还会再见到我的，然后就和特洛伊上了茄客，沿着雾蒙蒙的街道开走了，留下我独自待在那里，但我一点也不在意。

我漫无目地走了很久。我的衣服是湿的，但不停地走动并不觉得很冷，雾还在下。我又来到河边，过了桥，往镇子的南面走了很长一段路，那是一条宽阔的大路，路旁是带小门廊和小院子的住房，一直走到了商业区，明亮的灯光照亮了附有免下车窗口的餐馆和车行停车场。我觉得我可以一口气走到二十英里外我母亲的家，但我还是掉了头沿原路往回走，只是走在了路的另一侧。快到大桥时，我经过一所老年休闲中心，一间很大的房间里亮着柔和的灯光，透过被粉红色灯光照亮的窗户，我看见老人们随着一台搁在墙角的录音机里放出的音乐跳舞。放的是一首伦巴或类似伦巴的舞曲，老人在跳一种方步舞，流畅，优雅，彬彬有礼，他们像真正的舞蹈家一样，在铺着亚麻地毡的地面上移动着，像夫妻一样把手臂搭在对方的肩膀上。看见他们这样我有一种欣慰的感觉。我觉得我父母现在不能在这里实在是太遗憾了，我遗憾他们不能上这儿来跳舞，然后高高兴兴地回家，而我就在这里看着他们。哪怕是我母亲和哈利这么做呢。这好像也算不上什么奢望，不过是其他人拥有的一种正常生活。

我站在那里看了一会儿，然后过桥走回了家。但那天晚上不知怎么搞的我总睡不着，只好躺在床上，把收音机调到丹佛台，抽烟抽到了天亮。我当然想到了诺拉·福斯特，想到我还不知道她住在哪里，但不知为什么我总觉得她可能住在弗伦奇敦，靠近纸浆厂那里，不算远，一个人称世外桃源的地方。我想到了我父亲，他曾因偷朋友的稻草而进过迪尔洛奇的监狱，并从此一蹶不振，尽管现在在我看来那实在算不上什么。

我也想到了信任这个问题。如果能避免他人的不愉快，我会去说谎。这很容易做，我宁可让别人不信任我，也不愿意让他们恨我。但我觉得在某些事上你还是可以相信我的，像是约好了在哪儿见，或说出一件重要的事情。你可以根据人之常情来判断我会做什么，比如，我不会去犯一个极恶的罪，如果我知道某件事至关重要，我会为你去冒生命危险。当我躺在暗淡的灯光下，抽着烟，听着冰箱发出的咔嗒声和在伯灵顿北方停车场调度车头把车厢挂接起来的声音，我当时在想，尽管我目前的生活出了点差错，但对我来说它还是个有点意义的生活，要不了多久它还会向着好的方向发展。

我觉得我肯定是打了一小会儿的盹，因为当我突然醒来时，天已经亮了。收音机里正在播放厄尔·南丁格尔①，我听见了关门声。我就是被这个声音惊醒的。

我知道一定是特洛伊，我本想出门和他打个招呼，在他上床前煮好咖啡，他从来一睡就是一整天。但当我站起身来时，我听见了诺拉·福斯特的声音。我不可能听错的。她喝醉了，为什么事大笑着。"轮椅先生。"她说道。轮椅先生这个，轮椅先生那个。特洛伊也在大笑。我听见他们从小门走进来，听见特洛伊的轮椅碰到窗台的声音。我等着看他们会不会来敲我的房门。他们没有。我听见特洛伊关上了房门，上了链子。我想我们大家终于都度过了一个美好的夜晚，所有发生的事情结果都不错，没有人受到伤害。我先穿上裤子，再穿上衬衫和鞋，关掉收音机，去放渔具的厨房，拿着渔具出了门，走进温暖多雾的早晨，仅这一次我走了后门，悄悄地，这样既看不见别人，也不会被任何人发现。

---

① 厄尔·南丁格尔(1921—1989)，美国激励演说家、作家和电台节目主持人。

乐 天 派

我将要告诉你们的这些事情全都发生在我只有十五岁的那一年——一九五九年，那一年我父母离了婚，那一年我父亲打死了一个人并因此入狱，那一年我离开了学校和家，谎报年龄当上了兵，并再也没有回来。换句话说，那一年我们曾经拥有的生活发生了彻底的变化并永远地结束了。说真的，在对生活最匪夷所思的幻想里，我们也从来没有想到过这个。

我父亲名叫罗伊·布林森，他在蒙大拿州大瀑布市的大北方铁路运输公司工作，是个锅炉工。由于资历原因丢掉那份工作后，他就做临时维修工，或做维修工的帮手，把车头拖进厂里维修，上下南来东去的货车。一九五九年那年他三十七还是三十八岁，个头不高，但看上去很年轻，有双深蓝色的眼睛。他喜欢铁路上的工作，工资高，工作也轻松，还有就是你想歇几天就歇几天，甚至歇上几个月也没关系，没有人会来管你。有工会在，遇到麻烦时会有人来关照你。"劳动人民的天堂。"我父亲会这么说，然后开心地大笑。

我母亲那时不工作，但她曾经工作过（在镇上的酒吧里做女招待），也喜欢出去工作。但我父亲认为和他小的时候相比，大瀑布这地儿成了一个越来越难以生活的城市，是个正在走下坡路的城市，就像它的名字一样①，他认为我母亲应该多在家里待着，因为我正处在一个惹是生非的年龄。我们住在伊迪丝路一个租来的两层楼的房子里，靠近货运车场和密苏里河。晚上，从我窗户那里可以听见停着的火车头发出的噗噗声，看见沿着黑色铁轨移动的车灯。我母亲大多数时间待在家里，读书、看电视或做饭，虽然她有时会在下午出门看一场电影，或去YWCA②的室内游泳池游泳。她出生的地方（蒙大拿州的哈佛市，很北的地方）从来没有人听说过室内游泳池，她觉得能在积雪和刮着大风的冬天游泳是天底下最大的奢侈。她会在下午晚些时候从那里回来，棕色的头发湿漉漉的，两颊绯红，情绪高昂，说她感到自己更自由了。

我要说的那一晚发生在十一月。那段时间铁路上很不景气，特别是在蒙大拿州，对锅炉工来说那就更糟了，总之，那段时间里人浮于事，包括我父亲在内的所有人都知道，他们终将失去自己的工作，虽然没人知道会是哪一天或谁会先失去，没人清楚前途会是什么样的。我父亲做这份工作已有十年了，在蒙大拿福赛斯③靠近谢里登谷烧煤和烧油的机车上都干过。但他的资历还是不算深，排名很靠后，他觉得到了裁人的时候年轻人会首当其冲的。"他们会为我们做点什么，但这很可能不够。"他说，我不止一次听到他这么说——和我母亲在厨房里，或是在屋前摆弄他的摩托车的时候，要不就是和我在密苏里河上钓白鱼的时候。我不知道他是否真的那

---

① 英文里"瀑布"（fall）也有"跌落""往下掉"的意思。
② YWCA是基督教女青年会的英文缩写。
③ 蒙大拿州的一个小城市。

么想，或者有理由那么想。他是个乐天派，他和我母亲都是，我觉得。

那年夏天结束时他不再请假去钓鱼了，也不再外出绕着山谷去找鹿了，我这才明白了。他工作时间在增加，经常不在家，在家时也更多地谈到工作，谈工会对这个问题那个问题的看法，谈华盛顿市的一些案例，我对那个城市一无所知。他还谈到他认识的人受的工伤和疾病，以及这些伤病对他们生计的威胁，由于他和他们之间的关系，这也威胁到了他的生计，威胁到了我们的生活。

由于去 YWCA 游泳，我母亲在那里认识了一些人，交了几个朋友。其中一个是名叫埃丝特的大块头女人，她曾和我母亲来过我家一次，在厨房里一边喝咖啡一边谈她的男朋友，大声说笑了很久，但之后我就再也没有见过她。另外一个女人叫彭妮·米切尔，她丈夫博伊德在大瀑布市的红十字会工作，在 YWCA 的楼上有一间办公室。我母亲有时会在父亲晚下班的晚上和他们玩凯纳斯特①。他们会在客厅里搭一张牌桌，三个人喝着酒，吃着三明治，一直玩到半夜。我则躺在床上，把音量调小了的收音机锁定在卡尔加里②电台，听着穿过空旷草原的电波带来的一场冰球赛，我能听到楼下的摔牌声和笑声，再后来听见离开的脚步声和关门声，盘子放进水池发出的叮当声和橱柜门合上的声音。过了一会儿，我的房门会打开，外面的灯光照进房间，我母亲会放进来一张椅子，我能

---

① 一种源于乌拉圭的纸牌游戏，通常由四人分成两家来玩，也可以少于四人。

② 加拿大阿尔伯塔省最大的城市，是加拿大第三大的城市。

看见她的轮廓。她总是这么说："接着睡吧，弗兰克。"随后房门被再次关上，我几乎总是立刻就睡着了。

出事的那晚彭妮和博伊德·米切尔在我家里。那段时间我父亲一直在牵引车上干着那份固定工作，还干着一份助理维修工的临时工作——根据铁路上的规章，这么做是违法的。但工会睁一只眼闭一只眼，因为他们看到了即将到来的不景气，知道到时候帮不上什么忙，所以让大家现在想多干就多干一点。我当时在厨房里，一人坐在桌旁吃三明治，我母亲、彭妮和博伊德·米切尔则在客厅里打牌。当我听见门外我父亲的摩托车声时，他们正喝着伏特加，吃着我母亲做的三明治。当时是晚上八点，我知道他本该半夜才回家的。

"罗伊回家了，"我听见我母亲在说，"我听见罗伊了。太好了。"我听见移动椅子和酒杯碰撞的声音。

"也许他也想玩，"彭妮·米切尔说，"我们可以玩四个人的了。"

我走到厨房门口，隔着餐厅往前面看。我并不知道出了什么事，但觉得情况有点异常，我想自己去看一下。

我父亲进门时我母亲正微笑着站在牌桌的旁边。但我父亲当时的表情则是我从未在一个男人的脸上见到过的。他看上去极度的慌乱，不光是眼睛里，整个面部都透着惊恐和慌乱。外面很冷，风在加大，他从修车场骑车回家时身上只穿了件法兰绒衬衫。他的脸通红，头发乱蓬蓬的，我记得他攥成拳头的双手发白，好像没有一

189

滴血。

"我的天哪,"我母亲说,"怎么了,罗伊? 你看上去像疯了一样。"她转过身来看着我,我知道她觉得我可能不该看到这个。但她没说什么。她回过头去看我父亲,走到他的跟前,碰了碰他的手,那肯定是他全身最冷的部位了。彭妮和博伊德·米切尔坐在牌桌那里,抬头看着他们。不知为什么,博伊德·米切尔的脸上竟然挂着一丝笑容。

"发生了一件可怕的事情。"我父亲说。他伸手从挂衣服的钉子上取下一件灯芯绒夹克穿上,就在客厅里,然后在沙发上坐下,双手抱在胸前。这时他的脸似乎更红了。他穿着黑色的包了铁头的靴子,那双他每天都在穿的靴子。我盯着他看,觉得他肯定冻坏了,即便是在自己的家里。我没有再往前靠。

"罗伊,怎么了?"我母亲说,她在他旁边的沙发上坐下,用双手握住他的一只手。

我父亲看了一眼彭妮和博伊德·米切尔,又看了一眼他妻子,好像直到现在才意识到他们的存在。他不怎么认识他们,我以为他可能会让他们离开,但他没那么做。

"我今晚亲眼看见一个人把命丢了。"他对我母亲说,随后摇摇头,看着地下。他说:"当时我们正把几节装煤的车厢往第九街的分类车场推,就在不到一小时以前。我看着我那一侧,像你推过一段弯道时应该做的那样。我看见这几节车厢中有一节是空的,这不太寻常。空车厢里只有这个家伙,他正试图下车,坐在门那里准备往下跳。看来他是个趴火车的流浪汉。这几节车厢是今晚从格拉斯哥①过来的。就在他要往下跳的那一刹那，整截车子卡住了，这种事时有发生。他在接触石子路基时失去了平衡，向后摔倒在车厢的下面，就在我的眼前，一节车厢碾过他的一只脚。"我父亲看着我母亲。"轧住了他的脚。"他说。

"我的天啦。"我母亲说，低下头看着自己的腿。

我父亲眯起眼睛。"但他动了动，像是要把自己挣脱出来。他没有喊。他的脸我看得清清楚楚，我永远也忘不了那张脸。他看上去并不害怕，像是正在做着一件很艰难的事情，看上去注意力十分集中。但在他挣脱的过程中人被车子拉了回去，另一节车厢轧住了他的手。"我父亲看着他自己的双手，把它们握成拳头并捏紧了。

"你做什么了？"我母亲说。她看上去吓坏了。

"我使劲喊。谢尔曼停止了推车。但没有那么快。"

"这之后你做了什么？"博伊德·米切尔说。

"我从车上下来，"我父亲说，"我走到那里。但我面前是一个被碾成三截的人。你能做什么？你做不了什么。我蹲下来，碰了碰他的那只好手，它像冰一样。他的眼睛睁着，睁得大大的，看着天空。"

"他说了什么没有？"我母亲说。

"他说：'我现在在哪儿？'我对他说：'没关系，伙计，你在蒙大拿。你没事的。'可是，天哪，他哪是没事。我脱下我的夹克盖住他。我不想让他看见发生的事。"

---

① 肯塔基州的一个城市。

"你应该给他扎上止血带，"博伊德·米切尔粗声地说，"那么做才有用，那么做能救他一命。"

我父亲看着博伊德·米切尔，博伊德的话让他吃了一惊，他好像已忘记了他在这里。"我不这么认为，"我父亲说，"我不知道你说的东西是什么。他已经死了，一节货车从他身上碾了过去。他虽然还在喘气，但对我来说他已经死了。"

"那只能由一个有执照的医生来判断，"博伊德·米切尔说，"从道义上讲，你有义务尽最大努力救助他。"我从他的声调里听出来他不喜欢我父亲，他几乎都不认识他，但却不喜欢他，我不明白是什么原因。博伊德·米切尔是个声音沙哑、长着卷头发和有着红脸膛的大块头——还算英俊，但有个大肚皮——我只知道他在红十字会工作，我母亲是他太太的朋友，或许也是他的朋友，我还知道他们在我父亲不在家时一起打牌。

父亲用一种在我看来是愤怒的眼光看着母亲。"你为什么让这些人上这里来，多萝西？这里没有他们什么事。"

"也许是这样的。"彭妮·米切尔说，她放下手里的牌，从桌子那里站了起来。我母亲在房间里四下张望，好像她听见了什么声音，但却找不到声音的来源。

"这件事肯定是被耽误了。"博伊德·米切尔说，他在牌桌上冲着我父亲的方向倾过身体。"没什么好说的。"他摇着头表示他的不赞同。"那个人不该死。"博伊德·米切尔用他的大手紧握住他手上的牌，眼睛盯着我父亲。"看来工会也会把这件事掩盖过去的，是吧？这种事情从来都是这么处理的。"

我父亲这时站了起来，他的脸看上去很开阔，但还是显得很年轻。他看上去像一个被训斥了的年轻人，不知道接下来该干什么。"你给我从这里滚出去，"他用很大的声音说道，"老天爷，你说的都是些什么话，我都不认识你。"

"但我认识你，"博伊德·米切尔愤怒地说，"你是一个混事虫。你什么都干不了。你甚至都不能帮助一下一个要死的人。你对这个国家没有一点用，你混不了多久了。"

"博伊德，我的上帝啊，"彭妮·米切尔说，"别这么说话。别这么对他说话。"

博伊德·米切尔怒视着他太太。"我想说什么就说什么，"他说，"他不想听也得听着，因为他已无药可救了，他什么都干不好。"

"站起来，"我父亲说，"给我站好了。"他的拳头又握紧了。

"好呀，我站好。"博伊德·米切尔说，他抬头瞟了他太太一眼。我意识到博伊德·米切尔喝醉了，他有可能都不知道到底发生了什么事，或自己在说什么，那些话就这么从他嘴里溜了出来，认识他的人都知道这个。只有我父亲不知道，他只知道他说了那些话。

博伊德·米切尔站了起来，手插在口袋里。他比我父亲高出很多，穿着西部衬衫、马裤和牛仔靴，还戴着一只大银表。"好呀，"他说，"我现在站起来了。你想怎么着？"我看见他稍微晃动了一下。

就在这时，我父亲给了博伊德·米切尔一拳，是隔着牌桌打过去的，用的是右手，击中了他的胸部，不是那种挥拳，而是非常狠的直拳，这一拳让我父亲失去了平衡，他嘴里发出了"噗"的一声喘息。博伊德·米切尔"嗷"地呻吟了一声，立刻摔倒在地上，他笨重厚实的身体在接触地板前已弯曲起来。他摔倒在我家地板上发出的声音是我从来没有听到过的，那是一个男人的身体撞击地面的声音，非常特别。在我后来的生活中，我在其他地方听到过类似的声音，在旅馆房间或酒吧里，那是一种你不愿听到的声音。

用拳头打人的方式有很多种，我知道这个，我那时就知道了，我父亲曾告诉过我。你可以以此来羞辱他，或把他打出血来，把他打倒在地，让他爬不起来，你也可以要他的命。用那么大的力气来打他。我父亲就是这样用拳头击打博伊德·米切尔的——用了他所有的力气，打在胸口而不是脸上，可能还会有人以为他不会打架呐。

"我的天哪。"彭妮·米切尔说道。博伊德·米切尔侧身躺在电视前面的地板上，她跪在他的身边。"博伊德，"她说，"你疼吗？哦，你看看。待着别动，博伊德，就待在地上。"

"怎么样，来呀，"我父亲说，"来呀。"他靠墙站着，就在刚才他隔着牌桌挥拳击打博伊德·米切尔时站着的地方。房间里的灯光很明亮，我父亲的眼睛睁得大大的，四处看着。他好像喘不过气来，两个拳头还握得紧紧的，我感到他的心脏就在我的胸膛里怦怦跳着。"怎么着，你这个婊子养的。"我父亲说，他的声音很大。我觉得他不是在对博伊德说话，他只是把涌到嘴边的话说出来。

"罗伊，"我母亲镇定地说，"博伊德受伤了，他受伤了。"她低头看着博伊德·米切尔。我不觉得她知道下一步该干什么。

"哦，别这样，"彭妮·米切尔用一种激动的声音说道，"看着我，博伊德，看着彭妮。你受伤了。"她的手平放在博伊德·米切尔的胸脯上，瘦弱的肩膀靠着他。她没有哭，但我认为她已经歇斯底里到哭不出声来了。

所有这些都发生在五分钟的时间里，有可能更短，我还没来得及离开厨房。我连忙来到我父母和博伊德、彭妮夫妇所在的房间，低头看着博伊德·米切尔的脸，想看看他到底怎样了。他的眼珠翻到了眼眶里，嘴张着，我能看见他嘴里粉红色的大舌头。他在喘着粗气，他的手指（两只手的手指）在动着，像是在为什么事情焦虑着。我当时觉得他死了，我觉得连彭妮·米切尔也认为他死了，因为她不停地说道："哦，别这样，别这样，博伊德。"

这时候我母亲给警察拨打了电话，我觉我父亲就是在这个时候打开前门，走进了黑夜。

接下来发生的事是你们能够预料得到的。过了没多久，博伊德·米切尔就停止了呼吸，他躺在我家客厅的地上，开始变冷变灰，看上去像一个真正的死人。他嗓子里曾发出过一声声响，彭妮·米切尔哭出声来。彭妮哭泣的时候，我母亲跪在地上，用手扶住她的肩膀。后来我母亲把彭妮拉起来送进了卧室（她和我父亲的），让她躺在床上。然后我和母亲坐在灯火通明的客厅里，就这么一声不吭地相互看了十到二十分钟。我无法知道她在那个时候会想些什么。她没问我父亲去哪儿了，也没有让我离开这个房间。也许她在想她今后的生活，想今晚以后生活会是什么样的。她或许在想：一个人会做出他能做出的最糟糕的事情，但到头来一切都会回归正常。很可能，她只是在等着它们重新回归正常。从她的性格来看，她很可能会这样想。

但我清楚地记得那天坐在房间里（死掉的博伊德·米切尔就躺在那儿）我想过的问题，因为我后来又多次想到过它，从某种程度上说，我一直用那个时刻和当时的想法来标注我的人生。它们是：任何事情都存在着各种可能性，只要你在场就难免不被卷入其中；今晚的事情非常的糟糕，但在一切都变得无法挽回之前，我们又怎么能知道结果呢？但我明白了一点，真正的麻烦一旦遇上了，你就要想尽法子来避免它。尽管像我当时那样，这件事与你并没有任何关系。

过了一会儿，警察来到了我家。先到了一辆警车，紧接着又来了两辆，红色警灯发出的光在街道上旋转着。邻居家也亮起了灯，人们从家里走出来，冒着严寒站在前院观望，那些我不认识和不认识我们的人。"现在这里成了马戏团了，"我们透过窗户向外看时母亲对我说，"我们得搬到别处去住，他们不会放过我们的。"

来了一辆救护车，蒙着单子的博伊德·米切尔被一副担架抬走了。彭妮·米切尔从卧室里走出来，跟在他们后面，但她没有和我母亲说一句话，也没和任何人说话，只是上了一辆警车，消失在黑夜中。

两个警察进到了屋里，其中一个在客厅里询问我母亲，另一个则在厨房里问我问题。他想知道我看见了什么，我告诉了他。我说不知道为什么博伊德·米切尔老在咒骂我父亲，然后还站起身来想打他，我父亲推了博伊德一把，就这些。他问我父亲是不是个凶暴的人，我说不是。他问我父亲有没有女朋友，我说没有。他问我父母有没有打过架，我说没有。他问我是否爱我的父母，我回答说是的。然后问话就结束了。

我从厨房回到客厅里，我母亲还在那里，警察离开后我们在前门那里站着，我父亲就在门外，站在一辆车门打开的警车边上。他戴着手铐。不知为什么他既没穿衬衫也没穿那件灯芯绒夹克，他在寒冷的夜晚里光着上身，背在身后的手上拿着那件衬衫。他的头发看上去是湿的。我听见一个警察说："罗伊，你会受凉的。"我父亲随后说道："我希望我现在是在千里之外。也许在中国吧。"他冲那个警察微笑着。我不觉得他注意到我们正在看着这一切，即使他注意到了，他也不想表现出来。我俩什么也没有做，因为警察抓住了他，这种情况下，做什么都没有用了。

所有这一切在十点以前就结束了。我和我妈半夜十二点开车去监狱接我父亲。她进去时我就待在车里——坐在那里看着监狱铁丝网和铁栏杆后面高高的窗户。里面亮着黄色的灯，我能听见说话声，看见灯光里晃动的人影，有人两次大喊道："喂，喂，玛丽，你在听我说吗？"然后除了缓慢从我们身边经过的车子外，再也没有其他的声音了。

回家的路上我母亲开着车，父亲则盯着沿河高大的输电线架和路另一侧布莱克伊格尔镇上住家的灯火看。他穿着一件里面人给的格子衬衫，头发也梳得整整齐齐。没人说一句话，但我不明白为什么警察因杀人把一个人抓进监狱后，过了不到两小时就把他放了。这对我来说简直是个谜，尽管我希望他能够出狱，我们好继续生活下去，但我看不出来有什么办法能这么做，实际上，我知道这是不可能的了。

我们回到家时，屋里所有的灯都开着。已经是凌晨一点了，有些邻居家还亮着灯。我能看见街对面窗户里的一个男人，他正双手放在玻璃窗上向外张望，观察着我们。

我母亲进了厨房，我听见她在倒水烧咖啡和把杯子拿下来。我父亲站在客厅中央四下张望，他看着那几把椅子、牌还在上面放着的牌桌和通向其他房间的过道。好像他已经忘记了自己家的样子，现在重新见到了，但对它并不满意。

"我不知道他到底对我有什么不满。"我父亲说。他对我那么说话，但他对其他人也说了同样的话。"你以为你会知道一个人和你有什么仇，难道你不这么觉得，弗兰克？"

"是的，"我说，"我觉得是这样的。"我们两人就那么站在那里，我父亲和我，站在亮着灯的客厅里。我们没打算做什么。

"我希望我们能生活得快活一点，"我父亲说，"我想让我们享受生活。我对谁都没有成见。你相信我说的吗？"

"我相信。"我说。我父亲用他深蓝色的眼睛看着我，皱起了眉头。我第一次由衷地希望我父亲没有做他做了的事，希望他当时不那么去做。我把他看成一个做错了事的男人，一个会伤害别人、毁掉生活，拿他人的幸福作赌注的男人。他像一个赌徒，尽管我还不是很清楚作为一个赌徒究竟意味着什么。

"所有的一切发生得那么突然。"我父亲说。我母亲来到了厨房的过道上，站在那里看着我们。她穿着带碎花的粉色围裙，就站在我今晚早些时候站过的地方。她看着我和我父亲，好像我俩是一个人。"你不这么认为吗，多萝西？"他说，"所有这些混乱，简直让人眼花缭乱。看看这里发生的一切。"

我母亲显得非常的镇定和有条理。"你没能控制住自己，"她说，"没别的。"

"我知道这个，"我父亲说，"对不起。我昏了头。我没想要把事情搞砸了，但现在我知道了。一切都完了。"我父亲拿起一瓶伏特加，拧开盖子，喝了一大口，然后把酒瓶放了下来。他今晚目睹了两个人被杀。谁还能去责怪他？

"今晚在监狱里，"他说话时眼睛盯着墙上的一张照片，那张照片就挂在走道靠近门的一端，他接着说道，"我的牢房里还有一个男的。我过去从来没有进过监狱，即使是在年轻的时候。但这个男人今晚对我是这么说的：'从你直着站立的姿势我就看出来了，你从来没有坐过牢。其他人不像你这样站。他们佝偻着腰。你不属于牢房，你站得太直了。'"我父亲回头看着伏特加酒瓶，像是想再喝一点，但他只是看着它。"大祸临头时躲是躲不掉的。"他说话时张开的双手像铃舌击打铃铛一样，轻轻敲着他的大腿。"也许他爱上了你，多萝西，"他说，"也许那才是问题的关键。"

我当时只是盯着墙上那张我父亲曾盯着看过的照片看，这张照片我每天都看得到，我可能看过它有上千次了。一张两个大人带着一个小孩子在海边照的照片。一个男人和一个女人坐在沙滩上，身后是大海。他们在对着相机微笑。每次看见它我都以为照片里的那个小孩是我，而那两个大人是我的父母。但我当时站在那儿，突然意识到那个小孩根本就不是我，照片中的小孩其实是我父亲，而那对父母则是他的父母——两个已经死去、我从未见过的人——这张照片比我想象的要旧得多。我诧异我过去为什么没想到这个，也不是说这有什么要紧。然而要紧的是，我觉得，我父亲跌倒了，就像他几小时前看到的那个摔倒在火车下面的男人。而我和他当时一样束手无策。我想告诉他我爱他，但不知为什么我没有那么做。

　　稍后那天夜里我躺在床上，开着收音机，听着离这很远的地方的新闻，卡尔加里，萨斯卡通①，甚至更远的里贾纳②和温尼伯③——那些我这辈子都不会去的寒冷的城市。我的窗户被拉了上去，很长一段时间里，我坐在窗前向外看，听着我父母在楼下轻声交谈，听着他们的脚步声，听见我父亲铁皮包头的靴子踩踏地板的声音，后来他们床上弹簧发出咯吱咯吱的声音，然后停了下来。窗外缓缓流淌的河的对岸传来卡车的声音——运牲畜粮食的卡车，有的往北去爱达荷州，有的向南去海伦娜④，还有的开进了我父亲在

① 加拿大萨斯卡切温省最大的城市。
② 加拿大萨斯卡切温省第二大城市。
③ 加拿大曼尼托巴省最大的城市。
④ 蒙大拿州的一个小城市。

那里维修机车的停车场。邻里的灯都熄灭了，我父亲的摩托车停在院子里，我觉得我甚至能听见夜空里传来的瀑布声，听见它们发出的每一下响声，响声找到了我，在我的房间里萦绕，我甚至能触摸到它们，它们像冬天一样寒冷，以致温暖成了一个我将永远不再知晓的可能。

又过了一段时间，母亲来到我的房间。她拿进来一张椅子，灯光落在了我的床上。我看见她正看着我。她关上房门，又走过来关掉我的收音机，然后拿着那张椅子来到窗前，关上窗户，她坐的位置正好能让我看到她被街灯衬托出的脸部的侧影。她点了一根烟，没再看一眼躺在被窝里还觉得冷的我。

"你觉得好点了吗，弗兰克？"她抽着烟说道。

"好多了。"我说。

"你现在认为这个家是个糟糕透顶的家吗？"

"没有。"我说。

"希望是这样，"我母亲说，"别那么去想。不要记任何人的仇。可怜的博伊德。他走了。"

"你认为这件事的原因是什么呢？"我说，尽管我觉得她不会回答这个问题，我甚至怀疑我自己是否也真的想知道答案。

我母亲坐着，对着窗户玻璃喷着烟，过了一会儿她说道："他肯定有什么地方看不惯你爸。我不知道到底是什么。天晓得？也许你爸也有同样的看法。"她摇了摇头，看着街上的灯光。"我记得从前，"她说，"那时我还在哈佛，三几年的事。我们住在二号公路边上一个我父亲有一部分股权的汽车旅馆里，那时我母亲还在，但和

201

我们都没有关系。我父亲有个块头很大、叫朱蒂·贝尔纳普的女朋友。她是阿希尼伯恩人，一个印第安妇人。当他烦我烦得不行时，朱蒂就带上我去大自然里走走，沿着牛奶河往北走出很远很远。她会给我讲所有与动物、植物和蕨类植物有关的事情。有一次我们坐在那里看一条结了冰的小溪上的赤膀鸭①。天气正在变冷，像现在这样。朱蒂突然站起身来拍手，她不停地拍着双手，所有的鸭子都飞了起来，只有一只待在冰上，它的脚冻住了，我估计。它甚至都没有试着去飞，就那么待在那里。朱蒂对我说：'这是一种巧合。这就是野生世界，总有落下的。'不知为什么，她似乎因此而有一种满足感，随后我们回到了我们的车子那里。所以，"我母亲说，"也许这就是原因。只是一种巧合吧。"

她又把窗子拉起来，把烟头扔到外面，吐出嘴里的最后一口烟，说："睡吧，弗兰克。这件事会过去的，我们都会活下去。做一个乐天派。"

那晚睡着后我做了一个梦。我梦见一架飞机坠落到地上，是一架轰炸机，从寒冷的天空摔了下来，在冰冻的河面上蹦了几下，一边滑行一边打着转，机翼像两把刀一样，冲着我们正在里面睡觉的家滑了过来，把一切都扫平了。我从床上坐起来后，听见院子里狗的叫声，狗的项圈发出丁零声，我能听见我父亲的哭声，"呜——呜——呜"，就像这样，声音很小。但后来我一直不能确定我是否听见他那么哭过，或许所有的那些只是一个梦，一个我希望我从未

---

① 一种野鸭。

做过的梦。

当你生命中最为重要的东西变化得如此突然、如此的不可挽回时，你会被事件的偶然性以及随后可能和将要发生的事情所吸引，以至于忘记了它们之间的关系和其中最重要的部分。我现在不再记得我父亲到底是哪一年出生的了，也不记得我最后一次见到他时他多大，甚至不记得是在哪里见到他的了。小的时候，这些事情似乎会被永远记在心里。但当你不再年轻后，它们就从你的记忆里溜走了。

我父亲进了迪尔洛奇的监狱并在那里待了五个月，罪名是他在击打博伊德·米切尔时用力过猛，属于过失杀人。在蒙大拿你不可能在自家客厅里打死一个人，然后拍拍屁股走人。我记得我父亲当时放弃了辩护，这和认罪没什么差别。

父亲不在的时候我和母亲住在家里。可是当他出来并回到铁路上做他的扳道工后，他俩开始争吵，因为她想搬到别处去住，提到过的地方包括加州和西雅图。后来他俩分居了，她搬了出去。再后来我通过虚报年龄当兵离开了家，那时我十六岁。

我只知道我父亲后来过着一种他原先绝不赞同的生活。他丢了铁路上的事，和母亲离了婚，之后母亲还不时地出现在他的生活中。酗酒是肯定的，还有赌博、洗钱，甚至还随身带枪，这些都是我听说的。我当时远离所有这些。如果你在我当时那个年龄，独自一人在外面闯荡，你几乎会比任何时候都生活得要好，因为你总是面对新奇的事物，做你想要做的事情，你总可以认为孤独只是暂时的。我所知道的与我父亲有关的最后消息是：他曾在怀俄明州的拉勒米①待过，身体很不好，后来他就这样从大家的视线里消失了。

一个月前我曾见到我母亲。当时我正在一家杂货店购物，在蒙大拿阿纳康达的州际公路边上，离我父亲曾经待过的迪尔洛奇不远。从我上次见到她，我觉得，这之间肯定有十五年了，但我现在已经四十三岁了，所以有可能还会更久一点。见到她后，我穿过商店来到她跟前，说："嗨，多萝西。我是弗兰克。"

她看着我，笑着说道："哦，弗兰克，你怎么样？很久没有见到你了。见到你真高兴。"她穿着蓝色牛仔裤、长靴子和一件西部衬衫，看上去像一个六十岁左右的妇人。她的头发在后面扎了起来，看上去很精神，但我觉得她一直在喝酒。当时是上午十点钟。

她附近站着一个男子，手里拿着一个装食品杂物的篮子，她向他转过身，说："迪克，过来见见我儿子弗兰克。我们很久没见面了。弗兰克，这是迪克·斯皮维。"

我和迪克·斯皮维握了握手，他看上去比我母亲年轻，但比我要老，一个脸窄窄的高个男子，头发是深蓝色的，乱蓬蓬的。他也像她一样穿着西部长靴。"让我和弗兰克说句话，迪克。"我母亲说，把手放在他手腕处，捏了捏，又冲他微笑了一下，他去了收银处付账。

---

① 怀俄明州一个只有两万多人的小镇。

"怎样，弗兰克，你现在在干什么？"我母亲问我道，把她的手放在我手腕那里，就像刚才放在迪克的手腕上一样，但她没把手拿开。"这些年来。"她说。

"我一直在石泉城待着，煤矿业很兴隆，"我说，"我可能还会回那里。"

"我估计你也结婚了。"

"结过，"我说，"但现在没有。"

"那没什么，"她说，"你看上去气色很不错。"她对我微笑着。"你不可能把一切都弄得天衣无缝。这是你母亲的'名言'。你父亲和我曾有过一个'天赐'的婚姻①——那是我们之间的一个玩笑。我们曾用它来开玩笑。当然，你不知道这个，那时你还小。这个婚姻出了很多问题。"

"很久以前的事了，"我说，"我不知道这些。"

"那段时光我记得清清楚楚，"我母亲说，"是一段还算不错的时光。我估计已经有点兆头了，是不是？你父亲有点神经过敏。博伊德突然就发了那么大的火。里面有点绝望的成分，要我猜的话。工会的那些事情，当然，我们是搞不懂的。我们只是竭力做个诚实的人。"

"正是这样。"我说。我相信他们真是这么做的。

"我还是喜欢游泳。"我母亲说。她用手指头向后抹了一下头

---

① 英文"made in haven"表示"天赐的"，多萝西出生在 Havre，而"Havre"和"haven"的发音相近，所以她说他们的婚姻"made in Havre"，以此来开玩笑。

发，好像头发是湿的。她又笑了起来。"它还是让我觉得更自由。"

"好呀，"我说，"我真为你高兴。"

"有没有见过你父亲？"

"没有，"我说，"从来没有。"

"我也没有，"我母亲说，"你让我想起了他。"她看着迪克·斯皮维，后者正抱着一袋杂货，站在前面窗户那里看着停车场。正值三月，小雪花飘落在停车场里停着的车子上。他看上去一副不着急的样子。"也许我对你父亲不够珍惜，"她说，"天晓得？也许我们根本就不适合做夫妻。但失去你的爱是最糟糕的一件事，但我们确实那样做了。"我知道她的意思，但没有回答她，她说的是实话。"可惜当时我们相互了解得不够，弗兰克，"我母亲对我说，她低下了头，我觉得她可能脸红了，"我们都是重感情的人，是不是？我俩都是。"

"是的，"我说，"我们是。"

"好了，我现在要走了，"我母亲说，"弗兰克。"她捏了捏我的手腕，然后经过收银台向停车场走去，迪克·斯皮维拿着杂货走在她身旁。

但当我买好东西付完账，来到外面停着的车子里，正要启动时，我看见迪克·斯皮维那辆绿色的雪佛兰转回到了停车场并停了下来，看到我母亲下了车，穿过积雪的停车场，匆匆向我走来，有那么一阵，我俩隔着开着的车窗互相打量着。

"你是否以为，"我母亲说，雪在她的头发上凝结成了冰，"你那时是否以为我爱上了博伊德·米切尔？那样的想法？你有没有那么想过?"

"没有,"我说,"我没有。"

"没有,嗯,我没有,"她说,"博伊德爱着彭妮,我爱着罗伊。情况就是这样。我想让你知道这一点。你必须相信这一点。你信吗?"

"信,"我说,"我相信你。"

她弯下腰,把头伸进开着的车窗,吻了我的脸庞一下,又用双手捧着我的脸,那一刻显得非常非常的长久,不过最后她转身离去,留下我一人待在那里。

焰　火

中午时分，埃迪·斯塔林正坐在餐桌旁浏览报纸。明天就是独立节了，邻居的孩子们正在外面的街道上燃放鞭炮。每隔几分钟就会传来一阵噼里啪啦的响声，随后是一声"哧溜"声，再接着是一声足以震下一架飞机来的巨响。他被这些响声搅得有些心神不宁，真心希望能出来几个家长，把这帮孩子拽回家去。

斯塔林失业已经有六个月了，这等于整整一个销售季节，外加另外一季的一个零头。此前他一直在做房地产销售，从来没有失过业。他已经开始琢磨起这样的问题：如果在一段时间里不工作，你会不会忘掉该怎样工作，忘掉一些具体的技能并最终失去工作的动力？一旦这样的事情发生了，你有生之年有可能再也找不到一份工作，并最终成为一个统计数字——长期失业者。这个想法让他心生忧虑。

他又听见街道上传来了像是孩子们的吵闹声。他们似乎正在策划一件让人费解的事情，就在他起身朝外看的当口，电话铃响了起来。

"后方有什么好消息吗？"电话里传来洛伊丝的声音。洛伊丝又回机场附近的酒吧上班了，她打电话回来时总是尽量显得兴高采烈

208

的样子。

"目前的情况是——热。"斯塔林握着话筒来到窗前，向外张望了一下。路中间几个他从未见过的孩子正准备用一个大鞭炮把一个罐头盒送上天。"外面的几个孩子要引爆什么。"

"报上有什么好消息吗？"

"没什么希望。"

"嗯，"洛伊丝说，"耐心点，宝贝。我知道天很热。听着，埃迪，你还记得那些在电视里自焚的僧侣吗①？那是哪一年的事？我们正说着这件事。是六八年还是七二年？这里的人想破了头都想不出来。"

"六八年是肯尼迪事件②，"斯塔林说，"但他们不是为了上电视才自焚的。那是在亚洲。"

"好吧。那越战到底是在哪一年开始的呢？"

孩子们点燃了罐头盒下面的鞭炮，笑着沿街道跑开。斯塔林两眼紧盯着那个罐头盒，就在这时，一个少妇从街对面的一栋房子里走了出来，她刚走到院子里，就听见罐头盒"嘭"的一声响，妇人向后一跳，同时把双手插进自己的头发里。

"天啦，那是什么！"洛伊丝说，"听上去像炸弹一样。"

"是那些孩子。"

---

① 这是指一九六三年越南僧人释广德为抗议政府迫害佛教徒政策，在西贡闹市自焚事件。该事件被《纽约时报》记者记录下来，引起全球性轰动，直接导致了当时的越南政府的垮台。

② 这是指美国总统候选人罗伯特·肯尼迪在洛杉矶遇刺事件。五年前，其哥哥、当时的美国总统约翰·F.肯尼迪在达拉斯遇刺身亡。

"这些小流氓，"洛伊丝说，"看来他们也热昏了头。"

那是个非常瘦的妇人——已瘦到了不健康的程度，斯塔林心想。她二十来岁的样子，穿着淡黄色的短裤，没穿鞋。她走到街道上，冲着那帮已跑开了的孩子破口大骂。斯塔林对她的了解一点不比对其他任何邻居要多。信箱上的名字在他和洛伊丝搬来前就被胶带粘住了。她和一个男人住在一起，晚上斯塔林常看见这个男人在车库里鼓捣他的车子。

妇人穿过她家的小院慢慢往回走。她在台阶顶端转过身来看着斯塔林的房子。他盯着她看，妇人进到屋里，随手关上了门。

"埃迪，猜猜谁在这儿。"洛伊丝说。

"谁在哪儿？"

"酒吧。使劲猜。"

"亚瑟·戈弗雷①。"斯塔林说。

"亚瑟·戈弗雷。没错，"洛伊丝说，"不是，是路易。他刚迈着舞步进了门。你有没有大吃一惊？"

路易·雷纳是洛伊丝的前夫。在洛伊丝介入之前，斯塔林和雷纳算得上是生意上的泛泛之交，就在经济繁荣快要结束前，他们还合伙经纪了一些办公楼。

雷纳那时像所有人一样在做房地产生意。雷纳和洛伊丝的婚姻持续了六周，之后两人就去里诺②解除了婚约。斯塔林一年后娶了

---

① 亚瑟·戈弗雷(1903—1983)，美国著名电台和电视节目主持人。

② 美国拉斯维加斯州的赌城之一，人们可以在那里闪电式地结婚和离婚。

洛伊丝。那是一九七六年的事，洛伊丝从此不再提那段往事，也不再提雷纳。路易就这么消失了，有传闻说他去了欧洲。他现在不觉得自己和路易有什么过不去的，但他肯定不会因路易的出现而感到高兴。

"猜猜路易在干什么？"洛伊丝说。洛伊丝所在的地方传来了流水的声音。

"鬼知道。洗盘子。我怎么会知道？"

洛伊丝把斯塔林的话重复了一遍，有人笑了起来。他听见路易的声音："嗯，拜——托——了。"

"别开玩笑，埃迪。路易现在在做逃犯引渡。"洛伊丝哈哈大笑起来。

"那是什么意思？"斯塔林说。

"就是说他在全国到处跑，把罪犯带回来，把他们关进监狱。他刚从蒙大拿带回来一个，那人只不过写了一张四十七块的假支票，我看实在是不值得。路易不穿制服，但他有一把枪和一个BP机。"

"他来这儿干吗？"斯塔林说。

"他女朋友要从佛罗里达来这里的机场，"洛伊丝说，"他也比从前胖多了，但他不愿意我这么说他，是不是，路易？"斯塔林听见雷纳又说了一声"拜——托——了"。"你想和他说话吗？"

"我正忙着呢。"

"忙什么？吃中饭？你没什么好忙的。"

"我在做晚饭。"斯塔林说谎道。

"和路易说两句吧，埃迪。"

斯塔林想把电话挂掉。他希望雷纳哪儿来的回哪儿去。

"哈——罗。"雷纳说道。

"谁忘记关上你的笼子了，雷纳？"

"来这儿喝一杯吧，斯塔林，我有很多事情要告诉你。自打上次见到你，我已经周游了世界。意大利、法国、苏格伦群岛。你知道意大利的姑娘为了更迷人，在耳朵后面放些什么吗？"

"我不想知道。"斯塔林说。

"洛伊丝可不是这么说的。"雷纳发出一阵嘲弄的笑声。

"我忙着呢。下次吧。"

"你当然很忙，"雷纳说，"听着，埃迪，给我滚到这里来。我来告诉你我们怎样在六个月内退休。我对天发誓，这和房地产无关。"

"我已经退休了，"斯塔林说，"洛伊丝没有跟你讲？"

"讲了，她跟我讲了很多事情。"雷纳说。

他能听见洛伊丝在说话："别再闹别扭了，埃迪。谁愿意搭理没劲的人？"有人笑了起来。

"我都不该在电话里跟你说这些。这事就是这么的热门，"雷纳的声音变成了耳语，他在用手捂住话筒，斯塔林心里想，"这些是意大利地毯，斯塔林，我对天起誓，用的是羊脖子上的毛，只用羊脖子上的毛。这一类消息只能从执法部门那里得到。"

"我告诉过你了。我退休了。我提前退休了。"斯塔林说。

"埃迪，非要我过去逮捕你吗？"

"你试试看，"斯塔林说，"我会把你的屎给揍出来，然后再嘲笑你一番。"

他听见雷纳放下话筒说了些什么，但听不清楚是什么。随后他听见雷纳喊道："你就给我装吧，蠢货！"

洛伊丝又接过电话："宝贝，你为什么不过来一趟呢？"她背后传来了搅拌机的声音和一阵欢叫声。"我们都是成年人了。让路易请你喝一杯添加利金酒。他的花费全部可以报销的。这事或许有点门道。路易总是有点不错的主意。"

"雷纳只打你的主意，和我无关。"他听见雷纳让洛伊丝告诉他——斯塔林——就算他没说。"告诉雷纳哪儿凉快哪儿待着去。"

"客气一点嘛，"洛伊丝说，"路易现在就很客气。埃迪——"

斯塔林挂断了电话。

斯塔林工作那阵儿在经销商用房地产——商业用地和办公楼。他在大学里学的就是这一行，毕业后，他找到了一份很不错的工作。他的想法是一个人总需要有个上班的地方。他喜欢置身于一种职业环境里，能尝到赚钱的滋味，有那么一阵儿他干得很成功。他和洛伊丝在旧城区靠近公园的地方租了一套既漂亮、采光也好的公寓。他们购置了家具，没想着去攒钱。斯塔林上班，洛伊丝则在家操持家务，照料花草和鱼，还去夜校攻读历史学位。他们没有要孩子，也没打算要。他们对镇子的大小和镇上的店铺都很满意，能叫出店主的名字，知道哪条街道通到哪儿。这是他们喜欢的生活，比他俩预先设想的要好得多。

后来利息就疯长起来，商用房地产突然就没人问津了，大家都开始租赁了。斯塔林就出租起购物中心和办公楼里的场地房间，还有镇中心那些空出来的商铺，早先的铺子搬走了，新搬进来的包括皮货店、健康食品店和复印店。这只是一个相持阶段，斯塔林心想，等到大家又开始消费了，一切就会恢复原状。

接着他就丢掉了工作。一天早晨，斯塔林所在中介所的老板让斯塔林去他私人办公室一趟，同被叫去的还有一个叫贝弗利的胖女人，她在那儿的年头比斯塔林还要长。老板告诉他中介所就要关门了，考虑到他们在这儿工作的时间最长，想先告知他们，他希望他们有机会找到其他的工作。斯塔林还记得听到这个坏消息时自己茫然发昏的情形，但记得自己当时向老板道了谢，祝他时来运转，接着又在办公室外间安慰已经崩溃了的贝弗利。他回家后把情况告诉了洛伊丝，当晚他们去了一家希腊餐馆，俩人都喝得酩酊大醉。

实际上工作一点都不好找。他跑了好几家中介所，找了他认识的销售员，但所有的朋友都在为自己的饭碗担心，什么都不愿意多说。过了一个月，他听说他老板的中介所根本就没有关门，只不过雇了两个新人来取代他和贝弗利。他打电话过去问这件事时，老板向他道了歉，然后声称还有一个重要电话要接。

六周后斯塔林还是没有找到工作，钱花光后他们连房租都付不出了，他和洛伊丝把公寓转租给两个在医院上班的护士，自己搬了出去。洛伊丝在《俭省》杂志上看到一则广告："免房租——寻有责任心的夫妇照看房子。"他们当天就搬了进去。

这栋低矮的平房在镇外萨克拉门托河下游的一块平原上，混在一片带栅栏、地皮只有巴掌大的不起眼的房子中间。房子的主人是个曾在日本驻扎过的空军军官，室内的装饰颇具东方格调：绣在丝绸上的风铃和体态丰腴的裸女，客厅里放着的一张带红色彩釉的躺椅，院子里摆着米纸糊成的灯笼。屋后有一匹主人结婚生子后就在这里了的老矮种马，车棚里停着两辆已经报废了的汽车。斯塔林注意到，住在这条街上的人都比他俩年轻，有好几个在空军服役，他们整天大声吵闹，不分昼夜地进进出出。半夜后总能听见一声摔门声。斯塔林从未想到自己会住在这么一个地方。

他把盘子里剩下的饭菜刮到报纸上，把盘子摞在了一起，又把垃圾桶里所有的垃圾倒进一个塑料口袋。他打算带着垃圾开车出去兜一圈。这里的居民不是开车把垃圾送到几英里外的垃圾站，就是开着车在附近商店和购物中心转悠，找一个没人看守的垃圾箱。一次，一个黑女人从她的店里追出来，咒骂他把垃圾扔进了她的垃圾箱。从那以后他都要等到天黑后再出来干这件事。但今天下午不同，他需要出去散散心，好像闷热加上和雷纳的交谈让他在屋里喘不过气来。

他刚把垃圾放到后门口，电话铃又响了。汽车推销商有时会在午饭时打来电话，找空军军官们聊聊，斯塔林学会下午一点前不接电话，那帮推销商一点过后就会出去吃午饭。但这个电话可能还是洛伊丝的，叫他去酒吧见雷纳，他不想接这个电话，但他不想让洛伊丝乱跑到哪儿去，也不想让雷纳来这里。雷纳会觉得这个附带一匹矮种马的房子是个喜剧场景。

斯塔林拿起话筒。"行了，又干吗？"

一个不熟悉的声音说道："爸爸，是你吗？"

"你爸不在这里，雷纳。"斯塔林说。

"爸爸，"这个声音又说道，"我是杰夫。"

电话里传来一个女人的声音："我这里有一个杰夫打给你的对方付费电话。你愿意付费吗？"

"打错了。"斯塔林说，他还是不确定那是不是雷纳。

"爸爸。"那个声音说道。焦急的声音像是出自一个十一二岁的小男孩。"我们遇到大麻烦了，爸爸，他们把玛吉抓起来了。"

"我帮不了忙，"斯塔林说，"抱歉，我帮不了你。"

"杰夫，对方说你的号码是错的。"接线员说。

"难道我听不出我自己父亲的声音？爸爸，看在上帝的分上，问题很严重。我们的麻烦大了。"

"我不知道你说的是什么，杰夫，"斯塔林说，"你打错了。"

斯塔林听见电话里有人用什么东西狠狠砸了一下电话机，然后说道："妈的，不可能，我不信会是这样的。"这个声音又向另一个人说了几句什么。那人可能是一个警察。

"打错了，"接线员说，"非常抱歉。"

"我也一样，"斯塔林说，"对不起。"

"你还想试试别的号码吗，杰夫？"接线员问道。

"爸爸，求你接这个电话。求你了，天啦，我求你了。"

"打扰了，先生。"接线员说，电话挂断了。

斯塔林放下话筒，眼睛盯着窗外。刚才炸罐头盒的三个男孩正从窗前经过，一边走还一边朝屋里张望。他们这是要去弄来更多的鞭炮。那个炸裂了的罐头盒还躺在街道上，街对面的那个女人透过窗户注视着他们，指着那些男孩子给一个只穿了汗衫的男人看，这和那个在晚上修车子的男人不像是一个人。他在想，这个女人结婚了没有，是不是离婚了。如果她有孩子的话，他们又在哪儿？他在想打电话来的人会是谁——那些空军军官的孩子还太小。他在猜想杰夫遇到的麻烦会是什么，他人又在哪里？他应该接这个付费电话，说几句安慰他的话，这个孩子似乎已经走投无路了，或许他能帮他出点主意。他也曾遇到过麻烦。他现在就有麻烦，但没有人来帮助他。

他朝镇子里开去，在皇冠客栈的停车场里转了一圈，又瞄了一眼"顶好"杂货店，然后开上了货车停靠站后面的一条小路。垃圾就在车子的前排座位上放着，尽管装在塑料袋里，但已开始冒出一些难闻的气味。就是在那家"顶好"店，一个黑女人曾冲他破口大骂，威胁说要把他扔的垃圾交给警察。斯塔林在"顶好"后面停车场靠近垃圾箱的一侧停了车，把垃圾留在车里，自己进到了店里。在店里工作的黑女人不是上次的那一个。他买了些当早餐吃的麦片，一袋冷冻意大利通心面和一瓶辣椒酱，然后回到自己的车子跟前。他车子的边上又停了一辆汽车。驾驶座上坐着一个女人，垃圾箱在她的目光范围之内。她在等进到店里的人。这个女人有可能是店里的另一名雇员，斯塔林心想，或是他刚才没有注意到的身后某位顾客的老婆。

斯塔林上了车，径直朝一英里外萨克拉门托河边的野营地开去。他曾和洛伊丝去那里野餐过一次，但现在这里空荡荡的，所有的烤炉和野餐桌已被弃置不用了。他开到野营地的一个绿色大垃圾箱跟前，车都没下就把垃圾袋扔了进去。透过垃圾箱后面的桉树林，他看见了那条迅猛的大河，深棕色的旋涡里不时冒出一些泛黄的泡沫。这是一条变化莫测的河流，充满了危险，每年都有人淹死在里面，水下很深的地方水流湍急。不管天有多热，一个脑筋正常的人都不会想到上这儿来游泳的。

离开时他经过停在野营地另一头的两辆摩托车，车牌是俄勒冈州的，两个留着长发的嬉皮士正坐在一块大石头上抽烟。他经过他们身旁时两个嬉皮士看着他，他们都懒得把正抽着的大麻卷藏起来。两个穿着游泳衣的年轻女子从附近的矮树丛里走了出来。其中的一个嬉皮士向斯塔林行了个"黑人权利礼"①并大笑起来。斯塔林把车开回到公路上。

这几个嬉皮士让他想到了旧金山。他母亲伊尔玛曾和她最后一任丈夫雷克斯在那里住过。雷克斯是个有钱人。斯塔林在社区

---

① 黑人权利礼是美国黑人为表示团结和维护自己权利而发明的一种敬礼形式，因参加一九六八年奥运会的美国黑人运动员在接受奖牌时行此礼而闻名。

大学上学时曾和他们一起住过六个月，之后斯塔林和他的第一任妻子搬到湾区①北面靠近机场的阿拉米达去住了。他们当时也算是嬉皮士，也时不时地抽点大麻。斯塔林的首任妻子简曾在学校公寓里做过一次人工流产。那时候做人流不是一件容易的事情，他们把电话打到檀香山才找到一个住在卡斯特罗维尔②的人。他们结婚刚六个月，斯塔林的妈妈不得不借给他们一点她从雷克斯那儿弄来的钱。

那个从事非法堕胎的家伙过来时随身带着一个像是渔具盒的小金属盒。他们坐在客厅里喝啤酒，胡聊了一通。此人自称卡森医生。他告诉他们此刻他正被人起诉，也正因他所从事的事情——人工流产——而失去行医执照，但别人需要他的帮助。他说他自己有三个孩子，斯塔林想知道他有没有给自己的老婆做过人流。卡森医生说费用是四百块，他明晚就可以过来做，但必须付现金。离开前他打开那个金属盒，里面全是钓鱼用的东西：一个菲戈线轮，一些鱼线和几只鱼饵。三人都大笑起来。再小心也不为过，卡森医生说。他们彼此都有好感，言谈举止就像要不是有这件事，他们会成为很好的朋友的。

第二天晚上，卡森医生带着一个和昨天一模一样的金属盒过来，盒身是绿色的，有个银把手。他和简一起进了卧室并关上了门，斯塔林则坐在客厅里，边看电视边喝啤酒。当时正值圣诞期

---

① 湾区是指由旧金山、圣何塞和奥克兰等城市组成的都市区，是全美第六大都市区。

② 加州的一个小城市。

间，电视里安迪·威廉斯①正和一个穿着黑熊外套的人一起唱圣诞歌曲。过了一会儿，卧室里传来一阵像是由某种高级搅拌机发出的旋转声。声音持续了一会儿后停下了，然后又响了起来。斯塔林很紧张，他知道卡森医生正在搅拌他的小宝宝，而简此刻正一声不吭地忍受着剧烈的疼痛。斯塔林很难受，心里充满了恐惧、内疚和无助，同时也充满了爱。他第一次明白了爱究竟是什么，明白了他对妻子的爱以及那些对他来说既至关重要但也很容易失去的又是什么。

后来，卡森医生来到外面，说一切都很正常。他微笑着和斯塔林握了握手，称他为特德，那是斯塔林告诉他的假名字。斯塔林付他钱时用的是百元大钞，他后来站在小阳台上朝开车离开的卡森医生挥手告别，医生闪了闪他的车大灯。斯塔林看见远处的一架小飞机正在黑暗中降落，飞机的尾灯像一颗许愿星一样一闪一灭。

斯塔林想知道十五年后的今天简会在哪里，还有卡森医生。简在那次手术后得了腹膜炎，差一点死掉，病愈后她不再对她与埃迪·斯塔林的婚姻感兴趣。她似乎很失望，三个月后去了日本，那里有一个从中学时代就和她通信、名叫春木的笔友。起先她还给斯塔林写信，后来就中断了。他觉得她也许已回到洛杉矶她母亲那里。他希望自己的母亲还活着，他可以给她去个电话。但他知道他已经三十九岁了，想这些东西一点用处也没有。

斯塔林沿着河边向前开了几英里，直到种着蔬菜和甜瓜的农田

---

① 安迪·威廉斯(1927—2012)，美国流行歌手，曾出版过十八张金唱片和三张白金唱片。

变得开阔起来，地平线一直延伸到远处隐约可见、在热风中摇曳着的一排钻天杨那里。白色的天空映衬出围着高挡板、停在地里的卡车的轮廓，附近和远处的田里是成群结队的干着农活的男人。墨西哥人，斯塔林心想，这些几乎一分钱都挣不着的临时工。这是个令人气馁的念头。尽管知道不管他们干什么都无济于事，但还是让人觉得沮丧，斯塔林掉转车头朝镇子里开去。

　　他朝着机场的方向开去，沿途都是一些连锁快餐店、物流公司的货场和小购物中心，他还曾帮其中的几家找过承租人。为了庆祝国庆，有人已在路边摆起了卖烟花的摊子。红白蓝三色的旗帜在热风中舞动，这里面肯定有他和洛伊丝现在居住的那个小区里的居民，他心想，如果有一天你发现自己坐在一个卖烟花的摊位上，看着外面的世界从你眼前经过，那一定很有意思。毫无疑问，那一定是到了一切都不可收拾的地步了。

　　他想开车路过一下那套公寓，看看转租公寓的人有没有把小院子料理好。护士洁芮和麦德兰是两个身材高大的女同性恋者，留着男式发型，身上的衣服松松垮垮的。她们属于友善型的，在房地产这一行，这种人被认为是最好的客户——模范房客。她们按时交付房租，不吵闹，房屋财产维护得很好，循规守矩。从生意角度上讲，她们和结了婚的夫妇没两样。脑子里想着洁芮和麦德兰，他错过了去她们那儿的路口。他决定一直往前开。

　　斯塔林觉得现在除了去酒吧也没什么好干的。上下午班的好处是直到快下班洛伊丝也不会有太多的客人，有时候整个酒吧好像都归了他们自己。雷纳现在肯定已经走掉了，酒吧里会很凉快，他和

221

洛伊丝可以安安静静地喝上一杯，没准还能给自己的将来筹划出点什么。他们曾经有过美好的时光，只需坐着聊聊天，什么也不用干。

斯塔林进门时洛伊丝正俯靠在吧台对面的自动点唱机上，老板梅尔下午没来，酒吧里空无一人。深绿色的灯光照着酒吧里的一切，屋里很凉爽。

见到洛伊丝让他心情好了许多。她穿着紧身的黑裤子和带荷叶边的白上装，看上去很活泼。洛伊丝本来就是个活泼好动的女人，他很庆幸自己决定来这里。

他是在加州里奥维斯塔一个叫"老兵"的酒吧里认识洛伊丝的，那是在她和路易·雷纳好上之前，看见酒吧里现在的她不由让他想到了过去。那是一段美好的时光，当他们谈起那段往事时，洛伊丝总爱这么说："有些人注定要在酒吧里经历一生中最辉煌的时光。"

斯塔林在一张吧凳上坐了下来。

"我希望你能来这和你的妻子跳个舞，"她的身体仍然靠在点唱机上，她按下所选的歌，转过身来微笑着说道，"我就知道你很快就会迈着华尔兹舞步进来的。"洛伊丝走过来拍了拍他的脸庞。"我提前选好了所有你喜欢的曲子。"

"我们先喝上一杯吧，"斯塔林说，"我有点心烦，需要喝上一杯。"

"先喝酒，后跳舞。"洛伊丝说完走到吧台后面，取下一瓶添加利。

"梅尔不会介意的。"斯塔林说。

"玛丽——有——一只——小——羔羊。"她一边把酒杯倒满一边说道。她抬起头看着斯塔林，笑了起来。"地球上的某个地方已经五点了。为老梅尔干一杯。"

"还有好运气。"斯塔林说完喝下第一大口金酒，并让酒尽量慢地顺着喉咙往下淌。

洛伊丝早已喝上了，这一点他非常肯定，和路易一起喝的。这不是他所希望的，但事情有可能比这更糟。她完全可能和雷纳去一家汽车旅馆鬼混，或者已经走在去里诺或巴哈马群岛的路上了。雷纳走了，这是件好事，他不想让雷纳在他俩之间投下任何阴影。

"可怜的老路易。"洛伊丝从吧台里走了出来，手里端着一杯从搅拌机里倒出来的红色鸡尾酒。

"老路易有什么好可怜的？"斯塔林说。

洛伊丝在他身边的吧凳上坐了下来，点着了一支烟。"哦，他得了胃溃疡，胃上全是洞。他说他担心的事太多，"她吹灭了火柴，盯着它看着，"你想知道他都喝些什么吗？"

"谁关心一个瘾君子喝些什么。"斯塔林说。

洛伊丝看着他，然后盯着吧台后面的镜子看了一会儿。被烟熏黄了的镜中映出两个独自坐着的人。一首缓慢的乡村歌曲响了起来，是斯塔林喜欢的那一种，他喜欢这样的气氛——到处弥漫着金酒的味道——这似乎把他从自己的困扰中解脱出来了。"讲讲雷纳都喝了些什么。"他说。

"窝特加，"洛伊丝如实地模仿道，"他就是这么说的。窝特加，像俄罗斯人一样。窝特加加椰奶——带夏威夷风味的俄罗斯人。他说这是为了他的胃，尽管有所好转，但他的胃还是很糟糕。他简直就是个移动药店。他也胖了不少，两眼往外凸，他现在穿一套克里夫兰①。我真不知道说什么好。"洛伊丝一边抽着烟一边摇头。"但他有一个讨人喜欢的女朋友，这个来自德尔里奥海滨的杰姬。她看上去就像童谣里的瓷娃娃波·皮坡。"

斯塔林试图勾画出雷纳的样子来。路易·雷纳曾是个高大英俊的男人，有着浓密的眉毛和一双锐利的黑眼睛。他是个衣着讲究的人。听到雷纳发胖了、眼睛肿了起来和穿起了休闲服，他感到难过。如果你以这样的面目面对世人，你的运气一定好不到哪里去。

"见到路易怎么样？感觉不错吧？"他盯着镜中的自己看着。谢天谢地，他还没发胖。

"不怎么样，"洛伊丝使劲抽着烟，"他很友好。人也成熟了。但他身体的状况不太妙。他看上去极不健康，他还像过去那样胡说八道，自然，那是在杰姬到来之前。"

"都胡说八道了些什么？"

"你知道的那些玩意，埃迪。幸福和不幸福都是自找的；你不会为了一个女人而离开另一个女人，你这么做只是为了你自己；

---

① 美国上世纪七十年代盛行的一种中老年人穿的休闲服装，一般配以专门的皮带和鞋子。

如果你无法和一个女人过下去，就去和所有的女人过——他满脑子里都是这些玩意。周游世界啦，大赌场啦，还是那一套，雷纳的那一套。"

"雷纳的豪赌，不错，"斯塔林说，"我估计他想让你和他一起去。"

"还真是。他说他下周要去迈阿密抓几个倒霉蛋。他说我应该去，我们可以住在枫丹白露或翱翔伊甸园，反正就是这类的高级酒店。"

"那我呢？"斯塔林说，"我去吗？还是待在这里？小杰姬又怎么办？"

"路易倒是没提到你们俩，是不是很奇怪？看来他疏忽了，"洛伊丝微笑着把手臂放在斯塔林的手臂上，"这都是胡说八道。一派胡言。"

"我希望他现在在这里，"斯塔林说，"我想让他尝尝啤酒瓶的滋味。"

"我知道，宝贝。但你真该听听这个小女朋友是怎么说的。那叫一个厉害，她可真是个狠角儿。"

"她不得不这样。"斯塔林说。

"真的是。她说路易如果背叛她，她就去和黑人睡觉。她说她已经找好一个了。她知道怎样去拿捏雷纳。她说路易堆了一房间的廉价意大利地毯，根本卖不出去。这就是他需要一个合伙人的生意，顺便说一声——这里根本就没有这种市场。她说路易想把它们卖到爱达荷州去。祝他走运，我说。她说——这肯定会让你发笑，埃迪，不骗你——她说外面是一个狗咬狗的世界。狗咬狗。她真是太逗了。她刚说完那个，路易就趴在地上像狗一样叫了起来。他的枪从那个鬼知道叫什么的玩意里掉了出来，还有皮套和BP机。"洛伊丝大笑起来。"他就像一个大动物一样趴在酒吧的地上。"

"没赶上真可惜。"

"路易有时很搞笑的。"

"也许你应该和他结婚。"

"我和他结过婚。"

"可惜现在和你结婚的是我而不是他。我没有BP机。"

"但你正好有我喜欢的，甜心，"她捏了捏他的胳膊，"没有人会像你一样爱我，你知道我看重那个。雷纳是我的一个错误，正因为我不用和他一起过，我才可以拿他来说笑。你真是个离不开娘的大男孩，你不想让别人有一点点乐趣。"

"找点乐趣我不反对，"斯塔林说，"我们去一个有乐趣的地方吧。"

洛伊丝靠过来，吻了一下他的脸庞。"真好闻，"她对他微笑着，"来和我跳个舞，埃迪。道义要求你陪我跳个舞。你有那么轻盈的舞步，跳起舞来很好看。"

洛伊丝走进小舞池并握住斯塔林的手。他贴着她站着，像他第一次见到她时那样搂着她，随着点唱机里播出的缓慢曲子跳起舞来。他有一种微醺的感觉。喝醉了看什么都顺眼，他心想，能无中生有地制造出一段好时光来。

"你天生就是个跳舞的，埃迪，"洛伊丝说，"还记得我们在海滨那家叫'鲍威尔'的酒吧里跳舞吗？当时所有的人都在看我们。"

"你喜欢引起男人们的注意？"斯塔林说。

"那当然。我想是这样的，"洛伊丝的脸紧贴着他的脸，"这让我觉得自己像是在演电影，有的时候，你明白吗？所有人都这样，难道不是吗？"

"我从来不这样。"

"你有没有想过你的前妻是怎么看你的？那个老简。我估计那是很久以前的事了。"

"对我来说过去的就过去了，"斯塔林说，"我从来不想这些。"

"你怎么这么死板，埃迪。我有时觉得你很容易就陷进孤独。这就是我为什么要对你客气点和逗你开心的原因。"她把他往跟前拉了拉，这样一来，她结实平坦的臀部就和他的贴在了一起。"这样好吗？和你跳舞感觉真好。"

斯塔林直到这时才发现酒吧里装饰着红白蓝三色的绉纸，他刚才没有注意到这些。悬挂在深色的房椽上的小花饰、丝带和五角星垂吊在被灯罩遮住的绿色灯光、啤酒告示和酒吧后面带镜框的照片之间。这才像过节的样子，他心想，看得出来这是洛伊丝的杰作。要不了多久，这里就会挤满了人，灯光大作，音乐也会奏响起来，这将会是一段欢乐的时光。"真不错。"斯塔林说。

"我就是喜欢这个，"洛伊丝说，她的头靠在他的肩膀上，"我太喜欢这个了。"

在回家的高速公路上，斯塔林遇到了他在野营地见到过的嬉皮士。他们正在往回赶，女人坐在摩托车的后座上，男人车子开得飞快，身体向前倾斜，像是有风在把他们往后吹。

镇上，一场由一家大型购物中心举办的焰火燃放活动刚刚开始。风火轮、满天星和天女散花等各种烟花在暮色中绽放。路边停满了车子，大人们带着孩子坐在他们车子的引擎盖上，喝着啤酒看着天空。天几乎全黑下来了，眼看着就要下雨了。

"这年头什么都搬到购物中心来了，"洛伊丝说，"连放焰火都不例外。"她刚才打了一会儿盹，此刻她正靠着车门，回头看着身后的灯光。

"我可不想去这种地方上班。"斯塔林边开车边说。

洛伊丝什么也没说。

"你知道我刚才在想什么吗？"过了一会儿她说道。

"说给我听听。"斯塔林说。

"你妈，"洛伊丝说，"你妈是个讨人喜欢的小老太太，你知道吗？我很喜欢她。我还记得我和她去购物中心替她买衬衫，她完全可以在旧金山的宝洛克买那件衬衫的，但她非要在这里买，以表示友好和特别。"想着那件事洛伊丝笑了起来。"还记得我们买烟花那件事吗？"

斯塔林的母亲喜欢放鞭炮。鞭炮的响声会逗得她开心地大笑。斯塔林记得他和洛伊丝结婚后放过一次烟花。这是哪一年的事了？他想了想。一段逝去的时光。

"还记得她用手指捏住那个小鞭炮，让它在手上炸响吗？这让她开心得要命。"

"那是她的绝招，"埃迪说，"雷克斯教她的。"

"估计是他教她的，"洛伊丝说，"但你要知道，我不会怪你总是一副离不开妈的样子，真的，埃迪。多亏了你妈，你才像现在这样和善可亲，我妈就不一样。"

"我很自私，"斯塔林说，"我一直都是这样。撒谎、偷东西和作弊这样的事我都干得出来。"

洛伊丝拍着他的肩头说："但你也很慷慨大方。"

下起了雨，大大的雨滴落在挡风玻璃上，看上去像雪花一样。来自他们居住小区的灯光照亮了前方低垂的天空。

"今天发生了一起怪事，"斯塔林说，"我没法不去想它。"

洛伊丝挪到他身边，把头靠在他的肩膀上，手放在了他大腿的内侧。"我就知道发生了什么事情，埃迪。你藏不住事。真相都写在你的脸上呢。"

"这事倒是没什么真相可言，"斯塔林说，"就在我要出门时电话响了起来，有一个男孩，叫杰夫，他遇到了什么麻烦。我不认识他，但他觉得我是他爸爸。他想要我为这个电话付费。"

"你没有答应吧？"

斯塔林看着他们居住的小区。"没有，但我应该答应。我现在脑子里老在想我应该帮帮他。当时我刚和雷纳通完话。"

"他也许是从仰光打来的，看在老天的分上，"洛伊丝说，"或者是赫尔辛基。你不知道他人在哪里。这有可能会花掉你五百块钱，到头来你还是帮不上他。你是明智的，我是这么觉得的。"

"但那也没什么。我可以给他出点主意。他说有人给抓进监狱了。眼下我老在想这件事，待会就会过去的。"

"找一份好工作，然后再接受来自伊斯坦布尔的付费电话。"洛伊丝笑着说道。

"我只是想知道他究竟是谁，"斯塔林说，"不知怎么搞的，我觉得他人在里诺——你说怪不怪？只不过是个声音。"

"如果他在里诺的话就会更糟了，"洛伊丝说，"自己没有一个是不是让你觉得很遗憾？"她有点奇怪地看着他。

"一个什么？"

"儿子。或者，你知道的。你不是说过你差点就有了一个？后来出了点意外，是和简的时候。"

"这都是哪一年的事了，"斯塔林说，"我们当时都是个大傻瓜。"

"不过都说孩子会使你的生活更加稳固，"洛伊丝说，"你说呢？"

"如果你都破产了，有了他们也没用，"斯塔林说，"他们只能让你感到后悔。"

"好吧，那我们就一块儿漂泊此生吧，怎么样？"洛伊丝把手往他大腿上部移了移，"今天不许愁眉苦脸的，宝贝，好吗？"

他们来到了那栋低矮平房所在的那条脏兮兮的小路的另一端。有人在第一栋房子的前院搭起了一个卖烟花的棚子，棚子前面挂着一串明亮的黄色灯泡，里面站着一个面无表情的老妇人。她身着毛衣，抱着一条黑色的卷毛狗。除了架子上剩下的一点罗马蜡烛①

---

① 烟花的一种，点燃后会向上喷射线条状火花并发出响声。

外，所有的烟花都卖完了。

"我从来没有想到我会和那些在前院里卖鞭炮的人住一起。"洛伊丝看着前方说道。斯塔林瞟了一眼亮着灯的棚子。天下起了毛毛细雨，雨水在油光光的街面上闪着光。他有对那个妇人做个手势的冲动，但忍住了。"你几乎可以说我们住在一个只要有一点办法就不会去住的地方。很滑稽，是不是？这种事竟然落在了你的头上。"洛伊丝大笑起来。

"是有点滑稽，"斯塔林说，"但这是事实。"

"你想吃什么样的晚餐，埃迪？我突然就觉得饥肠辘辘了。"

"我都忘记这回事了，"斯塔林说，"要一点通心面。"

"随便什么都行。"洛伊丝说。

斯塔林拐上碎石子铺成的车道。他看见了黑暗中站在围着栅栏的草地上的那匹矮种马，那片草地一直延伸到房子的侧面。矮种马看上去像一个幽灵，白色的眼睛在雨中一动不动。

"告诉我，"斯塔林说，"如果我问你什么，你会告诉我吗？"

"那要看有没有可以告诉的，"洛伊丝说，"要知道，有的时候并没有什么好说的。说吧。"

"你和雷纳到底是怎么回事？"他说，"还有那些和里诺有关的事情。我从来没有问过你那些。但我想知道。"

"这有什么难的，"洛伊丝在漆黑的车里笑着看着他，"我意识到了我不爱雷纳，就这些。完了。我意识到我爱的是你，我不想和一个我不爱的人保持婚姻关系。我想和你结婚。这没有那么复杂和重要吧。"洛伊丝搂住他的脖子，抱紧了他。"别再愁眉苦脸的了，甜心。你只不过是走了点狗屎运罢了。情况会好转的。你一定会东山再起的。我来让你高兴高兴。我给你看一个能让你高兴的东西，小乖乖。"洛伊丝回到自己的座位上，在她的包里翻了起来。斯塔林听见雨中传来的风铃声。"我给你看一样东西。"洛伊丝说。

斯塔林什么也看不见。洛伊丝朝着霏霏细雨打开车门，背对着他划着一根火柴。他看见火柴发出的光亮。之后是火花和"哧哧"声，然后是一个更加耀眼的光亮。斯塔林还闻到了和雨水味混在一起的刺鼻的燃烧味。洛伊丝随后关上车门，她拿着点着的烟花来到车子前方，在雨中跳起舞来。她尽情地笑着，手臂在空中挥舞，为他划出旋涡、流星和各种各样的图案，耀眼的火花照亮了天空、晶亮的雨水和她身后的小黑屋，有那么一阵子，整个世界都凝固了，好像一个完美的东西专门为了他——埃迪·斯塔林——突然光芒四射地来到了人间，而且，只有他才能听到，看见。当这个光亮最终消失时，也只有他还会待在这里，等待。

打　猎

　　我母亲曾有过一个名叫格伦·巴克斯特的男朋友。那是一九六一年的事。我们(母亲和我)住在父亲留下的一栋小房子里，在太阳河的上游，靠近蒙大拿州大瀑布市西边的维多利。那时我母亲三十二岁，我十六岁，格伦·巴克斯特的年纪在我俩之间，但我并不知道他确切的年龄。

　　我们当时靠着我父亲的人寿保险赔偿金生活，母亲也在大瀑布市做非全职的女招待，晚上则去酒吧，我知道她就是在那里认识巴克斯特的。有时候他会和她一起回来，并在她的房间里过夜。有时候她会从城里打来电话，说她要待在他靠近"大北方"车场的刘易斯街上的住处。每次她都会给我留下他的电话号码，但我从来没有打过。我觉得她有一点为自己的行为感到内疚，但也控制不住自己。我反倒认为那些行为很正常，没什么不好的，直到现在我还这么认为。那时她还很年轻，我当时就明白了这一点。

　　格伦·巴克斯特是一名共产党员，喜欢打猎，他谈论得最多的也是这些——野鸡、野鸭和鹿，他见到什么打什么。那时他已去过越南，来我家时常谈起他在那里猎杀的动物——猴子和漂亮的鹦鹉，把步枪当成猎枪用。我们当时对越南一无所知，格伦提到越南

233

时仅用"远东"来代替它。我现在觉得他肯定在 CIA 干过，看见或发现了什么让他觉悟了，并最终被 CIA 赶了出来，但通常这一类事情与我们一点关系也没有。他个头很高，有一双深色的眼睛，留着黑色的短发，通常情况下人很随和。他在伊利诺伊州的皮奥里亚上过大学，但没能把大学念完，他说他是在那里长大的。在介入到我们生活中的那段时间里，他靠给种麦子的农场挖沟为生。冬天里没活好干，他就去酒吧找一些我母亲这样的女人喝酒，她们有工作，也有一点钱。这样的生活在蒙大拿州是很常见的。

我想说的事情发生在十一月。我们已经有一段日子没有见到格伦·巴克斯特了，算起来有两个月了。我母亲还认识一些其他的男人，但她绝大多数时间一下班就回家，然后待在屋里看电视喝啤酒。我曾问过她格伦，她只是说她也不知道他去了哪儿。我怀疑他俩吵了架，他一怒之下回了伊利诺伊州，或是去了他在那里有亲戚的马萨诸塞州。我承认我喜欢他。他平时总爱琢磨点什么。他是个干体力活的，同时也是一名共产党员，他常说这个国家被有钱人毒害了，需要强有力的人让它起死回生，我赞成这一点，因为我父亲也曾是个体力劳动者，这是我们能有房子住和有钱花的原因。还有就是，我那时已经参加过几次拳击比赛（只是和镇子上的男孩子们，其中一个是来自肖托的意大利人），也因此结交了几个女朋友，我不愿意我妈每天晚上都待在家里。我希望格伦·巴克斯特能回来，或者有其他的男人愿意陪我妈去别处玩玩。

一个星期六下午的两点，格伦开着一辆汽车进了我家的前院。他有一辆棕色的哈雷戴维森，他大多数时间里都骑着那辆大摩托车

（脚蹬一双黑红两色打猎穿的长套鞋，反戴一顶棒球帽），但这次他是开着车子来的，一辆蓝色的纳什①大使。他在我父亲种的当作防护林的那排橄榄树前停了车，我和母亲来到外面的阳台上，母亲的脸色很难看。天气已经冷了起来，费尔菲尔德高地那里已经下起了雪，但今天这里正刮着切努克季风，气温很容易就会变得像春天一样暖和，不过分水岭②的上空已飘起了冬天才有的银蓝色云朵。

"有些日子没见着你了。"母亲冷冷地说道。

"我那个傻妹妹去世了。"格伦说。他站在那辆旧车的门前。穿着一件VFW③夹克和我们称为"酒鬼鞋"的帆布鞋，我从未见他穿过这种鞋子。他看上去心情很不错。"我们把她埋在了佛罗里达靠近家的地方。"

"那是个好地方。"母亲说话的声音像是一个做错了事情的人。

"我今天想带小伙子去打猎，爱琳，"格伦说，"雪鹅④从北面下来了。我们现在就得出发，过了今天我们就得去爱达荷找它们了。"

"他不想去。"我母亲说。

"我想去。"我看着她说道。

我母亲冲我皱起了眉头。"你为什么要去？"

"为什么非得有一个理由呢？"格伦·巴克斯特笑着说道。

"我需要他有一个理由，这就是为什么，"她奇怪地看着我，

---

① 美国老牌汽车制造商。

② 这里是指蒙大拿州境内的洛基山脉的分水岭。

③ VFW是海外战争退伍军人的缩写。

④ 雪鹅又名加拿大鹅，除翅膀尖处外，全身的羽毛都是白色的。

"莱斯，我觉得格伦喝醉了。"

"没有，我根本就没喝酒。"格伦说，但他的这句话一点也不可信。他看着我俩，我母亲咬着下嘴唇的一侧，看我的眼神像是在说她正被迫去做什么，所以极不情愿。她长得非常漂亮，但生气时面部表情会变得严厉起来，也就没那么好看了。"好吧，我无所谓，"她说这话时并没有看着我俩中的任何一个，"打猎，屠杀，残害。你父亲也干过这些。"她转身回到了屋里。

"和我们一起去吧，爱琳？"格伦还在微笑，他恳求道。

"去干吗？"我母亲说。她停下脚步，从长裙口袋里掏出一盒烟，取了一根放进嘴里。

"很值得一看的。"

"看被打死的动物？"我母亲说。

"这些野鹅来自西伯利亚，爱琳，"格伦说，"它们和其他的野鹅不一样。也许我会请大家吃顿晚饭，怎么样？"

"用什么来请？"我母亲说。说实话我不知道她为什么要生这么大的气。我原以为见到他她会很高兴，但她似乎突然就对格伦这也不满那也不满了。

"我还有点钱，"格伦说，"今晚想把它花在一个漂亮姑娘身上。"

"能找到一个的话，算你运气好。"我母亲说完转身朝前门走去。

"我已经找好一个了。"格伦·巴克斯特说，但门已"砰"的一声关上了，我现在回想起来，他当时看我的眼神完全是无助的，但我也无能为力。

我母亲坐在格伦车子的后座上，眼睛一直看着窗外。我的双筒猎枪就靠在我们之间的座位上，和格伦的比利时气压猎枪放在了一起，他说他的猎枪里总是装着五发子弹，以备看见路边有什么好打。我曾经打过兔子，也逮过野鸡和其他的飞禽，但我还没有经历过一次货真价实的狩猎，开车去一个特别的地方，正正经经地打一次猎。我非常兴奋，觉得一件对我来说十分重要的事情就要发生了，我将会永远记住这一天。

我母亲很久都没说一句话，我也一样。我们穿过大瀑布市朝本顿堡方向开去，那里有大片被湖水冲刷出来的适合种麦子的平原。

"野鹅终身厮守在一起，"路上我母亲无缘无故地说了一句，"我希望你们知道这个。它们是一种不同寻常的飞禽。"

"这个我知道，"格伦在前面的座位上说道，"我非常佩服它们。"

"那你这三个月都去了哪儿？"她说，"我只是好奇而已。"

"我在大洞①那里待了一小段时间，"格伦说，"这之后去了怀俄明的道格拉斯。"

"你去那儿打算干什么？"我母亲问道。

"我想找份工作做，但没找到。"

---

① 蒙大拿州的一个小城镇。

"我要去上学。"她突然说道，我过去从没听她提起过这个。我转过身去看她，但她盯着窗外的什么，没在看我。

"我学过法语，"格伦说，"'Rosé'是粉色，'Rouge'是红色。"他瞟了我一眼，笑着说道："我觉得这是个明智的想法，爱琳，你打算什么时候去呀？"

"我不想让莱斯觉得他是被一群疯子养大的。"我母亲说。

"莱斯自己也该去上学。"格伦说。

"我去了他就会去的。"

"你怎么想，莱斯？"格伦说完咧嘴一笑。

"他说没问题。"我母亲说。

"没问题。"我说。

格伦·巴克斯特领我们去的地方是一片被整修成麦田的高原，高原的东面是很高很高的山脉，它们之间是一道坡度不算大的"心碎坡"①。我记得那天的天空特别蓝，我们能看见远处的小镇佛劳里，州际公路穿过它通向本顿堡和"高线"。我们开上了高原北面的一条泥泞的土路，路的两旁都立着栅栏，走了大约三英里，格伦停了车。

"到了，"他通过后视镜看着我母亲，"你以为这里什么都没有，是不是？"

---

① 此俗语来源于公路马拉松赛，通常指一道很长的缓坡。

"我们是到了，"我母亲说，"你把我们带到这里了。"

"你会谢谢我的。"格伦很有信心地说。我四处看了看，什么也没有，一片荒原，没有水，没有树，根本不像是一个狩猎的地方。"莱斯，那边有一个大湖，"格伦说，"这里地势低，看不见。野鹅都在那边，你会看见的。"

"我看出来了，这里像月球，"我母亲说，"只不过比月球还要糟。"她眼睛盯着外面平坦的荒地，好像她真的看出了点什么，但还想再看清楚一点。"你是怎么找到这个地方的？"

"收麦子的时候我来过这里一次。"格伦说。

"我相信这里的主人欢迎你随时回来打猎，想带谁来就带谁来，谁来都行。是这样吗？"

"土地本来就不该属于个人，"格伦说，"任何人都有使用它的权利。"

"莱斯，格伦要在这里偷猎，"我母亲说，"我只是想让你知道这是违法的，会受到法律的制裁。如果你是一个成年人，你就得对事情的后果负责任。"

"不是这么回事。"格伦·巴克斯特说，他抬起头，沮丧地看着通向山峦的泥泞小路。尽管我相信我妈说的是对的，但我根本不在乎。那时候除了飞过头顶的野鹅和怎样把它们打下来，我什么都没想。

"好吧，我肯定不会去那里，"我母亲说，"我更喜欢城市，我的麻烦已经够多的了。"

"那不要紧，"格伦说，"野鹅飞起来时你会看见它们的，我只有这么一点小要求。我和莱斯要去打上几只，是吧，莱斯？"

"是的。"我说完把手放在我的猎枪上，那把枪是我父亲留下的，它重得像一块石头。

"那我们走吧，"格伦说，"别再浪费时间了。"

我们带着枪下了车。格伦脱下帆布鞋，换上从汽车后备厢里取出的一双打猎穿的黑色长筒套鞋。我们翻过带铁刺的栅栏，朝着那个什么都没有的高坡走去。走了没多久我回过头看我母亲，但我只能看见她像个小黑点一样的头。她还坐在车子的后座上，看着车外，想着我当时还说不清楚的什么事。

在去那个湖的路上，格伦和我聊了起来。我还从来没有和他单独一起待过，我妈告诉过我他酒喝得很凶，有时则说他是世界上最好的男人，总有一天会有一个女人嫁给他的，但她认为不会是她。除了这些之外，我对他几乎一无所知。格伦在路上对我说他后悔自己没能把大学念完，但现在说这些已经太晚了，他的脑子已经不好使了。他说他非常喜欢远东，那里的人懂得怎样待人接物，他将来还会再去那里，但目前走不开。他还说他想去俄罗斯住上一阵，并说了一些去过那里的人的名字，我当然不认识那些人。他说刚开始会很困难，因为那是个完全不同的国家，但用不了多久就会习惯的，而且之后你就再也不会想去别的地方住了，俄罗斯人像对待国王一样对待美国人。现在到处都有共产党，他说，他们无处不在，只不过大家认不出他们罢了。蒙大拿州就有很多，他和他们都保持

240

着联系。他说这些人总是面临着危险，他得时刻保护自己。他说这些时掀开他的 VFW 夹克，给我看他衬衫里面贴肉插着的一把手枪的手柄。"现在就有人想杀了我，"他说，"如果有必要，我也会去杀人。"我们接着往前走，过了一会儿他又说道："我对你了解的还不多，莱斯，但我希望能多了解一点。你喜欢干什么？"

"我喜欢拳击，"我说，"我父亲练过拳击。学会这个没坏处。"

"我猜你也得保护你自己。"格伦说。

"我知道怎样去做。"我说。

"你喜欢看电视吗？"格伦笑着问道。

"不怎么喜欢。"

"我喜欢，"格伦说，"如果有电视看我连饭都可以不吃。"

我越过生长在圆盘形麦田①边上鼠尾草绿色的草尖向正前方张望，希望能看到格伦提到的那个湖。空气里弥漫着一种甘甜的气息，虽然什么也看不见，但我觉得那里可能就是我们要去的地方。"野鹅怎么个打法？"

"一点都不难，"格伦说，"其实很多狩猎都不能算作真正的狩猎，只能算是射杀，而我们要做的正是这一种。如果在伊利诺伊，你得在地上挖个坑藏身，再把做好的假鸟放在外面，然后野鹅就会不停地往你这儿飞。我们现在没时间那么做。"他用眼角瞟着我说："你一开始就要有信心。"

"你怎么知道它们已经来这儿了？"我问道。我看了一眼二十英

---

① 为便于灌溉，美国的很多麦田都是圆形的。

里外的海伍德山，山的上半部分被雪覆盖着，下半部分则是深蓝色的。我能看见远处的佛劳里小镇，它在暗淡的光线下显得很陈旧。一块红色的酒吧招牌在闪着光，一辆汽车正缓缓驶离那些散落的建筑。

"它们总在十一月的第一天来这里。"格伦说。

"我们这是去偷猎吗？"

"这对你来说又有什么区别？"格伦问道。

"没有，没什么区别。"

"那不就得了，我们不是去偷猎。"他说。

我们闷着头向前走了一程。我回头看了一眼远处那辆已经变得很小的纳什。我看不见我母亲，但我觉得她肯定在车里一边听收音机一边睡觉，她总是这样，卧室里的收音机整夜开着。太阳正朝着车子后面西南方向的山顶靠近，我知道太阳落下后天就会变冷。我真希望我妈和我们一起来这里，我想了一小会儿，发现我对她的了解实在是太少了。

格伦和我又向前走了四分之一英里，跨过另一个两旁长着鼠尾草、带铁丝网的栅栏，在生长着小麦草和大蓟草的地里走了约一百码后，地势开始升高，形成一个长长的堤坝，那是农人为防风修筑的。我突然意识到湖就在我们的下方。我能听见镇子里传来的汽车鸣笛声和狗叫声，随后风向似乎变了，我只能听见野鹅的叫声。虽然我连一只野鹅都还没有见到，但从声音判断，野鹅的数量非常之多。我站在那里，听着这种尖利的叫声，这是一种我从未如此近距离地听过、规模又如此庞大（但不是从音量的角度来说）的声音，是一种代表数量的声音，它使你因期待而感到胸口发胀，让你有一种与世间万物分隔开来的感觉，而你自己则渺小得犹如沧海一粟。

"听见它们在歌唱了吗？"格伦问道。他抬起手示意我站住。我们站在那里听着。"光听声音，莱斯，你觉得会有多少只？"

"一百只，"我说，"比一百只还多。"

"五千只，"格伦说，"等看见你就知道了，比你料想的还要多。去看看吧。"

我放下猎枪，手脚并用，爬上长满小麦草和蓟草的坡顶。我终于看见了土堤下方的湖和野鹅。它们就在那里，像一条铺在水面上的白色绷带，又宽又长，连绵不断，一块由雪鹅构成的白色海绵，从离我七十英尺左右的湖岸开始，一直延伸到湖水里。湖很大，直径有半英里，对岸长着浓密的郁金香，更远处长着野生的李子，再往后则是蓝色的山峦。

"看见那一大群了吗？"格伦在我下方轻声问道。

"看见了。"我仍在观望。真是太壮观了，我过去从没见过如此壮观的景象，之后也没再见到过。

"岸上有吗？"他说。

"小麦草里有一些，"我说，"但大多数在水里。"

"很好，"格伦说，"它们最终会飞起来的，但我们不能再等下去了。"

我倒退着爬回格伦和我放枪的地方。白天眼看着就要过去，天空已呈紫红色，天气在变冷。我朝我们停车的方向看了看，但根本看不见车子。我已不确定它到底在哪里了。

"它们会飞到哪里去呢？"我轻声问道，我不想因我的所作所为把事情搞砸了。对格伦来说，打野鹅是一件非常重要的事情，对我也一样。

"飞到麦田里，"格伦说，"要不就是飞离这里不再飞回来了。我真希望你妈在这里，莱斯，她会后悔的。"

我能听见野鹅在湖面上叫喊争吵，我想知道它们是否知道我们在这里。"也许吧。"我说这话时心还在狂跳，但我并不认为她会有多后悔的。

他说计划很简单，我在堤坝后面等着，他自己则带着枪爬过那片小麦草，尽量接近野鹅群，然后他会起身向身边的野鹅射击，不管是地上跑着的还是空中飞着的。当所有的野鹅飞起来后，运气好的话其中的一部分会迎着风朝我这边飞来，我就可以朝它们开枪，把它们赶回他那边去，他会再次向它们开枪。运气好的话，他说，他极有可能打下十只来，而我也可能打到四只。这似乎并不困难。

"别让它们看见你，"格伦说，"等到你觉得可以摸到它们了再起身射击。千万别犹豫，一犹豫就完了。"

"好的，"我说，"我试试看。"

"先打一只的头，然后再打另一只，"格伦说，"一点都不难。"他拍了拍我的胳膊，朝我笑了笑。他随后脱下 VFW 夹克丢在地上，拿起猎枪往堤坝上爬。他贴着地面钻进那片黄色的干草丛中，然后从我的视线里消失了。

在这一整天里，这是我第一次独自一人待着，但我一点都不在乎。我蹲在草丛里，给双筒猎枪装上子弹，又从口袋里掏出另外两颗子弹握在手里。我把保险打开又合上，看看有没有问题。大起来的风从草上刮过，我打了个寒颤。现在刮的已不是切努克季风，而是野鹅们试图逃离的来自北方的风。

这时候我想起了独自等在车里的母亲，我还能和她待多久，我的离去对她又意味着什么。我在想格伦·巴克斯特会不会被人杀掉，他还能活多久，我母亲会不会和他结婚，对此我又会有什么样的感受。尽管不知道为什么，我觉得在经历了这一切之后，我和格伦并不会成为朋友，因为在他是否和我母亲结婚这件事上，我完全是一种无所谓的态度。

我又想到了拳击以及我父亲教过我的东西。握紧拳头，出直拳，绝不要在后退时出拳，怎样猛地向内挥拳来挡开对方的来拳，怎样收紧自己的下巴。当对手就要摔倒时又怎样跨步上前，再给他一击。最为重要的是：当你击中对方脸部并造成伤害时，千万不要闭上眼睛，要看清楚自己正在做的，并以此来激励自己，如果闭上眼睛，你就会停止出击，并被对手打伤。"扑向你的对手，莱斯，"我父亲说，"看准机会，朝他猛扑过去，直到把他击倒在地。"我觉得，这将永远都是我对待生活的态度。

随后我再次听到了野鹅的叫声，叫声更加嘹亮，响成一片，风向似乎又变了，所有新的声音都加入到了清冷的空气中。突然传来"嘭"的一声，我知道藏身野鹅之中的格伦起身射击了。野鹅的叫声更加响了，我的手指因紧握枪的金属部分而有一种灼痛感，我放下枪，伸了伸手指来消除这种灼痛感，好让手指在时机到来时能感觉到猎枪的扳机。"嘭"，格伦又开了一枪，我听见了退弹壳的声音，堤坝下面所有的声音似乎都在加大，野鹅的叫声、枪声、风声也在加大。"嘭"，格伦又开了一枪，我知道他一定是在有条不紊地瞄准射击。我端起枪朝堤坝顶端爬去，以免自己在野鹅飞过来时慌得连枪都开不了。

来到堤坝顶端后，我看见格伦站在一块小麦草田里，正朝一只长着黑色翅膀尖的白野鹅射击，野鹅就站在离他不远的地面上，正试图往天上飞。他又开了一枪，野鹅扑闪着翅膀，一头摔死在地上。

格伦回过头来看着我，他的脸都变形了，看上去怪怪的。他周围全是飞起来的野鹅，他似乎想把它们都打下来。"在你身后，莱斯，"他指着我喊道，"它们都在你的身后。"我朝身后看了看，目光所及之处全是野鹅，根本数不过来。野鹅飞得非常缓慢，伸展开的翅膀不慌不忙地扇动着。尽管野鹅的叫声没我想象得那么尖利和嘹亮，但它们的声音充满了整个天空。野鹅离我那么近，有的还不到四十英尺。我周围的空气在颤动，我能感觉到野鹅翅膀带出的气流，所有这些让我觉得只要有时间，我想打下多少只就能打下多少只——一百只或者一千只。我举起猎枪，把准星对准一只白野鹅的头部，扣动了扳机。野鹅在空中抖动了一下，宽宽的脚掌从肚子那里耷拉了下来，它摆动双翅想坚持住，但它直直地栽到了地上，同时发出一声可怕的、类似人发出的沉闷而沮丧的声音。我抬起头朝另一只野鹅开火。我听见了弹丸击中它胸脯的声音，但它继续往前飞，连飞行的姿势都没有改变。"嘭"，格伦又开了一枪，紧接着又是一枪。"嗨，"我听见他在叫喊，"嗨，嗨。"一行接着一行的野鹅飞过我的头顶，我一边掰开猎枪装子弹，一边对自己说：我要有信心，我需要相信我自己。我瞄准一只野鹅，打中了它的头，它坠落的情形与第一只野鹅一样，肚皮向下，翅膀张开，连落地时发出的声音也一样。之后我一屁股坐在堤坝的草地上，看着野鹅从我头顶上飞过。

这时候所有的野鹅都飞起来了，它们在空中缓慢地盘旋，辨识着风向，形成一条波浪形的长队向南飞去，最后一抹夕阳给渐渐远去的野鹅镀上了一层银色。我告诉你们，那幅景象真是太壮观了。五千只野鹅在你周围的天空里飞来飞去，发出一种你从未听到过的叫声。我当时就对自己说：我再也不会见到这些了，我永远不会忘记这一幕。我的话应验了。

格伦·巴克斯特又开了两枪。第一枪打偏了，另一枪打中了一只正飞离他的野鹅，它半飞半坠地落到离岸不远、已经空了的湖水里，然后就像没事一样在水里游动起来，并发出一声声叫喊。

格伦站在粗短的草丛里，他看着那只野鹅，低下了枪口。"我不该去打那一只，是不是，莱斯？"

"我不知道。"我坐在一个小土墩上，看着那只野鹅在水里游动。

"我不知道我为什么要打它们。它们是那么的美丽。"他看着我说道。

"我也不知道。"我说。

"也许它们没别的用处，"格伦盯着那只野鹅又看了一会儿，摇了摇头，"也许它们就是为了这个才来到世界上的。"

因为不懂他那句话的含意，我不知道该说些什么，面对数量如此庞大的野鹅群，我除了手足无措外，还有一种与饥饿相似的迟钝感，射击停止了，对我来说一切也都结束了。

格伦开始拾捡他打下来的野鹅，我也朝我打下来的两只野鹅走去，它们相距不远，都已经死了。其中一只被打得很惨，肚子都裂开了，一部分内脏流了出来，而另一只则像没受到一点伤害，朝上的白肚子像一个枕头，它的头、参差不齐的牙齿和黑色的小眼睛看上去和活着时一模一样。

"猎人们，你们的战况如何呀？"我听见一声说话声，那是我母亲，她穿着粉色的长裙，抱着双臂站在我们上方的土坡上。尽管她很冷，但脸上仍然挂着微笑。我意识到我刚才打猎时早把她忘得一干二净了。"是谁打的？是你的战果吗，莱斯？"

"不是。"我说。

"但莱斯是个好猎人，爱琳，"格伦说，"他一点都不慌。"他一只手抓住一只野鹅的脖子，脸上挂着笑容。他和我母亲似乎都很开心。

"我看见你枪打得很准。"我母亲微笑着说道。我看出来她因野鹅而对格伦有所钦佩，她一人待在车里时肯定想过些什么。"太棒了，格伦，"她说，"我从来没见过这样的东西。它们就像雪一样白。"

"是不是很值得一看？"格伦说，"我本该打下更多的，我太兴奋了。"

我母亲看着我说道："你的在哪儿呢，莱斯？"

"这里。"我指着身边地上放着的两只野鹅。

母亲和蔼地点了点头，我觉得她对一切都很满意，并希望大家都能度过愉快的一天。"那么说，一共六只啰。你们一共打下了六只。"

"那里还有一只。"我说完朝那只还在水里转圈游泳的野鹅指了指。

"呃，"我母亲把手遮在眼睛上方往前看，"在哪儿？"

格伦看着我，脸上挂着一种奇怪的笑容，那笑容像是在说他并不希望我提起那只野鹅。我自己也很后悔。我抬头看着天空，成千的野鹅排成行，在暮色中闪着银光。我希望我们能尽快离开这里回家。

"那只是我的错，"格伦·巴克斯特说，他咧嘴一笑，"我不该打那只，爱琳。我兴奋得有点过头了。"

我母亲朝湖面凝视了一会儿，然后看了一眼格伦，又回过头去。"可怜的野鹅，"她摇了摇头，"你怎样才能打中它，格伦？"

"我打不中它。"格伦说。

我母亲看着他。"你这是什么意思？"

"我准备不去管它了。"格伦说。

"哎，这不行。你不能不管，"我母亲说，"你要打。你必须把它打死。难道规矩不是这样的吗？"

"不是。"格伦说。

我母亲把目光从格伦身上移到我这里。"蹚水过去打死它，格伦。"她用迷人的声调说道，那时候我母亲看上去还很年轻，她穿着薄薄的短袖女招待服，站在小麦草里的两条光腿细长细长，像一个小姑娘的。

"不。"格伦·巴克斯特低头看着他的猎枪，摇了摇头。我不明白他为什么不愿意去，这一点都不难。湖很浅，要走很长一截才会变深。格伦穿着长筒靴。

我母亲看着浮在离岸不到三十码的湖水里的那只白野鹅，它昂着头，缓慢地转着圈子，翅膀耷拉着，看不见黑色的翅尖。"格伦尼①，蹚水过去把它打死，好吗？求你了，"她说，"它们是很特别的鸟。"

"你太不了解这个世界了，爱琳，"格伦说，"这是很正常的事情。没什么了不起的。"

"但这么做太残忍了。"她说，嘴角露出一个甜蜜的笑容。

"把你的胳膊抬起来，琳尼②，"格伦说，"我没看见天使的翅膀呀。你看见了吗，莱斯？"他看着我，但我转过了脸去。

"那好，莱斯，你去打死它，"我母亲说，"你不是被疯子养大的。"我开始往那儿走，但格伦突然一把抓住我的肩膀，用劲之大，我后来发现他的指头在我的皮肤上留下了瘀伤。

"谁都不许去，"他说，"这事就到此为止了。"

我母亲冷冷地看了格伦一眼。"你心真狠，格伦，"她说，"你谁都不爱。你就是个婊子养的，没别的。"

格伦·巴克斯特朝我母亲点了点头，像是明白了他过去不怎么明白、但一直想弄明白的什么。"好，"他说，"很好。"他掏出贴身

---

① 格伦的爱称。
② 爱琳的爱称。

插着的那把蓝色大左轮。此前，我只见到过这把他说用来防身的手枪的一部分，他伸直胳膊，瞄准水里的那只野鹅开了一枪，但没打中。他又开了一枪，还是没打中。野鹅再次弄出一些响声。他随后打死了它，因为我听不见它拍打水面的声音了。他又一连开了三枪，直到枪里的子弹全都打光了。野鹅的头垂了下去，并朝着空旷、深蓝色的湖心漂去。"看看谁心狠？"格伦说，但他转过身来时我母亲已不在了，她已朝停车子的地方走去，她的身影已几乎消失在黑暗里。格伦笑着看着我，脸上的表情很疯狂。"怎么样，莱斯？"他说。

"不怎么样。"我说。

"所有的事情都得有个限度吧？"

"估计是吧。"我说。

"你妈是个漂亮的女人，但她不是蒙大拿州唯一漂亮的女人。"我一句话都没有说。格伦·巴克斯特突然说道："嘿，"他把枪递给我，"你不是想要这个吗？你难道不想开枪打死我？没有人想要去死，但我现在已经准备好了。"我不知道该干什么，虽然我真想狠狠地揍他一顿，用尽全力冲他脸上来上一拳，看着他流着血躺在地上，哭着向我求饶。可是这时候的他看上去完全是一副被吓坏了的样子，我还从没见过被吓成这样的成年人，现在算是见识到了。我为他感到难过，就像他已经死了一样。我最终连碰都没有碰他一下。

心中的希望是会熄灭的。所有这些发生在好多年前，但我至今仍能感觉到当时的那种悲凉。我现在并不觉得格伦·巴克斯特是个坏人，他只是被自己从未经历过的东西吓住了（这是他懦弱的一面），他的生活正朝着他不乐意的方向发展——一个带着儿子的女人，有谁能够责怪他？我不知道人们做事的动机，和为什么要这样那样地标榜自己，但你只有经历了他们的生活后才有发言权。

我母亲曾试图对自己的处境保持乐观，尽量去看事情好的一面。她想照料好我俩的生活，但结果并不奏效。那时候和之后的一段时间是她一生中比较奇特的阶段，生活迫使她不得不去扮演一个成人的角色。她的问题出在她过早地知道了太多的东西，我是这么认为的。

而我当时则有一种被推进现实世界和真实生活中的感觉，那是一种我还没有经历过的生活。不到一年的时间里，我没有去上大学，而是当上了既辛苦又不赚钱的采矿工。我不止一次想到我母亲说过的我不是由疯子养大的那句话，我还是不明白那句话的含意，也不知道它有什么用，除非它是指爱本身是一个忠实可靠的日常用品，但我发现即使这样的理解也不总是正确的。

发生那些事情的那一晚稍后一点时间，我正躺在床上，听见我妈说道："到外面来，莱斯，出来听听这个。"我穿着短裤，光着脚来到外面的阳台上，空气中弥漫着薄雾，像春天一样暖和。我可以看见远处费尔菲尔德的客运列车发出的灯光，它正朝着大瀑布市的方向开去。

我听到了野鹅的叫声，那些在天空中飞翔的白色飞禽。它们发出类似狂怒的尖叫声。尽管我看不见飞得高高的野鹅，但它们似乎充满了整个天空。我母亲抬起头来说："听见它们的声音了吗？"我闻到了她洗过的头发上的湿味。"它们会在新月时离开这里，"她说，"现在月亮刚缺了一半。"

我说："我听见它们了。"我光着的胸脯上感到一丝凉意，手臂上的汗毛全竖了起来，就像雷雨到来前那样。我们听了一会儿。

"刚和你爸结婚那阵子，我跟你讲，我们住在一条叫作'蓝鸟谷'的街上，在加州。我当时认为那是天底下最美的一条街道，连街名也是最美的。我估计只有初恋才会让人那样的兴奋。你不介意我说这些吧？"她满怀希望地看着我。

"不介意。"我说。

"我们总得讲一点文明。"空气里有一丝寒冷，她拢了拢上身的衣服，明天的天气会变冷。"今晚我的情绪不太高，要我说的话。"

"没关系。"我说。

"你知道我想去哪儿吗？"

"不知道。"我说。我知道她在生气，在生生活的气，但她不想把气愤流露出来给我看。

"去胡安·德富卡海峡①。那应该不错吧？你愿意去吗？"

"愿意。"我说。我母亲看着远处，好像她能看见山那边的胡安·德富卡海峡，和一个充满生机的新世界。

"我知道你喜欢他，"过了一会儿她说道，"你我都对那些蠢货

———————————————

① 是一条在美国和加拿大之间、连接到太平洋的海峡。

太宽容了。"

"我没那么喜欢他，"我说，"我根本就不在乎。"

"他会栽跟头的。我肯定。"她说。我没再说什么，因为我不再在乎格伦·巴克斯特了，不再愿意谈论他了。"如果我问你什么，你会回答我吗？你会对我说真话吗？"

"会。"我说。

我母亲没在看我。"要说实话。"她说。

"好的。"我说。

"你觉得我还有女人味吗？我已经三十二岁了，你不懂这对一个女人意味着什么。你觉得我还有吗？"

我站在阳台边上，前面是那排橄榄树，我抬头看着前方的薄雾，虽然看不见野鹅，但我能听见它们飞翔时发出的声音，也几乎能感觉到它们翅膀下面流动的气流。当时我感觉自己就像一个站在高架桥上的人，一列火车正朝你迎面驶来，你必须立刻做出一个决定。我说："有，我觉得你有。"因为事实就是这样的。我累得什么都不愿意想了，也没听见我母亲随后又说了些什么。

那时候我多大？十六岁。十六岁还很年轻，但也算成年人了。我今年四十一岁，回想那段往事我并没有一丝遗憾。我和我母亲再也没有像那样交谈过，实际上，我已经很久没有听到她的声音了。

读书人

SHORT CLASSICS
短经典精选

短经典精选系列

走在蓝色的田野上
〔爱尔兰〕克莱尔·吉根 著 马爱农 译

爱，始于冬季
〔英〕西蒙·范·布伊 著 刘文韵 译

爱情半夜餐
〔法〕米歇尔·图尼埃 著 姚梦颖 译

隐秘的幸福
〔巴西〕克拉丽丝·李斯佩克朵 著 闵雪飞 译

雨后
〔爱尔兰〕威廉·特雷弗 著 管舒宁 译

闯入者
〔日〕安部公房 著 伏怡琳 译

星期天
〔法〕伊莱娜·内米洛夫斯基 著 黄荭 译

二十一个故事
〔英〕格雷厄姆·格林 著 李晨 张颖 译

我们飞
〔瑞士〕彼得·施塔姆 著 苏晓琴 译

时光匆匆老去
〔意〕安东尼奥·塔布齐 著 沈萼梅 译

不中用的狗
〔德〕海因里希·伯尔 著 刁承俊 译

俄罗斯套娃
〔阿根廷〕比奥伊·卡萨雷斯 著 魏然 译

避暑
〔智利〕何塞·多诺索 著 赵德明 译

四先生
〔葡〕贡萨洛·曼努埃尔·塔瓦雷斯 著 金文彰 译

房间里的阿尔及尔女人
〔阿尔及利亚〕阿西娅·吉巴尔 著 黄旭颖 译

拳头
〔意〕彼得罗·格罗西 著 陈英 译

烧船
〔日〕宫本辉 著 信誉 译

吃鸟的女孩
〔阿根廷〕萨曼塔·施维伯林 著 姚云青 译

幻之光
〔日〕宫本辉 著 林青华 译

家庭纽带
〔巴西〕克拉丽丝·李斯佩克朵 著 闵雪飞 译

绕颈之物
〔尼日利亚〕奇玛曼达·恩戈兹·阿迪契 著 文敏 译

迷宫
〔俄罗斯〕柳德米拉·彼得鲁舍夫斯卡娅 著 路雪莹 译

奇山飘香
〔美〕罗伯特·奥伦·巴特勒 著 胡向华 译

大象
〔波兰〕斯瓦沃米尔·姆罗热克 著 茅银辉 易丽君 译

诗人继续沉默
〔以色列〕亚伯拉罕·耶霍舒亚 著 张洪凌 汪晓涛 译

狂野之夜：关于爱伦·坡、狄金森、马克·吐温、詹姆斯和海明威最后时日的故事（修订本）
〔美〕乔伊斯·卡罗尔·欧茨 著 樊维娜 译

父亲的眼泪
〔美〕约翰·厄普代克 著 陈新宇 译

回忆，扑克牌
〔日〕向田邦子 著 姚东敏 译

摸彩
〔美〕雪莉·杰克逊 著 孙仲旭 译

山区光棍
〔爱尔兰〕威廉·特雷弗 著 马爱农 译

格来利斯的遗产
〔爱尔兰〕威廉·特雷弗 著 杨凌峰 译

终场故事集
〔爱尔兰〕威廉·特雷弗 著 杨凌峰 译

令人反感的幸福
〔阿根廷〕吉列尔莫·马丁内斯 著 施杰 译

炽焰燃烧
〔美〕罗恩·拉什 著 姚人杰 译

美好的事物无法久存
〔美〕罗恩·拉什 著 周嘉宁 译

魔桶
〔美〕伯纳德·马拉默德 著 吕俊 译

当我们不再理解世界
〔智利〕本哈明·拉巴图特 著 施杰 译

海米的公牛
〔美〕拉尔夫·艾里森 著 张军 译

对不起，我在找陌生人
〔英〕缪丽尔·斯帕克 著 李静 译

爱因斯坦的怪兽
〔英〕马丁·艾米斯 著 肖一之 译

基顿小姐和其他野兽
〔安道尔〕特蕾莎·科隆 著 陈超慧 译

在陌生的花园里
〔瑞士〕彼得·施塔姆 著 陈巍 译

初恋总是诀恋
〔摩洛哥〕塔哈尔·本·杰伦 著 马宁 译

美好事物的忧伤
〔英〕西蒙·范·布伊 著 郭浩辰 译

一切破碎，一切成灰
〔美〕威尔斯·陶尔 著 陶立夏 译

纵情生活
〔法〕西尔万·泰松 著 范晓菁 译

命若飘蓬
〔法〕西尔万·泰松 著 周佩琼 译

爱，趁我尚未遗忘
〔海地〕莱昂内尔·特鲁约 著 安宁 译

水最深的地方
〔爱尔兰〕克莱尔·吉根 著 路旦俊 译

石泉城
〔美〕理查德·福特 著 汤伟 译

哥哥回来了
〔韩〕金英夏 著 薛舟 译

他们自在别处
〔日〕小川洋子 著 伏怡琳 译

恋爱者的秘密生活
〔英〕西蒙·范·布伊 著 李露 卫炜 译

在奥德河的这一边
〔德〕尤迪特·海尔曼 著 任国强 戴英杰 译

当我们谈论安妮·弗兰克时我们谈论什么
〔美〕内森·英格兰德 著 李天奇 译

死水恶波
〔美〕蒂姆·高特罗 著 程应铸 译

一个自杀者的传说
〔美〕大卫·范恩 著 索马里 译

我的爱情，我的伞
〔爱尔兰〕约翰·麦加恩 著 〔爱尔兰〕科尔姆·托宾 编 张芸 译

蝴蝶的舌头
〔西班牙〕马努埃尔·里瓦斯 著 李静 译

未始之初
〔西班牙〕梅尔塞·罗多雷达 著 元柳 译

子弹头列车
〔加拿大〕邓敏灵 著 梅江海 译